记忆之歌

很久以前

韩少功 著

人,生而多卑贱,大环境下的小环境,诸美好,诸无常,诸丑陋,在哈哈镜中竟似真实。

武汉大学出版社

图书在版编目(CIP)数据

很久以前/韩少功著.—武汉:武汉大学出版社,2014.8
(记忆之歌)
ISBN 978-7-307-13340-2

Ⅰ.很… Ⅱ.韩… Ⅲ.随笔—作品集—中国—当代 Ⅳ.I267.1

中国版本图书馆 CIP 数据核字(2014)第 092293 号

责任编辑:张 璇 责任校对:鄢春梅 版式设计:马 佳

出版发行:武汉大学出版社 (430072 武昌 珞珈山)
　　　　(电子邮件:cbs22@whu.edu.cn 网址:www.wdp.com.cn)
印刷:湖北知音印务有限公司
开本:880×1230 1/32 印张:10.625 字数:240 千字
版次:2014 年 7 月第 1 版　　2014 年 7 月第 1 次印刷
ISBN 978-7-307-13340-2　　定价:28.00 元

版权所有,不得翻印;凡购买我社的图书,如有缺页、倒页、脱页等质量问题,请与当地图书销售部门联系调换。

编 委 会

主 任 张福臣

编 委 (以姓氏笔画为序)

邓 贤　叶 辛　白 描　刘小萌

刘晓航　陆天明　张承志　张福臣

肖复兴　岳建一　胡发云　姜汉芸

晓 剑　郭小东　高红十　董宏猷

谢春池

总　序

叶　辛

　　40多年前，中国的大地上发生了一场波澜壮阔的知识青年上山下乡运动。"波澜壮阔"四个字，不是我特意选用的形容词，而是当年的习惯说法，广播里这么说，报纸的通栏大标题里这么写。知识青年上山下乡，当年还是毛泽东主席的伟大战略部署，是培养和造就千百万无产阶级革命事业接班人的百年大计，千年大计，万年大计。

　　这一说法，也不是我今天的特意强调，而是天天在我们耳边一再重复宣传的话，以至于老知青们今天聚在一起，讲起当年的话语，忆起当年的情形，唱起当年的歌，仍然会气氛热烈，情绪激烈，有说不完的话。

　　说"波澜壮阔"，还因为就是在"知识青年到农村去，接受贫下中农的再教育，很有必要"的指示和召唤之下，1600多万大中城市毕业的知识青年，上山下乡，奔赴农村，奔赴边疆，奔赴草原、渔村、山乡、海岛，在大山深处，在戈壁荒原，在兵团、北大荒和西双版纳，开始了这一代人艰辛、平凡而又非凡的人生。

　　讲完这一段话，我还要作一番解释。首先，我们习惯上讲，中国上山下乡的知识青年，有1700万，我为什么用了1600万这个数字。其实，1700万这个数字，是国务院知青办的权威统计，应该没有错。但是这个统计，是从1955年有知青下乡这件事开始算起的。研究中国知青史的中外专家都知道，从1955年到1966年"文革"初始，十多年的时间里，全国有100多万知青下乡，全国人民所熟知的一些知青先行者，都在这个阶段涌现出来，宣传开去。而发展到"文革"期间，特别是1968年12月21日夜间，毛主席的最新最高指示发表，知识青年上山下乡，掀起了一个前所未有的高潮。那个年头，毛主席的话，一句顶一万句；毛主席的指示，理解的要执行，不理解的也要执行，且落实毛主席的最新指示，要"不过夜"。于是乎全国城乡迅疾地行动起来，在随后的10年时间里，有1600万知青上山下乡。而在此之前，知识青年下乡去，习惯的说法是下乡上山。我最初到贵州山乡插队落户时，发给我们每个知青点集体户的那本小小的刊物，刊名也是《下乡上山》。在大规模的知青下乡形成波澜壮阔之势时，才逐渐规范成"上山下乡"的统一说法。

我还要说明的是，1700万知青上山下乡的数字，是国务院知青办根据大中城市上山下乡的实际数字统计的，比较准确。但是这个数字仍然是有争议的。

为什么呢？

因为国务院知青办统计的是大中城市上山下乡知青的数字，没有统计千百万回乡知青的数字。回乡知青，也被叫作本乡本土的知青，他们在县城中学读书，或者在县城下面的区、城镇、公社的中学读书，如果没有文化大革命，他们读到初中毕业，照样可以考高中；他们读到高中毕业，照样可以报考全国各地所有的大学，就像今天的情形一样，不会因为他们毕业于区级中学、县级中学不允许他们报考北大、清华、复旦、交大、武大、南大。只要成绩好，名牌大学照样录取他们。但是在上山下乡"一片红"的大形势之下，大中城市的毕业生都要汇入上山下乡的洪流，本乡本土的毕业生理所当然地也要回到自己的乡村里去。他们的回归对政府和国家来说，比较简单，就是回到自己出生的村寨上去，回到父母身边去，那里本来就是他们的家。学校和政府不需要为他们支付安置费，也不需要为他们安排交通，只要对他们说，大学停办了，你们毕业以后回到乡村，也像你们的父母一样参加农业劳动，自食其力。千千万万本乡本土的知青就这样回到了他们生于斯、长于斯的乡村里。他们的名字叫"回乡知青"，也是名副其实的知青。

而大中城市的上山下乡知青，和他们就不一样了。他们要离开从小生活的城市，迁出城市户口，注销粮油关系，而学校、政府、国家还要负责把他们送到农村这一"广阔天地"中去。离开城市去往乡村，要坐火车，要坐长途公共汽车，要坐轮船，像北京、上海、天津、广州、武汉、长沙的知青，有的往北去到"反修前哨"的黑龙江、内蒙古、新疆，有的往南到海南、西双版纳，路途相当遥远，所有知青的交通费用，都由国家和政府负担。而每一个插队到村庄、寨子里去的知青，还要为他们拨付安置费，下乡第一年的粮食和生活补贴。所有这一切必须要核对准确，做出计划和安排，国务院知青办统计离开大中城市上山下乡知青的人数，还是有其依据的。

其实我郑重其事写下的这一切，每一个回乡知青当年都是十分明白的。在我插队落户的公社里，我就经常遇到县中、区中毕业的回乡知青，他们和远方来的贵阳知青、上海知青的关系也都很好。

但是现在他们有想法了，他们说：我们也是知青呀！回乡知青怎么就不能算知青呢？不少人觉得他们的想法有道理。于是乎，关于中国知青总人数的说法，又有了新的版本，有的说是2000万，有的说是2400万，也有说3000万的。

看看，对于我们这些过来人来说，一个十分简单的统计数字，就要结合当年的时代背景、具体政策，费好多笔墨才能讲明白。而知识青年上山下乡运动中，还有多多少少类似的情形啊，诸如兵团知青、国营农场知青、插队知青、病退、顶替、老三届、工农兵大学生，等等等等，对于这些显而易见的字眼，今天的年轻一代，已经看不甚明白了。我就经常会碰到今天的中学生向我提出的种种问题：凭啥你们上山下乡一代人要称"老三届"？比你们早读书的人还多着呢，他们不是比你们更老吗？嗳，你们怎么那样笨，让你们下乡，你们完全可以不去啊，还非要争着去，那是你们活该……

有的问题我还能解答，有的问题我除了苦笑，一时间都无从答起。

从这个意义上来说，武汉大学出版社推出反映知青生活的"黄土地之歌"、"红土地之歌"和"黑土地之歌"系列作品这一大型项目，实在是一件大好事。既利于经历过那一时代的知青们回顾以往，理清脉络；又利于今天的年轻一代，懂得和理解他们的上一代人经历了一段什么样的岁月；还给历史留下了一份真切的记忆。

对于知青来说，无论你当年下放在哪个地方，无论你在乡间待过多长时间，无论你如今是取得了很大业绩还是默默无闻，从那一时期起，我们就有了一个共同的称呼：知青。这是时代给我们留下的抹不去的印记。

历史的巨轮带着我们来到了2012年，转眼间，距离那段已逝的岁月已40多年了。40多年啊，遗憾也好，感慨也罢，青春无悔也好，不堪回首也罢，我们已经无能为力了。

我们所拥有的只是我们人生的过程，40多年里的某年、某月、某一天，或将永久地铭记在我们的心中。

风雨如磐见真情，

岁月蹉跎志犹存。

正如出版者所言：1700万知青平凡而又非凡的人生，虽谈不上"感天动地"，但也是共和国同时代人的成长史。事是史之体，人是史之魂。1700万知青的成长史也是新中国历史的一部分，不可遗忘，不可断裂，亟求正确定位，给生者或者死者以安慰，给昨天、今天和明天一个交待。

是为序。

目　录

西望茅草地	1
飞过蓝天	37
归去来	58
风吹唢呐声	75
空城	103
雷祸	114
诱惑	125
月兰	136
史遗三录	152
老梦	158
远方的树	170
很久以前	203
余烬	258
山上的声音	273
兄弟	285

西望茅草地

茅草地,蓝色的茅草地在哪里?在那朵紫红色的云彩之下?在地平线的那一边?在层层的岁月尘土之中?多少往事都被时光的流水冲洗,它却一直在我记忆深处,像我的家乡、我的母校、我的摇篮——广阔的茅草地。

一

中学毕业那年,正碰上国家动员青年支农和支边——建设祖国的庄严号召,争当英雄的豪迈理想,怎不使一个青年人热血沸腾?父母都以为我疯了,在几本苏联诗集里走火入魔了。照他们的意思,如果不能继续升学,考虑到家里的困难,那么我至少应该去就业赚钱,何况那个金属轧延厂已经同意我上班。我烦透了他们的唠叨。谈判,吵架,绝食,摔打家具……一切都过去了,行李还卡在父亲手里。心一横,我只身混上西去的列车,混在下乡的同学当中,只带了一支牙刷。

道路神圣而漫长。当列车穿过白天与黑夜，驶过重重青山，广阔的茅草地展现在我们面前。拔地而起的巨石，扑扑惊飞的野鸡，木桥下弯弯的河水，还有耳环闪亮的少数民族妇女，一切都令人兴奋不已。据领队的老杨说，这里汉、侗、瑶等多民族杂居，经过历史上多次大规模械斗和迁徙，人口日益减少，留下一片荒凉。可荒凉有什么要紧？一张白纸可以画最美的图画。眼下我们要在这里亲手创建共青团之城，要在这里"把世界倾倒过来，像倾倒一只酒杯"！

一个光着头的小老汉赶着马车来车站迎接我们，帮我们转运行李。见我们一时找不到茶水，他递来一只军用水壶，请我们喝米酒。

"请，请！"

他的一只手盖在另一只手的腕节上，据说那是表示恭敬的当地习俗。

"酒？谢谢。老大爷，有冰棍吗？有汽水吗？这里有什么水果吗？"

他显得有点为难。不知是谁，发现路边一个姑娘的背篓里有红薯和藕，大家一拥而去，把他和酒忘在一边了。

直到我们来到欢迎会场，领队的老杨请他上台讲话，我们才吃了一惊：他就是场长？就是那个早有耳闻的转业上校？

他累得全身是汗，不知什么时候脱了上衣，往台前走的时候，被老杨拉了一把，才找来一件白布衫遮去赤膊。他走路的时候，有老骑兵常见的罗圈腿步态。

"说什么呢？我是个大老粗，老丘八，肚子里没词。我要说的第一点，刚才老杨已经说了，就不说了。我要说的第二点，不说你们也知道，也不说了。"

这种开场白真是逗人笑。

扩音器发出尖锐的电流声,大概是被他的大嗓门震出了毛病。他觉得电流碍事,索性把扩音器抹到一边去,直接向我们喊话。这就说到他的第三点了:"……茅草地现在一无所有,丑绝了。但这有什么要紧?锄头底下出黄金,只要肯流汗,只要肯下力,将来这里就是聚宝盆,就是人间天堂!那个歌怎么唱来着?什么江南……江南……老杨,你机西分子呵,也晓不得?……"

后来才知道,他是指一首《江南处处好风光》的歌。他"晓不得"唱,更痛恨老杨同样"晓不得"唱——像本地很多农民,他把"知识分子"说成"机西分子",把"不晓得"说成"晓不得"。

我们再次笑得前俯后仰。

"以后我们要有洋房子,有大马路,有电影院,有运动场,有工厂和大学,还有这个这个……"他两手摇了两下,做了个拉手风琴的动作,大概就是指手风琴了。"不实现这个目标,砍掉我的脑袋,就地正法!完了!"

全场爆发出山崩地裂般的掌声。

他笑着摆摆手:"现在不鼓掌没关系,兑现了再鼓掌。嗯?"

掌声更响了。

二

我后来才知道,茅草地一点也不诗意,而是没完没了的地雷阵。那些大大小小的顽石,盘根错节的树蔸,就能把钯钉和锄口每天磨溶好几分,震得我们这些少男少女的手心血肉模糊。要命的是,这样的地雷阵一眼望不到头,还不把我们吓晕?

玉米，木薯，黄豆，甘蔗……我们的脑子里从此只有草本和木本，再加一点大粪和农药的气味。出工两头不见天，一个个都晒得像黑人。晚上回家还要剥麻，剥花生壳，修补箢箕和箩筐。这样还是忙不过来。刚锄完这里的草，那边的草又比苗还高了。累得两眼翻白喘大气了，豆苗还是稀稀拉拉。但我们还要播种，开荒，播种，开荒，朝无边无际的前方抛洒汗水。场长说过，全国大干快上，我们这里也要一年自给，三年大变，建成一个"共产主义的铁营盘"。

伙食慢慢变得糟糕。三菜一汤不过是接风宴，食堂里很快就只剩两个传统节目：一是黑糊糊的咸干菜，像是熬中草药，一揭锅盖就让人翻胃。二是干辣椒汤，一沾舌头就像电击，电得你舌头发麻全身冒汗，因此又有了"感冒发散剂"的外号。场长有时也带几个枪手去打野麂和野猪，让大家好歹闻一闻肉香，或者是搅几桶巴豆水去河里毒鱼，只是吃鱼时把鱼内脏全部丢掉。但这样的美事一个月难有三两回，润滑枯肠只在片刻。知识青年们不能不怀念城里的汤面和肉包子，不能不在地头整日期盼开餐的钟声，甚至不能不偷盗——有个外号叫猴子的家伙，有一次在厨房里偷喝猪油，咕嘟咕嘟像喝开水，一碗灌下肚去，闹得自己脸色发青，肚子剧痛，往厕所里接连跑了十几趟。

好容易等到一个雨天，该休息一下了吧？该让大家睡个圆吞觉吧？可天刚蒙蒙亮，厨房那头刚有点劈柴的动静，地坪里就有惊天动地的脚步。

咚咚咚——每张门被敲得炸响，从东往西一路雷霆万钧。"起床，起床，人家三工区的已经挖了五亩地啦——"这是场长的声音。

队长似乎在讨价还价："场长，这雨还在下……"

"雨不大，不大。你们把斗笠雨衣带好。"

"有三个人请病假了……"

"他们吃了饭没有？每餐吃得下半斤米的，都是假病。不能吃饭的就关起门来睡觉！"

"可能也是太累了呵……"

"只听过病死的，没听过有累死的。后生怕什么累？力气从来用不完。越用越有，越不用越没有。知道不？"

场长喊工以后，把一杆特大号的钯头往肩上一搭，自顾自朝地里走去，一双大套鞋在泥水里叭哒叭哒。

我们怎么也赶不上他。在那一刻，我全身散了架，肩膀找不到胳膊，屁股接不上膝盖，腰杆与背脊两不相干，意识中的手已经伸了出去，明明是去抓钯头把，结果却抓来空气或者雨水。

我的脑子里也七零八落。场长与酸菜交错，队长与厕所重叠，被子在下雨，钯头在唱歌，厨房挤压腰杆，母亲哽在喉头……我费了好大的劲，才把以上这些事物重新编织出顺序和条理，弄清楚我是在哪里，在什么时候，在干什么。我明白了，我正顶风冒雨走在一棵桑树下，雨帽的一角呼啦啦拍打着脸。

赵海光在我前面扑通一声滑倒了，半天没有起来。我去拉他时，发现他已成了软软的一堆。

"猴子，你怎么啦？"

"我要睡觉，要睡觉呵……"他迷迷糊糊。

"你疯啦？这里怎么睡？你不要命呵？"

他摇摇头，算是惊醒过来，看了看四周，对风雨和泥泞恨得咬牙切齿："催命鬼！害人精！臭阎王！我操你八辈子——"

我赶紧说:"猴子,忍着点,起来吧。"

三

队长外号李瞎子,是本地农民,眼睛不太好,经常眯着眼像刚刚睡醒。他其实很有心计,补个筻箕,做张板凳,用胡琴拉一曲采茶调或西湖调,都是无师自通。但他从不当出头鸟,就算对领导不满也是阳奉阴违,即使要奸取巧也不露痕迹,有时带着我们早早上地,却听任我们打鸟或者挖蛇洞,他装作没看见。

他的缺点是满脑子迷信,一看见坟就要绕着走,挖野坟时也决不动手,说是怕鬼来敲门,怕先人们生气。这样的人当然对科学不感兴趣,一听到我们说起分子式或者光合作用,就一个哈欠放出来,睡着了。

我们只好直接找场长建言。

"科学?"他倒显得很注意,在地头盘腿坐下来。

"种种种,土质情况也不明,肥料供应也不足,不是纯粹浪费劳力吗?这样还想赶上英国美国?"一个女知青放了头炮。

"伤其十指不如断其一指。广种薄收根本是错误的方针,是好大喜功的左倾盲动主义!"另一位男知青跟上来大扣帽子。

"你们慢点讲。"场长有点慌。

我们七嘴八舌,建议缩短战线,建议注重管护,建议因地制宜,建议广开门路多种经营,养羊啦,养兔啦,养蜂啦,还有自制蜂王浆的生财之道,马尔采夫耕作法,约克夏肥猪,五零一菌肥——我们只差没说到超音飞机和人造卫星了。

肯定是我们的渊博知识吓坏了他。他眼睛眯成缝,嗯嗯呵呵听了一会,最后给我们一人递了一根烟:"你们还真是上知天文下知地理呵。问题是,你们说得花一样,都搞得成器?都能吹糠见米?"

我们后来才知道,他有一次从外地引进高产蚕豆种,不知为什么到头来连种子钱都没赚到,气得他直骂娘,从此对新事物总是敬而远之。

"场长,你放心吧。我舅舅是农学院教授,你不相信我,总要相信他吧?"

"场长,你不要门缝里看人呵?总得给我们机会吧?"

"场长……"

"好,考虑考虑。"他总算点头了。

不过他还是不大放心。据说他事后对别人说:几个书生还来教我种田?我当田把式的时候他们老娘还没动胎吧?他根本不同意缩短战线——当时大开荒正在他兴头上;也不同意养什么蜂——他觉得蜜糖饱不了肚子。他只是对什么菌肥稍感兴趣。理由是,茅草地太广阔了,要种的作物太多了,全场干部群众再加上牛们猪们,满打满算就五六百个屁眼,根本屙不过来。肥源问题确实一直让他很伤脑筋。

四

造菌肥需要一些基本的条件。可我们连量杯和试管都没有,只能拿瓦钵和面盆来代替,更不要说什么搅拌机和恒温室了。场长破天荒让我们买了两支温度计,打了几个木头架子,就好像割了他的肝肠肚肺。他一天来看两轮,问什么时候可以出肥料。见十多天没动静,老是在试验试验,他有点沉不住气,摸摸钵子和温度计,揭一揭蒸笼盖,显得焦躁不宁。一看他那样子,就知道他恨不得我们今天开工,明天出货,后天就是庄稼嗖嗖嗖往上窜,玉米棒子大得一筐只能装一个。

他拍拍我的肩,把我拉到一边,说起地上工夫如何紧张,说队长们埋怨劳力抽调得太多,说兄弟农场又送来了挑战书,那意思很明显——要我们切实抓紧。

当然得抓紧,可牛顿和爱因斯坦也有失败的时候吧?任何伟大的事业都得有一个过程吧?要命的是,第四次制种又是失败。偏偏在那一天,两个不争气的准牛顿上工时间溜号,去玩一把篮球,正在球场上快活,被场长撞个正着。

他黑着一张脸,气呼呼地闯过来,摇着草帽扇风,把土温室里里外外看了一圈,又盯住了我们这些劳动力脚上刺眼的鞋和袜。

"下午挖地,都去挖地!"他终于一扬巴掌。

我没听懂,"我们还有棉饼没有磨完……"

他背着手走了,再一次挥掌:"挖地!"

"场长,你得有点耐心,这次失败是有原因的。我们已经找到了办法……"

他冷笑一声,"你们是做粑粑呢,还是做面条?一点臭气也没有,还说是肥料?有了这么多的日子,你们就是屙也能给我屙两担了吧?"

一位女知青当场气得要哭。

场长是相信大粪的,这没有办法,他嗅了半个月,还没嗅到大粪的气味,就认定我们的菌肥完全是骗人,因此必须把骗子们轰回地上去。

五

又是挖地，播种，挖地，播种……我们咬紧牙关，捶打自己的腰背，揪出衣角的汗滴，然后敲锣打鼓向场部送开荒喜报。好像出大力流大汗是我们唯一的本分，是这辈子过早定型的宿命。天呵，连我这个最不叫苦的人也隐隐不安起来。

场长好像没有这些不安。相反，他一上地就高兴，一上地就来了力气，简直是个天生的劳动疯子。不论在哪个工区，他比年轻人更卖力，手里的耙头三抡两舞，一晃眼就把别人甩下好远。饿了，咬个生红薯或生萝卜。渴了，到溪边或者塘边喝一捧生水。他的两个干儿子，据说都是抗洪时得救的孤儿，只有八九岁，也被他带到地上去，一人扛一把特制的小耙头，跟着他参加生产劳动，累得哇哇大哭也不可回去。干部们更跟着他遭罪。在他的命令下，会计做账，秘书写材料，基本上只能在晚上加班，以致有个会计经常暗地里冲他瞪眼睛。

歇工时，他就抽燃烟，笑眯眯地说点往事，诸如新四军、汉阳造、黄桥战役、板门店谈判、扒铁路埋地雷、拿棉絮当烟丝烧什么的。

如果受到什么人邀请，他还会走腔走调地唱歌：

> 光荣北伐武昌城下，
> 血染着我们的姓名；
> 孤军奋战罗霄山上，
> 继承着先烈的殊勋。
> 千万里转战，风雪饥寒……

最初，即使是不太准确的音调，也能唤起我庄严神圣的情感。但肚子里越来越空洞和枯索的时候，累得一倒下去就天旋地转爬不起来的时候，武昌城还与我有什么关系？大刀与硝烟，老兵的笑脸，离我实在太远，远得模糊起来。

我很难把认真倾听的样子坚持下去。我担心自己的思想已经出了毛病。

六

猴子自称会算命看相。他解说天庭和地角，断定这个有桃花运，预告那个仕途广阔，唯独说到场长时口出恶言。照他的说法，场长耳垂短，一定是短寿；左眼角有杀气，将来定有血光之灾。不可泄露的更大天机是，他说场长前世一定是老虎和猪配的种——否则今生为何又蠢又恶？

知青们哄堂大笑。

我却没怎么笑。说实话，场长也让我恼火，但有几招令我不得不服。他枪法精，出门打猎从不空手归。扶犁掌耙也有一手，没有什么功夫拿不下来。估猪羊的重量，估地上的产量，总是一眼准，眼睛就是一台磅秤和天平。何况——他还是小雨的父亲。

认识小雨是我的不幸。她是我们工区的猪倌，人缘好，手脚勤，却不大讲话。与男知青们接近的时候，你们讲话，她只是听；你们打球或拉琴，她只是看。你要是同这个哑巴开开玩笑，把她逼急了，逼得红了脸，她最激烈的抗议也只是朝你打一拳。

这一拳通常很重，让你明白猪司令不是白吃饭的。

有一次她在甘溪边洗衣，我们刚好从木桥上过，放下几担棉饼，望着河水打主意。甘溪的水从远山流来，绿得发蓝，清澈而冷冽。黑色、黄色以及白色的石头在水中闪动。水面跳跃着太阳的光华。

真想到水里过一把瘾，可农场有禁止下河游泳的命令。猴子鬼头鬼脑地朝我挤眼皮："不准下河，掉下河的另当别论吧？"

我心领神会，身子晃了晃，大叫一声"不好"，便连衣带鞋跌落下水。伙伴们当然个个都高风亮节，关键时刻舍己救人，迅速脱掉衣履，一个个飞燕式滚翻式炸弹式马桶式纷纷扑向水中，在浪花中大显共产主义的身手。

小雨不知是计，在岸边大喊救人。

"再吓她一下怎么样？"我对猴子丢了个眼色。

"完全赞成！"

我和他潜下水去，故意伸手在水面挣扎，咕噜咕噜大口吐出水泡，一个惨兮兮行将灭顶的样子。

我们事后才知道，她当时吓哭了，忘了自己不大会游泳，也呜呜呜扑进水里来了。当我们把她救上岸，冲着她哈哈大笑，她情知上当，气得抓住身边的稀泥，一把把朝我们猛射，"你们可耻！可耻！可耻——"

她水淋淋地冲上岸，就找队长告状去了。这家伙！

七

小雨的告状害人不浅，让我们不得不在会上作检讨。一气之下，我们联合起来对她实行制裁，在路上遇到她，故意装作没看见。看见她劈柴劈不动，也不再帮忙。知道她夜里常到父亲那里去，我们在半路上装鬼，叫出狼嚎般的尖声，吓得她没命地狂跑。或者去她房间，在虚掩的门上放一个扫把,想象她回家时一推门,扫把打在头上的可笑情景……我们的恶毒中其实不全是恶毒,这是我后来感觉到的。

她猜出了扫把是谁安放的,气呼呼地来算账,用粉笔在我们每张门上写了个大大的"猪"字,一泄心头之愤。

办完了这件大事,再收走我们的脏衣。

洗衣?这倒是求之不得。

我们不会洗衣,累得不愿洗衣,在很长一段时间里都是求女知青们帮忙。后来她们也累得天昏地暗,开始批判我们的懒惰,把臭东西一把把扔回来,你叫"姐姐"叫"姑姑"叫"奶奶"也无法打动她们的铁石心肠。想想看吧,在这样一个内外交困危机深重万念俱灰的时刻,小雨还能伸出援手,向阶级兄弟奉献劳动加肥皂,怎能不让人刮目相看?即使我们毛深皮厚,也得做做感激的样子吧?

这一天,我去她那里取衣,看见她在打扫猪圈,便假惺惺地抄起竹扫把,要助她一臂之力。

"你做什么呀?放下,放下。"

"不能让你一个人把雷锋学完了,也得留点给我们学学吧。"

"你这算什么?不扫还好,越扫越脏了!"

"你懂什么呢?你看着,看看我这示范动作……"我越是想亮一手,越是出乱子,不但把扫把戳得散了把,而且裤子被柱头上一口铁钉挂住,拉开了一条大口子。

她哈哈大笑,回到屋里取来针线,意思是要我脱下裤子,让她缝几针。

想到长裤下面只有一条短裤衩,我可能红了脸。

"想什么呀?同志!"她瞪了我一眼,转过身去等待我的破裤子,嘴里还嘟哝着,"有什么要紧呢,知识青年居然还封建……"

她背对着我开始缝补,偶尔吃吃一笑,不知想起了什么乐事。我这才看清了她盘在头顶的辫子,看清了她柔嫩的耳朵和下巴。居高临下之际,我还无意中瞥见一个女子衣领里从不示人的部位,洁白的肩膀,起伏胸脯的一角,以及隐隐可见的一颗黑痣。脑子里轰隆一声,我的纯洁性可能就在这一刻丧失殆尽。

更重要的是,当我昏头昏脑回到房间,我发现裤袋里有一个柑子。我仔细回想当天的一切,再一次在柑子面前心烦意乱。接下来的几天,我在半夜里起床,在出工时瞌睡,洗澡忘了提水桶,端着饭菜却走进了厕所,刚才还在莫名其妙地骂娘和动粗,转眼又捧着一本书豪情万丈,大谈普希金和共青团之城……猴子鬼得很,肯定察觉了蛛丝马迹,挤眉弄眼地要给我看手相,指着我手中的一条掌纹,说不得了哇,不得了哇,你正处在发情期,有遗精的嫌疑,不过很快就要当上乘龙快婿!

我恨不得一饭钵盖在他脑袋上,把他一路追打出门。笑话,我发什么情?冲着老猪婆发情么?那两条小辫子算什么呢?老实得像只羊,傻气得像只木瓜,就算额头长得宽大一些,里面不过是装了些猪菜吧。更重要的是,她那个阎王爹要是成了我的什么什么,我往后还活不活?

八

一定是我在操作方向盘时走神了。我刚换了档位,轰了一下油门,让履带拖拉机爬上八号坡,就听到车后有隐隐约约的叫喊。

我探出头,看见小老头在车后追赶上来。

他像头发怒的狮子,深一脚浅一脚地追赶。直到停车熄火,我才听到他的大吼:"臭小子,你混账!混账!"

我还没有来得及回话,他就捡起一个大泥块朝我砸来,虽然被我闪身躲过,但砸在机窗上四处迸溅,留下一块黄泥印痕。

他疯了么?

"场长……"

"你下来!"

我手忙脚乱跳下履带。

"帽子给我戴正!"

我扶了扶帽子,仍不知天是怎么塌下来的。

他扬起手里两截树苗,"你看看,睁开眼看看,这是什么?"

我明白了,一定是刚才上坡时思想溜号,不知道拖拉机轧倒了路边的柚树苗。树干的断口太新鲜,我无法抵赖。

"你长没长眼睛?简直是破坏!破坏!我同你们讲过多少遍,这是从江西农科院搞来的苗子,盘得比肉价还贵,买都买不到。你当大少爷?当败家子?你你你,你骆驼斯基(托洛茨基)!"他一急,冒出了从军时期记下的这个洋名。

地上的人都围过来了。有人偷偷朝我伸舌头,做鬼脸。几个未能当上拖拉机手的家伙则有点幸灾乐祸,把树苗看来看去,夸张地表示痛惜。幸好副场长老杨也来了。他也是来自省城,同我们的关系较好,眼下想把场长拉开。

场长还不肯走,回过头来指着我,"你听着,你们大家都听着,哪个再破坏公家财物,我张种田一枪崩了他!"

我终于忍不住了:"你凶什么?崩呵!"

"你他娘的还嘴硬……"

"不就是几根苗吗？我赔钱！"几张钞票被我掏出来，狠狠地摔在地上。

"你是这种态度？好，就凭这一条，你马上滚！从机耕队滚出去！我今天不把你整得出屎我就不姓……"他的声音终于远了。

不知什么时候，老杨返回来，整整我的衣领，笑着安慰了几句，大意是要我以后注意点。至于场长么，他性子急躁，把一草一木都当成命，不过发一阵火就过去了……我其实最听不得软话，心里一酸，委屈的泪水夺眶而出。

"小马，你不要哭嘛……"

他越劝我不哭，我倒越是忍不住。我受不了，受不了！我跳起来鼻涕泪水四溅："军阀！反动派！法西斯！"

九

结束了在机耕队的短暂日子，我重新扛起了钯头。这天晚上，我奉命提一根梭镖去站岗，看守工区堆放在路边的杉木，防范附近村里的小毛贼。

公路那一头有点动静，大概是来自老鼠或野兔。我刚想去看看，突然扑通一声倒在地上，梭镖也不知去向。我还没明白是怎么回事，感觉两眼发花，胸中气堵，脖子剧痛，后来才知道是脖子被一条毛巾紧紧勒住。

什么人？我吓得差点尿了裤裆。

我被蒙上双眼，反捆双手，押着往什么地方走。我在黑暗中听见一些人声，但口音有南有北，不像是小毛贼说话。当蒙眼布带取下来，我发现眼前是一个山洞，就是茅草地附近常见的那种大溶洞。松明火把散出烟焦味，手电筒到处乱晃，七八个人影约隐约现。一个缠土布头巾的黑脸汉踢了我一脚，手中大马刀泻一道寒光，逼近我的喉管。"喂，晓得我们是什么人吗？"

应该表现勇敢，表现沉着，我提醒自己。

"听清楚了：我们是反共救国先遣军第八纵队……"

什么？我根本不相信自己的耳朵。

"今天晚上全县暴动，有国军的飞机来增援，你们农场已经被包围了！明天一早我们还要占领县城，要兴兵北上，改换乾坤。你这个嫩崽子识相点……"

我立刻想起了烈火、刑具和尸体，就是革命电影里的那些场面。

"说！"黑汉子眼一瞪，在火光中逼上前来，满嘴酒气喷在我脸上，"你们场里哪些是共产党？都住在什么地方？你们武装部的枪放在哪里？你们的场长、书记、队长、副队长叫什么名字？统统说出来！说了就没有你的事。"

"快点！"

"快点！"

其他人一齐起哄，黑洞洞的枪口一齐对准我胸口。

"打倒反动派！打倒狗特务！打倒帝国主义……"我担心迟疑会使我胡思乱想，于是不停地高呼口号，挣扎，撕咬，吐唾沫，不给自己留下时间。

我惹恼了他们，被他们一顿好打。拉枪栓的声音也清晰传来。这就是最后的一秒乃至半秒了吧？我头上是洞顶，是波浪般的岩石。说实话，我害怕就这样死去，求饶的话已到了嘴边。那黑森森的波浪里有茅草地，有甘溪水，有很多朋友，还有她——我怎么能就这样结束？我应该妥协和讨好吧？至少可以暂时屈服，等有了机会再传送情报或里应外合什么的……我后来没有那样做，是觉得敌人不会轻易受骗。

再见了，我所有的亲人……我忍住泪，忍住心中的悲屈，绝望地盯着洞顶，体会着生命的最后一刻。奇怪的是，过了好一阵，我还活着，还能睁开眼睛吐出长气，还能咬一咬自己的嘴唇。

一只手拍拍我的肩。我回头看，发现场长变戏法一样出现了，腰扎皮带，手提驳壳枪，眼睛闪着激动的光辉。他捶了我一拳，"嘿嘿"两声，没说出话。

"搞什么鬼？"我大叫起来。

"不要闹，不要激动。"刚才那个拷问我的黑汉子笑了，"马小钢同志，恭喜你考查合格了。刚才没把你打得太痛吧？"

我事后才知道，刚才这一切不过是场长导演的一出戏，是一次演习，目的是配合全国阶级教育运动，抽查一下大家的革命立场和思想觉悟——你说这算怎么回事？我还好，算是幸运过关的一个，在全场员工大会上登台亮相，与其他考查合格的英雄们一起，戴上了大红花，喝到了庆功酒。场长把我们一个个拉到台前介绍，如示家珍，爱不释手。"这才是共产党的好伢子呵，好妹子呵。碰到第三次世界大战，我们要靠什么人？就靠这号人……"

当然，一些没通过考查的倒了大霉，是党员的丢了党籍，是团员的丢了团籍。据说猴子一见"反共救国军"的枪顶上火，吓得立即报告他父亲也是国民党员，新中国成立前还是个戴金丝眼镜戳文明棍的人物……虽然他后来没有团籍可丢，但挨了场长一顿臭骂，受到的惩罚是担大粪,整整担了两个月。

十

形势教育和阶级教育并没有使大家鼓起劲头,倒是泡病假的越来越多,擅自溜回城的也时有耳闻。场长找下面的人了解情况,也找到了我。

"我没意见。"我瓮声瓮气地说。

"你还在怄气?"他笑着拍拍我的肩膀,"你这伢,那次在地上我骂你,是一时性躁,官僚作风。其实呢,我这个人是老鸦变的,只是嘴巴丑。"

我还是冷冷地摆弄着一根草。

"你大红花也戴了,庆功酒也喝了,心里还不痛快?这我就不明白了,我张种田还有哪一点对你不起?"

看他真像是不明白,我气不打一处来,随口点出几件大事:伙食太差,休息太少,缺少文化生活,两三个月没看上电影……"场长,你揣着明白装糊涂吧?"

他摸摸头,想了想。"这些事,好办好办。"

他这一回算是真听意见了,尤其山洞考验以后,他对我高看一眼,似乎也少了一些疑心。第二天他同几个头头商量了一下,宣布全场放假一天,吃豆腐煮肉,晚上看电影。他看到银幕上抗美援朝的战火纷飞,兴致大发,忘乎所以,把宣教科长叫到面前说:"今晚要看个痛快,你现在吃点苦,骑我的马到县里去,找电影公司再搞两部片子来。要好看的!"科长吓了一跳,说看得太晚的话,大家会肚子饿。场长扬扬手:"叫食堂煮饭!"结果,那天看电影一直看到后半夜三点钟，几百号员工吃了夜宵以后连夜再看。一锅香气扑扑的萝卜煮鱼，是场长个人出钱请的客。

场长是老革命，工资高，请客是常事，用钱从来很大方，除了给自己留点烟钱，剩下的钱只要有人开口，他有多少给多少。他买烟也是一买好几条，丢在抽屉里没个数，张三李四都可以去共产。有一次猴子溜入他的住房，也摸来了一包飞马牌，在我面前洋洋得意吞云吐雾。"马儿，"他叫我的外号，"你也去搞双军鞋来吧，我看清了，他还有两双，就放在衣箱的后面。"

当时我父亲身体有病，而且怨我不孝，很少给我寄钱来。我一双胶鞋早就底面分了家，但我不愿意去场长那里揩油。没想到有一天，他在路上碰到我，看了我一眼，目光落在我露出鞋面的几个红红趾头上。

"你来。"他说。

"有事么？"

"你来。"

他领着我来到草市街。这是甘溪边的一个小镇，四周有残存的小城墙，是以前防土匪的工事。墙内有麻石道直通小码头，串起各种木板房，有店铺也有民居。遇到赶集，即本地人说的"赶闹子"，这里人流拥挤，热热闹闹，出售着知青们最有兴趣的柑子、柚子、板栗、西瓜，由一些老太婆叫卖。

场长背着手把我带进供销社，一座破旧的观音古庙。"妹子，"他朝柜台后一个僮族姑娘点点头，"打盆热水来好不？"

本地人都认得这位大名鼎鼎的老革命，女售货员立刻照办。场长又撞开经理的房门，抽来一张椅子，随便大方得像回到了家。

"洗脚吧。"

我猜出了他的意思,不免有点慌乱。

"洗!"他蹲下去脱了我的破鞋,随手远远地扔到门外,然后几乎是压着我洗脚,"你穿好多码的?"

"场长,我自己有鞋……"

他分开指头量了一下我的脚,去柜边选了一双大胶鞋,往我脚上一套。捏捏鞋尖,看来还合适。他点了点头。

"场长,我真的不要……"

"穿!"

他满意地看看鞋,从口袋里摸出一大把乱七八糟的东西,子弹呀私章呀什么的,从中挑出两张钞票,在柜台前算是付了鞋钱。

像没发生任何事,他丢下我就走了,在庙门口同几个熟人打了打招呼,背着双手,迈开八字步,朝小码头走去。

十一

场长是不准谈恋爱的。他说过,现在是创业期间,三年内谁都不准搞对象,要是哪个把资产阶级的香风臭气带进来,他就要不客气地打流氓。每次看电影,他命令男女分开坐,还叫民兵四处搜查,看有成双成对的地下活动分子没有。在场长面前,我们男的就是和尚,女的就是修女,谈笑一下都有犯罪感。有次,一位女知青在床头贴了一张《罗密欧与朱丽叶》的剧照,场长一见皱起眉头,咕哝了一句:"无聊!"

气得那位朱丽叶哭了一场。

场长偏偏是小雨的父亲。据我所知,小雨老家在苏北,父母是进步教师，被反动派杀害。场长收养了她，新中国成立后把她从老家带到城里读书。听说她考进了某农学院，场长不以为然，说在城里学什么农业，还不如跟我到农场去学，这就把她带到了茅草地。她常常在晚饭之后，不但帮助两个弟弟洗澡和做作业，还要给父亲捶捶背，或者陪他下一盘象棋，给他读一段关云长什么的。

我对他们的家事了解得越来越多，心头也越来越沉重。这样一个家庭同我有什么关系吗？会不会发生什么关系？入夜，巨大的圆月冒出茅草地，一片宁静随着银雾般的月光洒在大地上。隐隐约约的甘溪像一抹水银，发出蓝宝石的光芒，像童话中的一个梦境。天地间一片无边的神秘的柔软的流动的蓝，像有支蓝色的无字之歌在天边飘荡，融入了草丛，浸染着星空。

知青们坐在溪边上谈天说地，唱歌唱戏，背诵诗句，或者为一个有关苏德战争或物理公式的问题争得面红耳赤。偷偷看一眼，我看到身旁的一些女知青，虽然没看见我要寻找的身影，但我能想象那镶上了月色的两只小辫，就在桑树下，就在堰石上，就在机用铧犁车上，反正不管摆在哪里都艺术。

"你说，马克思的女儿叫什么名字？"猴子突然问我。

"小雨……"我糊糊涂涂脱口而出。

"什么？"他们哄堂大笑了。

我这才醒过来，费了好多口舌，一口咬定张种田最马克思，才使大家相信我不过是来了句幽默。

我想摆脱胡思乱想，就发狠读书，但书本反而增加了我的勇气——看，这是马克思的爱！看，这是伏契克的爱！看，这是巴金、茅盾、柔石……呵呵呵，我在爱情前辈们的鼓舞之下决心孤注一掷决战决胜。行动就这样开始了。我把她约到晚上的在甘蔗地东头，事先背记了几首诗，几十句格言，预谋了主动牵手的位置和姿态。我的暗暗算计是，等走到前面第三棵桑树，就开始第一个动作……

她显然注意到我的粗重呼吸，还有手不是手脚不是脚的全身尴尬。"你不要说了……"她低下头去，"你要说的事，根本不可能……"

我两眼一黑，"为……为什么？"

"爸爸说，不应该在这个时候搞对象。"

"什么叫搞对象？"

"说恋爱也行，反正是一个意思。"

"那你的柑子……"我话一出口就自觉很傻。

"什么柑子？"

"上次你给我的柑子，你忘记了？"

她知道怎么回事以后，还是眨眨眼，"我给过吗？再说，就算给了，就是给你吃么，这有什么错？"

这一下活该我无地自容。我一直拿来自鸣得意的柑子，一直以为含义无穷重若千钧的宝贝，原来什么也不是。我不过是把驴粪蛋错当金元宝的傻财主。

"小雨，你听我说，我这一段睡不好觉，总是有点……"

"你不要说了。爸爸说过的，我们现在应该一心一意创业。"

创业，创业，一提这个创业就让人憋气。小雨呵小雨，爱情是风雨中的火把，是航途上的风帆——我差一点要开始背诗了。

"你不要生气。爸爸说……"

"总是你爸爸，你爸爸，你爸爸！"

"不,你不要这样说他,我求你。"她知道我的意思,眼角有月光的闪动,"他是好人,我最心疼的人……"

完了,一个父亲的崇拜者,一条父亲的尾巴。希望已经风一样无影无踪。看来我所有的话都白准备了,都纯属自作多情。我不记得后来还说了些什么,突然,远处有一束手电筒的射光朝这边一晃。小雨一把抓住我,声音有些发抖:"他来了。是他。你快走吧。"

没怎么细想,没有像样的告别,我拔腿就往坡下逃窜。我听到身后有场长的声音,是大骂小雨的声音,又听到他朝我大喊:"站住!站住——"

他追上来了,追过甘蔗地,追过花生地和粪棚子,追过那台山上的拖拉机,一直追到公路上……足足追了两里来路,还在后面穷追不舍。我像风箱一样出粗气,鞋子掉了一只,脚上又被什么扎了一下。我在剧痛中突然醒悟:我好糊涂!为什么要跑?我是杀人了还是放火了?居然要跑得这样狼狈?不站住老子就开枪了——他把我当成什么人?

"混账!"他追上来,指着我的鼻子大骂,"我一猜就知道是你这臭小子。你还要不要前途?还要不要脑袋?小小年纪,学会耍流氓?"

"我没有耍流氓!"

"胡说!"

"我没有错!"

他脚一跺大吼一声:"举起手来!"

如果不是手电筒照得我眼花,我肯定能看见他气歪了的脸,还有那冲着我脑门的驳壳枪。

十二

我被抓之后受到禁闭处罚——关进了化肥保管室,满屋都是刺鼻的氨气。这是场长新近实行的家法,只差没配上老虎凳和辣椒水了。同我一起受难的还有几个伙计。有的是偷了场里的西瓜,有的是违反禁令下河游泳,大炮他们几个是私自去闯溶洞,想看看洞里是否藏了空投特务。听农民说那个洞一直通到四川峨眉山,他们还想去探探险。

"坐牢算什么,我们骨头硬。爬起来再前进……"我们唱着革命囚歌取乐,但每天被扣掉三两米,还得去修渠,日子不好受。

场长决定召开批斗大会,整一整我们这些害群之马。这天派人送了个亲笔条子来工区,但他的字太差,差不多是甲骨文,没人能看懂。李瞎子横看竖看忙了半天,把字条往衣袋一塞,还是带我们去修渠。

不知什么时候,滴滴答答,大路上溅起一线黄泥水,是场长骑马一阵风赶来了。他手执马鞭,脸色铁青,怒气冲冲,耳下方一道伤疤胀得红红的。"全体集合!"他大喊了一声。

我们赶快排列成两行。他在队列前走来走去,气得好一阵没说话,最后拿队长是问:"你好大胆子,目无领导,不听指挥!"

"我哪里目无领导?"

"叫你们开会,为什么不去?"

"晓不得呵。"

"没看见我的通知?"

"你那号天书,恐怕只有神仙才认得。"

"不认得？你胡说！我在扫盲班里拿了奖状的，军区司令都说我的字写得好，你他娘的敢说不认得？"

"我是没文化，他们知青也说不认得呵。"

"不认得就不能派人去问？你晓得这是什么通知？军机要事，十万火急，你以为是好玩？"

我记起来了。他的字条上有三个红手指印。他以前说过，当年他们打游击的时候，信上打一个红指印表示紧急，两个表示加急，三个表示特急。

没等我们笑出声，他又冲大家一瞪眼睛："活见鬼，这么多喝墨水的人，字都不认得，读了书有什么用？读到屁眼里去了？还戴着眼镜片子，装猫头鹰吓老鼠？听好了：立正——向右转——齐步——走！"

我仍然是又臭又硬的石头，蹲在地上不肯走，始终扭着脑袋。我以为这会把场长惹怒。奇怪的是，他发现这一事态后策马返回，既没打，也没骂，态度倒是出奇的耐心。"你想逼我发火是不？你想让我犯错误？臭小子，我今天偏不。你贼胆包天勾引我丫头，我张种田今天还偏要同你慢慢来。你等着。"

这天的批斗大会以后，他把我留在办公室，搬来一大堆学习资料重重地砸在桌上，叫秘书挑出一些文章开读。他自己闭上眼睛也陪着我一起听。

我急了："你有话就直说，别来这一套！"

"你不是骂我阎王爷吗？我今天要当一回观音娘娘。"他得意地冲我点点头。

学习资料一直读到深夜，读得我招架不住哈欠滚滚，在他面前的英雄相荡然无存。我只能自认倒霉,再大的罪名也先认下再说。我不知道自己是什么时候睡着的,只知道早晨醒来以后,发现是在他的床上,而他不知道已经去了哪里。

十三

据说场长想不通,为什么我这号人没被刀枪吓住,倒会被糖衣炮弹打中。他百思不得其解,决定对全场进一步严加管理。

在生病吐血的日子里,他还来我们工区抓整风。知青们的日记、书信以及各种书刊都要接受审查。女宿舍窗前的玫瑰也被拔掉,改种场长觉得顺眼的蔬菜。他可以容忍唢呐和胡琴,但对"下巴琴"疑虑重重——这是指小提琴——只是后来听说北京也有下巴琴,才没有真下手收缴。看见一张泰戈尔的画片,他就指着问:"是不是资本家?开什么铺子的?"看见一本诗集封面上有新月图案,立刻发现敌情,跳起来大叫:"土耳其!土耳其!"——因为他在朝鲜战场遭遇过土耳其军队,对方的旗帜标有新月。

除非家里病人和死人,知青们一般不得请假回城。在场长眼里,城里灯红酒绿,是腐化蜕变的发源地,在那样的鬼地方多混些时日,一个人的骨头不轻几斤才怪,不成"骆驼斯基"才怪。他还经常发牢骚,埋怨中央不把机关学校统统迁到乡下来。

大家都怕他,但并不会因此而更加努力干活。只要干部不在场,好些人就撑着锄头把磨蹭。看见牛上地吃花生苗,也懒得去驱赶。机耕队两台拖拉机坏在山上,买不到配件,谁也不去想办法,眼睁睁地看着它们生锈,都成了老鼠窝。这一年加上旱情严重,花生豆子什么的大多只有一堆空壳。直到冷冽的冬天来了,工资还发不出,每人只领得两斤霉花生过年。看到这个场面,场长也急得吐血。他带着一些人截了三辆粮车,凭着一张蛮不讲理的欠条,算是把大家的度荒粮食保住了。他又带着几个干部出外四处"接头",就是找关系求助,也不管什么组织程序,冲到县政府的这个局那个局,一屁股坐下就不走,就安营扎寨。县里干部都比他级别低,县委书记也让他几分,一见他就头大。结果,靠了这点老资格的权威,他还真募来两车半新的工作服,不知是矿工的还是劳改犯的,反正每人有一套,虽不合身,也可挡点风寒。

> 我的家在东北松花江上,
> 那里有无尽的煤矿,
> 还有那满山遍野的大豆高粱……

除夕之夜就在这样忧郁的歌声中到来。没有鞭炮,没有欢笑,甚至没有像样的年饭。大家烧着棉花秆,敲打着铝饭盒和搪瓷缸,目光里一片茫然。

场长带着几个干部来工区拜年。他带来了一壶酒,还有几包好烟,想让大家高兴和活跃一点。他见人就分烟,见人就敬上酒壶,讲了些笑话,什么李瞎子掉到了粪坑里,什么猪八戒到高老庄做女婿。

有个干部听出笑声太勉强,提起另一个话题:"张胡子,你经常说你小时候练过武打气功,可以刀枪不入,飞檐走壁,怕是吹牛吧?"

"胡说,我张种田吹牛?"场长喝了口酒,有意逗个趣,"不信我就来两手给你看看。"说着把棉衣一脱,一个马步,全身运气,额上青筋直暴,脸盘子胀出了紫红色,然后是青色,然后是黑色,十个粗短的手指头随之痉挛颤抖。"嘿!"他大喝一声,脚一跺,一掌劈下去,果然劈断了砖块,劈得粉末飞溅桌椅颤抖。

好哇——有人鼓掌喝彩。

掌声一落,场长又来了个节目,挑两个气力最大的后生,一人抱住他的一条腿,看他们能不能把他掀翻。

几个节目下来,他已忙得一身老汗,可惜气氛还是不够热烈。有人不辞而别,火堆边的空座位越来越多。有人不再喝彩,只是搂住双膝瞌睡。李瞎子其实并不瞎,一看这场面就故意闹腾,又是添柴又是添茶,还装装酒疯开口骂人:"李建国你这个王八蛋,我喝一口你怎么只喝半口?看不起我乡下人是么?"

"唔……"场长其实心里明白,偷偷往左右看了一眼,沮丧地穿上棉衣,摸到了手电筒,"哦,我们也该走了……"

像个不讨好的演员,他筋疲力尽地退场,轻轻叹了口气,摇摇晃晃出门去,佝偻的身子闪入风雪之中。

这一夜我没有怎么睡着。不知为什么,总想起了那个佝偻的背影。唉,场长,太刺伤他也许是不公正的,他的汗水并不比我们少流。那么是怎么回事呢?我们不缺乏手茧,但只得到几把霉花生。我们也不缺乏先进工具,但拖拉机在山头生锈。我们也不缺乏热情,但最终眼前都是一张张冷漠的面孔。那么怪谁?

好大一场雪呀。

十四

小雨调到另一个工区以后,我还是经常到猪场边去,好像那里还有她的余音和气息,她还有可能从哪个猪圈里冒出来。我遥望另一个工区的灯火,想象她现在的景况。她在做什么呢?会不会想念一个什么人?不会是一个劲地在油灯下写思想汇报吧?

有一位女知青的肚子大起来了,自己还不知道,是医生先把消息告诉场领导的。生米既已煮成熟饭,场里只得赶快揪出孩子他爹,命令这家伙与孩子他娘火速结婚。场长在婚礼上讲了些祝贺的话,还赠给新婚之家两个热水瓶。可以想象,一场热热闹闹的婚礼使恋爱禁令不了了之。不过有意思的是,知青们眼下都认为茅草地非久待之地,不愿背上婚姻的包袱,见到异性反而谨言慎行起来。

"见鬼,让他们搞对象吧,他们都像阉了似的!"场长经常一见到队长们就打听恋爱动态,在干部会上动员大家都当媒婆,还从附近农村招收了一些青年女职工,平衡场里的男女比例。听队长说,他就是想让大家安心农场,在这里成家立业落地生根,包括给他生出一窝窝小劳动力。

这天晚上,猴子突然来告诉我,说小雨来找我,在老地方等我。

"找我干什么?我要睡觉了。"其实我心里已咚咚跳。

"你就这样对待妇女?就没有一点怜香惜玉之情?"

"你讨打么?"

事情有点可笑。她父亲的号令枪一响,她就开始起跑了,要完成爱情指标了,最近又是找我借书又是向我讨教什么,但我一想到号令枪反而腿软。

我还是去了,看见她消瘦的身体,还有稍显突出的颧骨。她似乎没什么事,只是说说她去参加州团代会的感受,说茅草地对比兄弟农场的差距,什么三个"不如",四个"不一样",五个"没想到"……说到兴致勃勃之际,差一点吓得我抱头就跑。我的团代会大代表,居然要在花前月下给我再上一堂团课!

"你还没说完?"我伸了个懒腰,喷出哈欠。

"你累了?那……去休息吧。"

"再见。"

我向宿舍走去,但刚起步就听到她呜呜呜,回头一看,是她捂住了脸。天边一道闪电,亮一下又赶紧藏进云里。山坡上有几堆没有烧尽的火土灰,发出忽明忽暗的红色。萤火虫在游动,有时扑到了我的脸上。

她一直哭着,哭得背脊剧烈地起伏,一拳拳捶打着桑树杆。"你知道我找你是为什么,你明明知道我要找你……"

"为什么事?"

"你知道。"

"我能知道什么?"

"你装蒜!装蒜!"

"不就是场部墙报的事?你已经说过了……"

她失神地睁大眼:"不,你就没听说?就没听说那个姓袁的……"

我当然听说了,知道有个姓袁的转业兵在向她求婚,还知道媒人是一位场党委委员,州里某领导的亲戚。我得抓住机会表现一下清高和大度。我用一种特别诚恳的腔调,夸奖那个姓袁的——他嘛,相貌,才干,家庭背景,各方面都好,一定有远大前途……我说得自己全身暗颤。

她眼睛越睁越大,眸子里透出惊讶、失望以及愤怒。五秒、十秒、十五秒……我们在对视中交流着一切询问、回答以及倾诉——这里面包含着多少词汇和语法！要是在两年以前，我一定会抓住她大声说：跟我走吧，你什么也不要问，什么也不要想，什么也不要怕。可我已经是两年后的我了。我已经没有勇气向一位团干部，向一位老革命的孝顺女儿，伸出自己的手。

"你，回去吧……"我费了很大的劲把这句话说完。

"你说完了？"

"好困呀……"我假装再喷出一个哈欠。

"你——你去死！"她一咬嘴唇，扭头跑了，消逝在一道闪电里。

美丽的小雨就这样去了。她的心我明白了，我的心她也该明白了吧。她走了，没有告别，只有暗夜里的放声诅咒："你去死——"

十五

小雨最终死于一次烧荒，一同遇难的还有三女一男。最可悲的是，场长对这次事故负有重大责任。他不知道南线隔离带还没砍好，仓促下令按时点火。结果没料到风势突然转强，荒火呼啦啦轻易越过了隔离带，扑向林木丰茂的另一片山坡，也扑向了前来打火的一些青年……

各个工区几天来死一般寂静，食堂里总是剩下很多饭菜，没法让人咽下去。连油嘴滑舌的猴子也揪着自己的头发嚎啕大哭，扑到我身上，在我肩头狠狠咬了一口。我后来才知道，他也一直暗暗喜欢小雨，在梦中还喊出她的名字。

可怜的朋友。我没有同他说什么，也流不出泪来。悲伤使我反常地平静，只是独自朝外面走去。前面是蒙蒙细雨，亮滑滑的路。我不知道哪里是她走过的路，哪里是她锄过的地，眼下到哪里还能听到她的声音,看到她的小辫子和宽大光洁的额头。说起来,我算不上她的什么人,只是几页诗撕碎了,雪片般飘落甘溪——这是关于她的诗,最终应该交还给她。我希望它变成白色的蝴蝶,去追赶匆匆离去的身影;或者变成白色的玫瑰,永远开放在一个人的心里。

这个世界有多少东西值得用白色花朵埋葬?天地是这样广阔,好像使劲喊你也听不到回声。远山看起来是一座座巨大坟墓,随着你的前行而一步步远退,好像要与你永远分隔,不让你走近它们的秘密。

场长一下子老得白发飘飘。有人看见他傍晚时骑马狂奔,顺着甘溪跑过去,又顺着甘溪跑回来,朝着天边静静的红霞大喊:"丫头——你回来——丫头——"

叭叭叭,驳壳枪朝天响了。

枪声像破竹之声,惊飞几只野鸟,尖锐地升入寒冷的高空,最后消逝在一抹暗紫色的晚霞中。

谁也不敢去劝他,只有他两个儿子追着马屁股喊:

爸爸——

爸爸——

十六

场长很快病倒了,农场乱得更加没有头绪,到第二年只好作为长期亏损单位解散。省农垦局一个工作组来了。中央一个副部长也来了,据说他就是当年给场长取名"张种田"的某位老首长。场党委开了七天会,会后又召开职工大会,传达了全面整顿精神,在肯定了全场员工几年来的功绩以后,宣布农场将由附近几个公社分区接管。清理财产和安置人员也马上开始,大部分知青将转到一个铁路工地去筑路。

据说可望转为铁路建设公司的职工，大家当然高兴。我们杀鸡，打狗，吃掉种籽，劈掉板凳和箱架烧火，连门板有时也难幸免。一些附近农民先下手为强，来偷铁丝，偷砖瓦，偷锄头粪桶。菜地上吃不完的菜，我们就把猪和牛赶去吃。大家要离开了，也不再怕场长，场部出现了一些大字报，意见五花八门。群众说他瞎指挥，干部说他独断专行，一个会计说他那次募来寒衣是破坏财经制度，截粮车更是耍特权，目无法纪，土匪作风。

人们吃饱肚子以后就可以骂他"土匪"了。

我清理书籍和行李，发现那双已经破了的胶鞋，不觉心里一动——场长呢？这个茅草地王国的酋长，已经四面楚歌的"土匪"，这些天来在哪里？

听人说，几天来他经常在地里走走，到天黑也不回家。那匹马被人们开枪打死。他将要调到某个农业学校去当书记，不需要马了，不能骑马了。食堂里吃马肉那天，人们看见他没尝一片，只喝了整整一壶酒。

我去看过他。房里乱糟糟的，人不知在何处。他可能还在地里游走？还在雨雾中寻找自己的女儿？他将要去领导一个学校了，是否还将重复茅草地的欢乐和痛苦？

雨滴泼打在窗子上，拉出了很多流痕，模糊了窗外的一切。我等了好一阵，扫净了地，抹净了桌子，给主人铺好了被子。发现墙角有一双沾满泥灰的皮鞋，我取来一点一点擦拭，好容易擦出了黑色，然后整齐地摆放在床边……我终于走了，轻轻地拉上门，一点声音也没有。

我不知道自己为什么会这样做。

动身离场的那一天，我去买点绳子和面包，在草市街看见了场长。他在冷清清的供销庙里，靠着水泥柜台，端一只酒碗，喉结在滚动。他显得老多了，背有点驼，左眼充血发红，没有女儿在身边，衣服显得还有些脏乱破旧。要不是那两道虎生生的目光，我真怀疑他是哪个瑶寨里来的贫困老汉。

他朝我点点头，勉强一笑："喝酒不？"

我摇摇头。

庙门外熙熙攘攘，一些农民赶着农场的牛走过，拖拉机喷着黑烟摇摇摆摆，拖着农场一些财物不知要到哪里去。再看过去，又一队汽车停在城墙边，知识青年把行李挑到这里，正往车上码放。人语喧哗之中，球鞋与运动衫在晃动，让人看得有些眼熟。

场长眼里掠过一丝凄凉，喝了口酒，"你们到这里有几年了？"

"四年。"

"哦，四年，四年，好快呀……"

"是好快。"

"你们，行李都清好了吧？没掉什么吧？……到新地方要注意安全，要搞好团结，慢慢地适应水土。修铁路不比做地里功夫，经常要放炮，经常碰到塌方，容易出危险。你们做事宁肯慢点，莫慌手慌脚。嗯？"

真是奇怪，离别可以使粗人变得细心，硬汉变得心软，存怨的人忘记对方种种过失。我从他嘴里听到了母亲的口气。

远处汽车喇叭响了，大声点名的声音也在传来。他苦笑着闭了眼睛，挥挥手："好了，你走吧，走吧，时间不早了。"

"场长,"这两个已经陌生的字,这个现在已经没有意义的称呼,使我的声音异样,"你不去送送我们?"

"去的,要去的……"

"你会要去的吧?"

"当然,当然……"

他拿着酒壶跟跟跄跄出了门。我后来才发现,送行的人群里并没有他。也许他是怕受大家冷眼,也不想看到这样的场面。

汽车开动了,一片"再见"声响起来。刚驶出街口,我突然看见甘溪桥上一个黑影,一动不动。我可以断定,黑影就是场长,一定不会错。他也许正朝大路这边张望,在目送我们这些熟悉的面孔。渐渐地,黑影变成一个黑点,看不见了,看不见了……但我分明看见一张老脸上痛楚的表情,眼角一滴酸泪。

> 光荣北伐武昌城下,
> 血染着我们的姓名;
> 孤军奋战罗霄山上,
> 继承着先烈的殊勋……

场长,你还唱这首歌吗?我这一辈子里还能看到你吗?我多么想抱住你,痛痛快快地哭一场,哭你和我,哭小雨,哭大家……但我不会这样做。

明亮的甘溪从落日之处缓缓流来,落霞晚照,水天一色,茅草地似乎在燃烧。那台废拖拉机还摆在山上,像刻记一切往事的碑石,像经历了无数次失败的英雄,面对自由的暖风,静静地注视过去和未来。锈红色的空气在微微波动。这样一个美好的世界,锈红色的世界,像一道闪电,就要滑过去了,就要消失了。

车身晃荡,车内一片笑声。猴子与大炮在抢夺香烟,你一掌我一拳的,笑声特别响。他们在笑什么呢?笑手里的香烟?笑今后各自的前景?笑总算离开了茅草地?笑兄弟们终于摆脱了一个不堪回首的地狱?可能,是该笑笑了,但过去的一切都该笑吗?茅草地只配用几声轻薄的哄笑来埋葬?——你们到底笑什么?

我笑不出来,双手抵住膝,手掌从额头往下遮住眼睛,在任何人不知道的情况下,偷偷流出一滴泪。

1980 年 10 月

---

* 最初发表于 1980 年《人民文学》杂志,后收入小说集《飞过蓝天》等,曾译为俄文,获 1980 年度全国优秀短篇小说奖。

飞过蓝天

它是一只鸽子，但有人的名字，叫晶晶。

它饿了，落在屋檐咕咕叫，左顾右盼，总希望看到那个人的身影。晚霞已越来越暗，炊烟已快飘尽。要是平常，那个人早就回来了，担着柴，或扛着锄头，或提着柴刀，老远打响一个长长的呼哨。于是，晶晶飞过去，落在那个带有汗渍气味的肩上，挺胸四顾，得意洋洋，尾巴在主人脸上挤挤蹭蹭。那个人会轻轻抚摸它，从口袋摸出一把稻谷或绿豆，有时还有它吃上了瘾的野葡萄。

那个人把晶晶的名字叫得多了，它知道那就是自己的名字。它迎上去，任主人给它梳毛，任主人给它装哨子，在自己难受的时候，任主人填喂一种气味奇怪的白色粉末。有时候，他会带着它出门旅行，一次比一次走得更远，于是它兴奋无比，翅膀越飞越健壮，升腾和俯冲的动作越来越熟练，掠过附近一个大湖的时间也一次次缩短。如果带上足够的食物，它相信自己几乎可以啄来天上那些熠熠闪光的银色颗粒。

它当然不能全部听懂主人的话，但也能慢慢琢磨出对方的很多意思。比方说一声呼哨，那是他召唤它。比方说拍几声巴掌，那是他放飞它。如果几声巴掌之后还加一声"着——"那它就得飞向北山，飞越大岭，飞到山谷里一间木屋前。它在那里会见到一个女人，就是一个长头发的人。对方解下它腿上的一个小竹筒，取出里面的纸条。

当它从长发人那里带回了纸条，主人常常会笑容满面。"这样快？老子要给你提高工分！"他可能这样说。"亲爱的，你是我的幸运之神。求求你，行行好，不会带来什么坏消息吧？"有一次他还这样说。

一般来说，他看完纸条后会特别高兴，挠挠脑袋，伸伸手臂，在地上翻一个斤斗，摸出一个闪亮的铁匣子塞进口里左右拉动。奇妙的声音就在这时发出来了，像清晨雀噪，像流水回环，像阳光流经密林，雨点敲打绿叶……它常常在这种声音中发呆。

可现在，它很久没有去过那个木屋，没听到铁匣子里的奇妙声音，甚至好几次在例行进食的时候没有见到主人。牛犊饱了，正舔着母亲的肚皮。乳燕困了，正躲进妈妈的羽翼。人们呢，在一片片屋顶下与亲人们团聚。而它正面临着孤独与饥寒。

它要找他，要找到他。它飞到桌上，桌上只有几个臭烘烘的烟头，还有半钵剩菜。它飞到床下，床下只有破鞋烂袜。它飞到门外的大树上，四周仍然不见那个人的身影。如果说鸽子的锐目可以帮助它发现云外的来客，那么眼下不论如何睁大眼睛，它也没法发现天边那张圆乎乎的黑脸……

他是一个人，但有鸟的名字，外号叫麻雀。

在公社里整整一天的外交活动，累得他筋骨酸痛和喉干舌燥，脸部肌肉也紧张到了极点——那都是赔笑脸的结果。唉，招工，招工，招工！这件要命的事闹腾得自己脸面扫地，人不人，鬼不鬼。给公社秘书递烟，请招工师傅喝酒，装出谦恭和诚实，又迫不及待地吹牛自夸。要招有专长的人吗？你看看吧，我马上给你来一个底线切入反手上篮——嚓！这可是市甲级队主力的水平呵。不行吗？那我再给你来一段草原红卫兵之舞吧。你们要吹口琴的吗？要装收音机的吗？我还会杀猪和爬树和修锁配钥匙。可这样说出来的结果，是对方的哈哈大笑，然后还是摇头。

当然，有的知青竞争优势明显，不必这样劳神费力。他们到邮电所给局长老爹挂长途电话去了，或者到公社干部耳边打小报告去了，或者拿着钱打酒砍肉大摆宴席去了……谁都不是省油的灯，都有秘密武器，关键时刻一个个都彻底暴露，他妈的乱纷纷豪英四起一决雌雄。

他必须投入最后的一搏。现在，他坐在床上，靠着墙卷完第四根旱烟，长吁了一口气，无耻的目光落在鸽子身上。

晶晶从未发现过这种目光，感到有点紧张。

"好鸽子呀，一看就是名门出身，军鸽世家，祖上在比利时或者意大利立过战功的。行家哪看不出来？"

咕咕一声，晶晶感觉到什么，更增添了慌乱。

"不要怕，不要怕，你这样子人见人爱，人家不会把你怎么样。说不定让你更加吃香喝辣呢。"

晶晶可以听懂鸽子的语言，基本上可以听懂鸡鸣狗吠，但人的语言对于它来说还是过于复杂。它小心地继续观察着。

主人摸摸它的头，理了理它的羽毛，还从木箱里摸出半捧绿豆送到它嘴前……看来情况正常，没有什么事要发生。晶晶放心了，伸展一下翅膀，咕咕嘟嘟地表示兴奋和感激，啄掉第一颗绿豆。

主人的声音又透出了沉重："兄弟，这事只能你来帮我一把了。实在对不起，我舍不得你走，可有什么办法呢？人家还看得上你。我也只有你这件宝贝。那个老王八蛋，那个臭杂种，居然也是个玩信鸽的家伙，居然看上你了。你说这事……"

晶晶对这种语气和脸色再一次感到奇怪。他在跟谁说话？是跟门边那条狗吗？或者是对门外那棵树吗？不然神情为什么这样陌生？

"朋友总要分手，你不要怪我，好好地跟着那个王八蛋去吧。你帮了我这一次，我一辈子记得。你要是这一次帮成了，你就是我的大恩人，大救星，我会天天为你祷告……"他已经盘腿而坐，两手合十，闭上双眼，"天灵灵，地灵灵，保佑我的兄弟一路平安，无病无灾，长生不老，阿弥陀佛……"

晶晶不懂这些声音，但懂得脸色和语气。它不再啄食，飞到屋梁上，占据了一个随时可以逃飞的安全地带。

"吃吧，吃吧，你不要怕，下来吧。这就算咱兄弟一场，也有个告别宴会……"主人看着它，不再说话，眼里突然有了亮晶晶的东西。

也许是想让它安静，让它放松，让它最后一次听到主人的吹奏，他把铁匣子再次塞到嘴里，吹响了俄国的《三套车》，知青中的一支流行歌曲。他吹出了呼啸的雪花，颤抖的冰凌，一望无际的茫茫大雪原，还有从冷冷历史中飘来的马嘶。那是在一个异邦的河岸上，一个车夫在孤独而哀伤的歌唱——你看吧这匹可怜的老马,它跟着我走遍天涯,可恨那财主就要把它买了去,今后苦难在等着它……

晶晶觉得主人的泪花不怎么危险,咕咕一声,再次飞落桌面。

第二天一早,主人把晶晶塞进一个硬纸盒。里面多暗呵,多闷呵,多狭窄呵。鸽子开始不安地大叫,扑扑地挣扎。

主人找来剪刀,给它挖了两个方方正正的透气窗。

鸽子把头探出窗口,还在叫。

它是有点不习惯吧?主人嘀嘀咕咕,把它的食盆、衔来的树枝以及经常戏耍的乒乓球,都塞进了纸盒。

咕嘟嘟,咕嘟嘟——窗口里透出的声音仍然凄婉而惊慌。

主人提着纸盒出门了。一开始,晶晶虽有所不安,但以为现在不过是再一次出门旅行,倒也不像是什么灾难。但它渐渐有了疑心,因为过了好一阵后,它不再听到主人的说话声,更没听到口琴声。窗外有时明亮,有时昏暗,有时人多,有时人少,但都是陌生面孔和陌生话语。它还先后嗅到了汽油味、沥青味、皮革味等等它不知道的气味,先后听到了汽车喇叭声、火车轮子声、列车广播声等它不知道的声音,看来一切都非同寻常和凶多吉少。它在剧烈晃荡的黑暗中一直紧张万分,咽喉里抽出嗖嗖嗖的弱音。它只有在遇到猛兽时才有这种喉音。

窗口里塞进米粒和绿豆,还有盛着水的瓶盖,但它不吃也不喝,直到自己昏昏沉沉有点站立不稳。

不知什么时候,眼前突然变得明亮,一股新鲜空气扑面而来。是天亮了吗?是放飞了吗?是……它本能地缩紧全身,往后一坐,再猛地一弹，就箭一般射了出去。

"哎呀！你怎么搞的？随便打开盒子！我的鸽子，鸽子，鸽子哟……"一个中年人的粗嗓门留在了它身后。

一个小孩的哭泣声也留在了它身后。

晶晶不知道那些声音是什么意思，也不想知道，只是一头扑进了无边无际的开阔与自由。它又能飞了，又开始飞了，再一次让地面在翅下唰唰唰地微缩和模糊。当然，它很快就觉出些异样，忍不住打了个寒颤。这是什么地方？空气太冷了，太干了，也似乎太粗硬了。它记得家乡充满着绿色，而这里黄蒙蒙的灰乎乎的。它记得家乡流动着白雾，而这里奔跑着一浪浪迷乱的飞沙。它记得家乡的群山中，有个美丽的湖，里面总是蓝天、白云以及一只与自己相像的鸽子。湖边还有一片林子，其中靠水的那棵老树旁，有几块构成三角形的大石头。它只要找到那些石头，就可以找到穿过竹林的小路，找到熟悉的屋顶，还有主人圆乎乎的黑脸。而那一切眼下都无影无踪。

这里离家乡大概太远。

它越飞越高，想望到更远的天边，哪怕看到一丝家乡的痕迹也好。但它绕飞了一圈又一圈，仍然一无所获。它呼叫了一遍又一遍，仍然没有听到任何回应。

高空中风小了，很宁静，但寒气更重。它已经有点昏眩和疲惫，但突然有一种不祥的预感袭来，抬头一看，眼睛睁得大大的。不好，那是什么？穿透云层而来的一个黑点，不正是一只兀鹰么？黑云般的翅翼，阴森的眼光，尖嘴利爪，甚至根根须毛，都已经越来越清晰，如一股无声的阴风迅速逼近……

它只剩下一个意识——逃！

他一早醒来，觉得这个早晨少了点什么，想了好一会，才知道是少了鸽子的叫声。他看了看窗外屋梁上那个空空鸽笼，心里很不好受。

他恨不得抽自己两个耳光。有什么办法呢？这次鸽子外交同样失败，虽然过五关斩六将，好不容易讨得了招工师傅的欢心，但在"公社推荐"这一关仍踩了地雷。他妈的，公社书记明明是想安排老上级的儿子，明明是要做一把人情，却满嘴的漂亮话。先算了他偷狗和偷菜的老账，说他思想改造还不达标，狠狠打下了他的气焰。然后又笑嘻嘻地来拍肩膀，说革命工作行行都重要，山区尤其需要知识青年，需要像你这样有文化的一代新人……呸，真是笑里藏刀的老行家呵？

一个老人喊着他的名字，咳了一声，把光光的脑袋探进房门："还没吃早饭啦？要吹哨子了。上午在丝瓜冲散凼粪。"

"队长，我……手痛。"

"你昨天背痛，怎么今天又手痛？"

他挪下床，右手腕一弯，好像再不能伸直了，"哎哟哟，哎哟哟，怕是骨折了，怕是生了骨瘤……"

"那，那你就去看牛吧。"

"看牛……"

老队长没注意他的暗笑，吧了口烟，走了。临出门补了一句："快些搞饭吃吧。我摘了点辣椒和黄瓜，就在门口。你那个菜园子，也要趁天晴上点粪水了。莫懒呵。"

一把菜蔬又放在门槛边——不知这是队长第几次送菜了。当然，老人的关心还包括讲授各种为人处世的道理，包括给他找一把治感冒的草药，包括给他削一根扁担或补一顶草帽。更重要的是，他不知道养鸽子有什么用，总说应该养几只下蛋的鸡。他也不知道铁哑铃有什么用，总是劝主人把它拿到铁铺去打两把好榜锄……他不知道这个城里伢身上的哪个地方接错了筋。

麻雀有点感动，但并不后悔刚才的手腕弯曲表演术。他实在不愿在这个山冲与泥粪打交道了。记得六年前刚下乡时的情景，那时他有多么火热的幻想呵。他是瞒着母亲转户口的，是揣着诗集偷偷溜进下乡行列的。他渴望在瀑布下洗澡，在山顶上放歌，在丛林中燃起篝火，与朋友们豪迈创业就像要建起一座康帕内拉幻想中的"太阳城"。他还想靠自学当一个气象专家或林业专家，登上现代化科学的殿堂。当然，他也要让手上生出那值得自豪的硬茧，让腿上留有那英雄勋章似的伤疤。第一次上山砍竹子，他凭着年少气壮，不顾劝阻砍了百多斤。不料下山时，他逐渐跟不上队伍了，一步一跪，忍受着肩上火辣辣的痛，竟远远落到了最后。在一个急弯处，竹子太长，两端都抵住了岩石，卡得他既不能动，又放不下，加上草丛里沙沙地响，一条蛇倏然逝去，他急得哇哇哭起来……

后来，是老队长举着松明子来找到了他。

但这些并不使他泄气。那么是什么使他学会了手腕表演术呢？他想不太清楚。他只知道，第一次招工给人们的震动太大了。地位分化的可能和现实，使朋友们的热情消失得太快，算计增加得太多。关于托洛茨基和德热拉斯的讨论不知道什么时候停止，社会调查记录什么的被人们撕了卷烟，连菜园子也变得荒草丛生。对干部的顶撞，与农民的纠纷，知青户内部为大事小事发生的争吵，使大家在入睡前更多地想起了今后出路。"光阴飞快地流逝，一去不再来……"一位知青经常唱起这支印度歌。

　　一个个都走了。有的是靠爸爸一张字条当兵走了,有的是招工或升学了,有的则公开宣布姑娘和金钱是目标,户口也不要,藏着匕首下山。连山那边那位热情为自己掌管衣服钱粮的姑娘,也不再让鸽子带来纸条,一走就没有音讯……于是,这个一度热闹的知青户,只剩下一只鸽子——就像他的影子。

　　现在,他连影子都没有了。

　　没有影子的人,还是一个人吗?还是个东西吗?

　　好久没打柴了。稻草也潮湿,根本不接火。小收音机里正在播气象预报,说是今后几天内还要下雨。他啪的一声把收音机关掉。

　　收音机旁有一封信,是一位老同学写来的:"……老弟,你白长了一个脑袋,要干部推在(荐)你,实在容易。让他们喜欢你,有这号本事没有?如果没有,就得让他们怕你。专给他们找麻烦,让他们脑壳痛,逼他们甩包袱(袱)!我陆大爷的成工(功)(经验)就是这样的……"

　　他用信纸点火的时候,把信再看了一遍,脸上冒出恶毒的冷笑。对呀,如今软的怕硬的,硬的怕狠的,狠的怕忘命的。老子破罐破摔,要让他们六神不宁!

　　晶晶感谢那只灰鸽。要不是它,自己早被老鹰撕成碎片了。当时自己一个劲奔逃,忽而俯冲,忽而腾空,但那个巨大的敌人紧紧咬住它,始终像一片乌云笼罩头顶。不知什么时候,自己被刺树挂住,掉了两片羽毛,未感觉到痛,但身体不平衡了,速度开始放慢。就在这千钧一发的时刻,晶晶看到了它。咕嘟嘟——

那是召唤还是在声援?晶晶飞过去,跟着它飞越一片枣林,滑过一个麦场,然后钻进一个大石磨下的窄缝里。这里老鹰无法挤进来,而且附近有人影,有狗吠,老鹰果然只敢在高空盘旋,绝望地叫喊一阵,最后丧气地走了。

晶晶向灰鸽子拍拍翅膀,发出亲切轻柔的咕咕声。

灰鸽子走了,不一会儿,又带来一大群鸽子。这是个多么热闹的群体呵。雄的,雌的,大的,小的,白的,灰的,此起彼落地飞翔和跳跃,鸽哨声响成一片。大家都打量着这个浑身雪白的新朋友。几只雄鸽还大声叫唤,蓬松羽毛,显示声音的圆润洪亮,展示宽阔的肩幅和挺健的龙骨。

咕咕咕——晶晶听出了它们的欢迎和安慰,也尽可能作出了回答,只是它关于湖水和水田的描述,似乎使对方觉得不可思议。它觉得自己已经说得够清楚了,但新朋友们还是一个个目光茫然。但不管怎么样,它眼下结束了孤单,重新进入火热的集体。是的是的,它记起了母亲的话,没有集体,活着还有什么意思呢?尽管在集体里也会有不愉快,也会出现争食或争偶的打斗,但群居才会有安全,有交流,有游戏,有欢乐的歌唱。它们扑扑地从一块麦田飞向另一块麦田,从一个屋顶飞向另一个屋顶……在这个过程中,晶晶已经学会了吃麦粒和高粱米。

它吃饱了,喝足了,但还在东张四望,瞪大眼睛寻找什么。这里的一切使它没法忘记"那个地方"、"那个人"。那里有青山中的湖面,有山沟里的小木屋。它不是应该飞到那个小木屋去,取来小竹筒里的纸条吗?它不是应该在那棵熟悉的老树枝上,等待主人在晚霞中归来吗?它怎么能停留在这里?

当然啦,这里有食物,有朋友,也有草窝,但好像还少了点什么。是的,这里似乎什么也不缺,唯独没有它日日相守的图景和动静。

它扶摇直上,又徘徊飘落,引得鸽群追随它求索上下,投来种种惊疑和询问的目光。天色暗了。首先是两只胖鸽发出了疲倦的呻吟,接着是一只麻色雄鸽发出了回家的号召。什么新鲜东西也没发现的鸽子们,渐渐不满意外来者的引导了。咕嘟——咕嘟嘟——它们用嘴梳理羽毛,清洗泥灰,摇着尾巴,恢复了如常的自在和安闲。当它们动身回巢时,发现晶晶还孤零零地立在一个废碉堡上。

如果附近有人,如果人可以听懂鸽语,那么就可以听到这样一场对话:

"你还要干什么呢?"有一只鸽子问。

"我要寻找。"晶晶回过头来。

"你找什么呢?"

"我……要寻找。"

鸽子们耸耸肩,发出杂乱的咕咕声:奇怪,奇怪,它们劝晶晶不要胡思乱想——是的,它们什么也不缺少,什么也不必去寻找。咕咕,它们吃了就玩,累了就睡。咕咕,在满足之后,它们是慷慨大方的。在饥寒面前,它们并不缺乏勤劳。但它们这些菜鸽从不幻想,只有刚出壳的乳鸽才幻想啦。咕咕,它们有祖先,也有后代,有自己的窝巢。它们虽然一旦长得肥满就会死于人类的刀下,但谁又能免一死呢?它们虽然飞不了多远,但谁又能逃出天地的大限?既然如此,那么大家就安于现状,至少赚一份舒适,不必自寻烦恼和自找苦头吧?

不,我要寻找。晶晶低下头去。

菜鸽们终于扫兴地飞走了。大地寂静下来，冷冷的夜雾漫淹过来。地头冒出一个金闪闪的圆，记得它有时像一个钩，有时像一个桃，今天怎么变得这样又大又亮？记得有一次晶晶向它飞去，想啄一啄它，但飞了好久好久，它还是远远的。现在，晶晶要去寻找心中的一切，会不会也像那次一样无功而返？

它完全没有把握。

它突然听到身边有扑扑的声音，回头看，是一只灰鸽——哦，它没有回去。

他开始了新战略。那天，燕子低飞，水缸出汗，蚂蚁筑坝，明明是要落雨的征兆，而且收音机里明明有大雨的预报，但他作为气象员偏偏不去通报消息。眼看一场暴雨喊下就下，晒的一坪油菜籽全被打湿了。刚下田的千多斤碳氨，被山水一盖，只怕肥水跑走了一半，急得老队长跺脚喊皇天。

公社秘书下来检查工作，他正好利用这个机会耍赖，口口声声说没衣服换了，要借秘书身上那件中山装。衣服虽没借到，但衣袋里一包烟却被强行"借"走了。秘书脸上红一块白一块，不好发作，只得拔腿就走，怕他又来搜钱和粮票，说不定还要抢手表。不几天，秘书的话就风传下来了："那个叫麻雀的，什么知识青年？简直是城里的街痞子。第三次世界大战一打，先把他捆起来！"

看牛当然也不能太老实。一上山，他就一个大字躺在地上呼呼睡觉，要放牛伢给他打扇，摘杨梅来供奉他。结果牛吃禾，牛打架，闹得队上鸡飞狗跳。那天收工点数，发现少了一头黑牛。

"我的娘，何得了！"队长在禾坪里急得团团转，"那只牛婆刚抱福,万一跌到山下,出手就是千多块呢。"社员们也惊动了,围拢来叽叽喳喳,对他投射埋怨的目光。

"我一双眼睛,哪里管得那样多?鬼知道它到哪里去了。"他坐在地上满不在乎。

"你是一个人,你要拿工分的呀!"

"我根本不稀罕工分。"

"那你吃什么?要你喂头猪,你懒。要你出粪平田,你又说做不了。看牛也当好耍?你你……"

"我怎么样?我早就不想在这里干了。你们讨厌我,谢天谢地。我就是希望你们讨厌我。快去给公社进一言,把我送走吧。"

队长的胡子都翘起来了,一跺脚:"你枉吃了二十多年的谷米哟!"转身就急匆匆找牛去了……

老饲养员甚至急得呜呜地哭了起来。

深夜,队长带着几个人找牛还没有回来。山上有松林的呼啸和竹林的喧哗,间或有野猪叫或野鸟叫,还有一些不可名状的声音。唉,他们找到牛没有?他们会碰上野猪或者毒蛇吗?他们肚子饿了吗?会摔跤吗?他们的老婆孩子还在门边等待吧?……麻雀有点六神无主,终于提着马灯出门。高一脚,低一脚,四野黑森森,只有点点萤火飘忽不定。他后悔自己不该故意怠工,惹下这一场大祸。

但他捶捶脑袋,又停止了脚步。不行,他不能中止自己的战略战术,做事得做到底。他要咬牙关挺住,要继续表演下去。这个世界上强者生存,是蜂得有刺,是狗得有牙,是牛得有角,自己怎么能这样心肠软?对,应该回去,喝酒,睡大觉……

他挠挠脑袋,把一包香烟塞进队长家的门缝,然后跑回家了。

它们飞向南方。

脚下有波浪撞击的声音,大概是一个大湖,或是一条大江吧?到处弥漫着浓雾,浓得简直是一团团水。晶晶和灰鸽分不清白天还是黑夜,既看不到阳光,也看不到星光,更听不到人或者禽兽的声音。它们只感到翅膀已经潮湿,沉重如铅,麻木如无,一股无形的力量拖着自己下坠。但一听到波浪声逼上来,它们意识到灭顶的危险,于是尽最大的力量升飞……

它们不记得这些天来飞过了多少高山和大江。记得那天的暴风雨,真是惊心动魄。天地似乎卷进了一个无底的深渊,树干喳喳地被风刮倒,巨风抓住杂乱的沙石抛向高空,又重重地摔下去。它们无法控制自己,被风一次次掀倒,撞在树干或岩石上,撞得自己昏天黑地。踉踉跄跄飞了整整一天后,它们发现自己竟飞回原地,一眼就看见那根曾经告别过的歪脖子树,还有自己停栖过的小桥……

它们没有灰心,继续挣扎着向前,向前,向前。好,现在终于有希望了。空中渐渐变得暖和,地上的绿色也多了起来。还有那镜子般的湖泊,玉带般的渠道,多么眼熟呀。晶晶甚至隐约嗅到了故乡炊烟特有的气味。感谢灰鸽一路相伴,增添了旅途中的热情和勇敢。遇到老鹰,它掩护晶晶先行逃走。夜里栖息,它警觉地发现黄鼠狼的脚步声。晶晶打冷噤时,它亲切地靠过来献出温暖。它还那样善于歌唱:咕——嘟——咕——嘟——

它们飞呵飞,寻找呵寻找。对于晶晶来说,寻找成了性格和习惯,成了生命的寄托和生活的目的。为了不能忘怀的一切,它穿过了白天和黑夜,从远方飞向远方。

雾渐渐消散了。绿树上布满了金色的斑点,随着太阳冉冉升起,这些斑点在纷纷燃烧又纷纷熄灭。大雨把大地上杂乱的气味全部洗掉了，只剩下一片清新。鲜花摇动湿润的花瓣，与晨风低声交谈，与蝴蝶互送眼波。

应该休息一下了。晶晶回过头去，突然发现灰鸽子不在身边，却停落在远处一个树墩上，眼光直愣愣的。它怎么啦？

是发现什么动静了？还是累得不想动了？如果晶晶现在能看见自己，就会理解灰鸽的眼光了——阳光下，晶晶显得多么瘦，多么脏，哪是什么鸽子，完全是一只老乌鸦。如果晶晶是一只从未远行过的鸽子，也能理解灰鸽的眼光了——这是一次多么茫然的寻求，多么疯狂的胡闹，多么可笑的一厢情愿！他们还要向前飞吗？还要投向没完没了的苦难么？

爱唱的灰鸽今天有一种反常的沉默。相反，沉静的晶晶今天反而成了个饶舌妇，咕嘟咕嘟唤个不停，一股脑地吐出焦急、惊疑、央求和鼓励……

可惜它的声音既细弱又嘶哑。它不知道，这种破沙罐的凶音不能再使雄鸽们摆尾挺胸，也很难再换来灰鸽的歌唱。

灰鸽犹疑着，焦急着，躲躲闪闪地支吾，终于长啸一声飞向天空，不过嘴指的方向不是南方而是北方。晶晶明白了什么，大声惊呼紧紧追上，在对方的前面绕飞一圈，想拦住对方，又在对方的侧面伴飞了一阵，想纠正对方的方向。但灰鸽看来去意已决，在空中来了几次躲闪，再次脱离晶晶的指引。

抛开情侣对于哺乳类和爬行类来说也许不算什么，但对于鸽子来说很不容易。悲伤浸透在晶晶的目光中。它追呵追，声嘶力竭，筋疲力尽，眼前只有那个飘飘忽忽的灰点。它根本不在乎灰鸽也瘦了,也掉毛了,但它不能没有对方的温暖,不能没有对方的保护,不能在劳累之后没有对方来清扫自己的羽衣。咕嘟嘟,咕嘟嘟,它叫得还不凄厉吗?它要怎样才能打动对方的铁石心肠?它边飞边哭,眼前不再有霞光和湖泊,不再有鲜花和露珠了,甚至也没有那个该死的故乡。

它们一前一后又穿过了白天和黑夜。在向北的路程中,它们又看见了曾经飞过的高山和平地,一步步得到的,正在一步步丧失。

这一天早晨,灰鸽醒来时,突然发现身边并没有晶晶,只有一堆小松籽,大概是晶晶留下的。当它真的发现身边空空荡荡时,也感到一种莫名的恐慌和孤独。它大叫一声,闪电般升入高空,纵目四望,仍不见晶晶的踪迹。它已经不辨方向了,向东,向西,向南,向北,有点手忙脚乱和四处乱窜。终于,当太阳高升时,它发现脚下一片白光中有一只鸽子。白光在雾中闪着鳞波,而鸽子时隐时现,似真似幻。那就是晶晶吧?它为什么不回答?

它猛扑下去,失神中竟没注意到水的声音。扑通——它惊恐地挣扎出水面,但水淋淋的羽翼很难伸展,刚拍打出水面,又落了下来,再拍打起来,再落了下来……直到最后一只大鱼咬住了它的爪子,直到更多的鱼扑了上来。

水纹一圈圈渐渐平息了。

晨光从大树的枝缝里筛落。蘑菇笑眯眯抬起头的地方,蜜蜂和蝴蝶又开始了工作……

这里没有工作。这些与城市和农村同时疏远了的生物,只有笑骂,扑克牌,空酒瓶,来自父母的汇款单,《三套车》和《献你一束玫瑰花》。今天在这里吃完了,明天游击队向哪里出动呢?吃光用光,身体健康!来,干杯!为了友谊,为了户口,为了我们的好运气!

不好,酒没有了,现在到处缺烟缺酒,物质供应太紧张。听说河南水灾,辽宁地震。地震怕什么呢?在这里震震也好。第一把公安局的户口管理处震掉,第二把县政府知青安置办公室震掉,这样我们就可以返城了,就可以再次享受可爱的电影、足球、冰激凌、霓虹灯以及跨着脚踏车的街头聚谈了。

麻雀狠狠地抽着烟,一直没吭声。如果说,他第一次到这里来还有些不安,那么现在他已经对这里的空气渐渐习惯。自己似乎正在做一场梦。他学会了打扑克输了以后钻桌子和夹耳朵,学会了骂人、打架以及讲下流笑话,学会了大段背诵老电影里的台词,学会了用酒米引来社员的鸡,然后抓住塞进书包……可不这样又能怎么样?有时候,他也犹豫过,觉得日子不能这样瞎混,他也许应该去找另一些伙伴,比如那些爱因斯坦的崇拜者,或者那些能一气拉完整本练习曲的小提琴手,让自己多少活出点知识来,活出点豪气来。但他有点怯,觉得自己是一只疲乏不堪的麻雀,翅膀已经折断。

"你太懒了!"外号叫"瓦西里"的黑大个敲敲锅瓢,发布命令:"今天罚你和猪头去捕凤,有摆尾子也要得。"他是指打鸟或者抓鱼。

"凭什么要我去?"有人站起来,"我搞来了葱!"

麻雀倒没有争辩。

"那……"大个子为难了,只好求助于这个集体的最高裁决方式,"划拳吧!"

麻雀和瓦西里一出手都输了,好汉不食言,只好提起气枪出发。

两人转了两个山冲,并未见到凤。好容易见到一条狗,瓦西里舔舔嘴唇,打了个响指,刚要举枪瞄准。麻雀猛然发现那是队长家的,一挥手,让黑大个的枪打偏了。

枪托一拐,还磕痛了射手的下巴。

"你疯了?"瓦西里怒吼起来。

"那条狗……算了吧。"

"它是你祖宗?"

"是你老祖宗哩!"麻雀也是喝了酒的,也是练过拳的,两人眼一瞪,像公鸡斗架,差点用拳头交锋起来。

"你他妈的一见母狗就起骚吧?要是在战场上碰到国民党的女兵那还得了?你还不哇啦啦就举白旗当叛徒?"

"你他妈的才起骚呢。见条狗就分得出公母,你看见苍蝇也分雌雄是不?"

有鸟叫的声音传来,就在不远。

这种可爱的声音使他们暂时休战。黑大个拍拍灰,赶快上子弹,弓着腰潜身树下,悄悄向前方运动。枪举起来了,呼吸停止了,嘣——树叶抖了一下,并没有打中。奇怪的是,那只鸟没有飞走,反而向前面飞过来,落在一个枝头上。可以看清,它个头较大,全身灰黑,像一只小野鸡。

咕咕咕——声音急切,好像有点耳熟,但又陌生。加上近旁有蝉灵子叫,他们听不太清楚。

"真没用!"麻雀低声骂了一句,弯腰上前,猛地夺过枪,毫不犹豫地举起来瞄准了。这一枪可要打中呵。射手暗暗假定:如果打中了,那一定是爸爸快平反了。如果还要第二枪,那一定就是只平反不复职也不补工资。如果还要第三枪，那一定是连平反都没戏……他觉得全家的命运此刻都掌握在他手中。

嘣——糟糕，爸爸不会被平反。慢点，它还没走，再来一下。嘣——它闪了一下，扑腾着飞离，但有点摇摇晃晃，没出三步就栽了下去。打中啦！两人一跃而起，跑过一个草坡，看到了包谷地里的尸体。

这原来是一只鸽子。它软软地躺在草丛中，半闭着眼皮，胸脯流着血。不过它太瘦了，简直像一包壳，也太脏了，全身都是泥灰。实在是让人败兴。它是谁家的鸽子？大概飞了很远很远的路吧？大概是失群和迷路了吧？射手想起了什么，上前捡起鸽子，摸摸鸟嘴边黑色的血污，身上的泥垢，大腿上化脓的伤口，还有胸前稀疏欲脱的羽毛。突然，他眨眨眼，惊得脸色突变：

这是怎么回事？它腿上有一条破烂褪色的红绸带，还系着一个眼熟的鸽哨……他慌慌地梳理羽毛，发现一旦泥灰剥落，羽毛就展现出洁白。

晶晶！

他大叫了一声。

确实是晶晶，确实是。但它目光已经呆滞，凝望着射手，嘴喙轻轻颤动，像要说出什么，不过已经说不出来了。即算说出来，人类也永远无法听懂。

你要说什么？你说吧，说吧。真是你从远方回来了吗？你是怎样从千山万水之外回来？你变成这个样，我认不出了，辨不出你的呼叫了。你刚才扑着双翅飞过来，声声喊着什么？你是想像人一样笑，像人一样哭,像人一样诉说,像人一样大喊"不要杀我",是吗?呵,我还是扣动了扳机。

他捧着逐渐冷却的鸽子,带血的手指在哆嗦。

入夜了,小屋里飘出吉他声和鸽汤的香味。晶晶的故事使大家感叹惊讶,议论了很久,但鸽汤还是要喝的。只有那个射手还在沉默,脸被炉火映得一闪一闪。他的思绪总离不开晶晶。不可想象,蓝天这么大,路途这么远,遥遥千里云和月,它从未经历过这么远的放飞训练,居然成功地飞回来了。当他酒酣昏睡时,它却在风雨中搏击前进,喷吐着满嘴的血腥气味向他一步步接近……他捂住了眼睛。

"同胞们,战友们,为诸位不会死于地震,干杯!"瓦西里举起了酒碗,使屋里又哄闹起来。没有酒,以汤代。没有汤,以水代。酒碗不够的时候,有人把茶缸、瓦钵、锅盖都凑上来了。有人发出傻笑,有人突然想起父母或者城市,眼里不觉流出了泪水。吵闹声和腾腾热气,冲得油灯的火苗直晃……

麻雀没有伸手。像突然悟到了一种什么,他深深吸了一口气,把一件上衣往肩头一搭,走向门口。临别时他回头扫了大家一眼,神情严肃,仿佛变成了另一个人。

"我……再也不到这里来了。"

"麻雀,麻雀,你怎么啦?"

"你们……王八蛋。"

"麻雀,你不要太娘娘心肠吧?不就是一只鸟么?"

"我也是十足的王八蛋。"

他播下一片惊疑,然后默默地走了,沿着山路走向自己的家。那里有他的柴刀、锄头、扁担,还有口琴和鸽巢,以及散发出桐油香味的斗笠。

晚风吹来,山峡里一片蛙鸣。一条没牵进栏的牛在村头树下甩着尾巴,喷着粗气。小路上有游动的黄点,那是什么人举着松明子来寻找孩子吧?

天地间有这么多的生物,生来,又死去,死后化作泥和水,变成煤和石头,草木和鲜花。有一个人在这个夜晚相信:晶晶死后一定变成了那种淡蓝色的小花,有金色的花心。它在黎明时开放,像蓝宝石一样闪烁光芒。它在说:"我回来了。"

这个人望着蓝天。

1981年4月

---

* 此篇最初发表于1981年《中国青年》杂志,后收入小说集《飞过蓝天》等,获1981年中国"五四"青年文学奖和同年度全国优秀短篇小说奖,已译成法文、英文。

归 去 来

很多人说过,他们有时第一次到了某个地方,却觉得那地方很眼熟,奇怪之余不知道是何原因。

现在,我也得到这种体会。我走着,看到土路一段段被洪水冲过,冲毁得很厉害,留下路面一道道深沟和一窝窝卵石,像剜去了皮肉,暴露出人体的筋骨和脏器。沟里有几根腐竹,一截烂牛绳,是村寨将要出现的预告。路边小水潭里冒出几团一动不动的黑影,不在意就以为是石头,细看才发现它们是小牛的头,鬼头鬼脑地盯着我。它们都有皱纹,有胡须,有眼光的疲惫,似乎生下来就苍老了,有苍老的遗传。前面的芭蕉林后冒出一座四四方方的炮楼,墙黑得像经过了烟熏火燎。我听说过这地方以前多土匪,还有"十年不剿地无民"一类说法,怪不得村村有炮楼。民居房屋也决不分散,互相紧紧地挤靠和纠缠。石墙都厚实,上面的窗户开得又高又小,大概是防止盗匪翻爬,或者是防止瘴雾过多涌入。

这一切居然越看越眼熟。见鬼,我到底来过这里没有呢?让我来测试一下吧:踏上前面那石板路,绕过芭蕉林,在油榨房边往左一折,也许可以看见炮楼后面一棵老树,银杏或者是樟树,已经被雷电劈死。

片刻之后,预测竟然被证实!连那空空的树心,还有树洞前两个烧草玩耍的小娃崽,似乎都依照我的想象各就各位。

我又怯怯地预测:老树后面可能有栋牛房,檐下有几堆牛粪,有一张锈了的犁或者耙。没想到我一旦走过去,它们果然清清晰晰地向我迎来!甚至那个歪歪的石臼,那臼底的泥沙和落叶,也似曾相识。

当然,我想象中的石臼里没有积水。但再细想一下,刚下过雨,屋檐水就不该流到那里去吗?于是凉气又从我的脚跟上升,直冲我的后脑。

我一定没有来过这里,绝不可能。我没得过脑膜炎,没患过精神病,脑子还管用。那么眼前的一切也许是在电影里看过?听朋友们说过?或是曾在梦中相遇……我慌慌地回忆着。

更奇怪的是,山民们似乎都认识我。刚才我扎起裤脚探着石头过溪水时,一个汉子挑着两根扎成 A 字型的杉木从山上下来,见我脚下溜溜滑滑,就从路边瓜地里拔出一根树枝,远远地丢给我,莫名其妙地露出一口黄牙,笑了笑。

"来了?"

"嗯,来了……"

"怕有上十年了吧?"

"十年……"

"到屋里去坐吧,三贵在门前犁秧田。"

他的屋在哪里？三贵又是谁？我糊涂了。

随着我扶杖走上一个坡，一些黑黑的檐瓦在前面升起来。几个人影在地坪中翻打豆荚，连枷摇得叭叭响，几下重，又一下轻，几下重，又一下轻，形成了统一的节拍。他们都赤脚，上衣短短地吊着，露出脐眼和软和的肚皮，裤边松松地搭在胯骨上，看上去随时可能垮落下来。这些人脸上都有棕色的汗釉，釉块的边缘残缺不齐，在日光下一晃，颧骨处就有一小块反光。直到发现他们中的一个走向摇篮开始解怀喂奶，直到发现她们都挂了耳环，我这才知道他们应该是她们——女人。有一位对我睁大了眼。

"这不是马……"

"马眼镜。"另一个提醒她。觉得这个名字好笑，她们都笑了。

"我不姓马，姓黄……"

"改姓了？"

"没改。"

"就是，还是爱逗个耍呵？从哪里来的？"

"当然是县城。"

"真是稀客。梁妹呢？"

"哪个梁妹？"

"你娘子不是姓梁？"

"我那位姓杨。"

"未必是吾记糟了？不会不会，那时候她还说是吾本家哩。吾婆家是三江口的，梁家畲，你晓得的。"

我晓得什么？再说，那个马什么又与我有什么关系？姓马的怎么又扯出一个姓梁的？……事情有点复杂。我似乎是想去访友，想做点生意,却鬼使神差地来到这里。我不知自己是怎么来的。

这位大嫂丢下连枷,把我引进她家里。门槛极高,极粗重,不知被多少由少到老的人踩踏过,不知被多少代人闲坐过,已经磨得腰中部分微微凹陷,木纹像一圈圈月光在门槛上扩散开来,凝成了一截月光的化石。小娃崽过门槛要靠攀爬,大人须高高地勾起腿,才能艰难地倾着身子拐进去。门内很黑,一切都看不清楚。只有高高的小窗漏下一束光线,划开了潮湿的黑暗。我的瞳孔好半天才适应过来,可以看见满壁烟灰,还有弯梁和吊篓。我坐在一截木墩上——这里奇怪地没有椅子,只有木墩和板凳。

妇人们都叽叽喳喳地挤在门口。喂奶的那位毫不害羞,把另一只长长的奶子掏出来,换到孩子嘴里,冲我笑了笑,而换出的那一只还滴着乳汁。她们都说了些奇怪的话……"小琴……""不是小琴。""是吧?""是小玲。""哦哦。小玲还在教书吧?""何事不也来耍耍?""你们都回了长沙吧?""是长沙城里还是长沙乡里?""有娃崽没有?""一个还是两个?""小罗有娃崽没有?""一个还是两个?""陈志华有娃崽没有?""一个还是两个?""熊头呢?找了娘子没有?""也有娃崽了吧?""一个还是两个?"……

我很快察觉到,她们都把我错当成一位既认识什么小玲也认识什么熊头的"马眼镜",一位曾经居住在这里的青年。也许那家伙同我长得很像,也躲在眼镜片后面看人。

他是什么人?我需要去设想和伪装他吗?从女人们的笑脸来看,今天的吃和住是不成问题了,谢天谢地。当一个什么姓马的也不坏。回答关于一个还是两个的问题,让女人们惊讶或惋惜一阵,不费多少气力。

梁家畲来的大嫂端来一个茶盘，四大碗油茶，我后来才知道，这是取四季平安的意思。碗边黑黑的，令我不敢把嘴沾上去，不过茶倒香，有油炒芝麻、红豆以及糯米的气味。她满意地看着我喝下第一口，把地下两件娃崽的衣捡起来，丢进木盆，端到里屋去，于是一句话被切分成两半："老久没有听到你的音信，听水根夫子说……"（半晌才从里屋出来）"你一回去，就坐了大牢。"

我吃了一惊，差点让油茶烫了手。"什么大牢？"

"就是判徒刑呵。"

"胡说，我从来没犯过事！"

"背时的水根打鬼讲！讲得跟真的一样，害得吾家公公还吓心吓胆，还为你烧了好多香。"她捂嘴笑起来。

妇女们都笑起来。有一位还绽开黄牙补充："她公公还到杨公岭求了菩萨呢。"

真是晦气，扯上了香火与菩萨。也许那个姓马的真的撞了什么煞，确有牢狱之灾，而我代替他在这里喝油茶。

大嫂又敬上了第二碗。"他老是挂牵你，说你仁义，有天良。你给他的那件袄子，他穿了好几个冬天。他故了，我就把它改了条棉裤，满崽又穿……"

我想谈谈天气。

屋里突然暗了下来，回头一看，是一个黑影几乎遮挡了整个门。看得出这是个男人，赤裸的上身线条很硬，隆起的肌肉有棱有角。他手里提着什么东西，从那剪影来看，是个牛头或是树蔸。黑影向我笼罩过来了，没容我看清面孔，他扑通一下丢掉了手里的东西，两只大巴掌捉住了我的手开始猛锉起来。"是马同志呵，哎哟哟，呵呀呀……"

我又不是一条毛虫,他惊恐什么?以至于发出这样的尖声?

当他转到火塘边,侧面被镀上了一层光亮,我这才看清是一张笑脸,有黑洞洞的大嘴巴,有满嘴的胡桩。

"马同志,何时来的?"

我想说我根本不姓马,姓黄,叫黄治先,也不是来寻访故地的,只是进山来随便问问山货。

"还识得吾吧?你走的那年,还在螺丝岭修公路,吾叫艾八呵。"

"识"大概是认识的意思。

"艾八?识的识的。你那时候当队长?"

"不是队长,吾当记工员。你嫂子,还识不识呵?"

"识的识的,她最会打油茶。"

"吾同你去赶过肉的,记不记得?那次吾要安山神,你说是迷信,不让我敬香和念诀。结果还不是?野猪毛都没打到一根。你还碰上牧麻草,染了一身毒疮。你碰了只小鹿子,也没叉着……"

我听出来了,"赶肉"是打猎的意思。

黑洞洞的大嘴巴笑起来。女人们也笑了笑,然后纷纷起身,摇晃着宽大的屁股,出门继续去打场。自称艾八的男人搬出一个葫芦,向我大碗大碗敬酒。酒很浑浊,有甜味,也有辣味和苦味,据说浸过什么草药和虎骨。他不抽我的纸烟,用报纸卷了一支喇叭筒,吸一口,吸出了烟头的明火,但看也不看一眼,待我着急了好一阵,才从从容容一口气把明火荡灭,烟卷还是好好的。

"如今日子好过了,酒肉不稀奇。过年,家家都杀了猪,柴熏肉要吃半年。"他抹着嘴巴,"只有那几年大干快上,累得翻筋斗,谁都没得禄。你晓得的。"

"是没得禄。"

"你视德龙哥了吗？他当了乡长，昨日到捉妹桥栽树去了，兴许回来，兴许不回来，兴许又会回的。"他谈起一些令我糊涂的人和事：某某做了新屋，丈六高；某某也做了新屋，丈八高；某某也要做屋了，丈六高；某某正在打地基，兴许是丈六也兴许是丈八。我紧张地听着，捕捉这些话后面的各种脉络，猜测某些陌生词语的含义。"视"大概就是指看，"得禄"大概是指得利。还有一个个"集"，是起立的意思？还是站立的意思？

我有点醺醺然头重脚轻了，对丈六或丈八胡乱地表示着高兴。

"你这个人念旧，还进山来视一视。"他又把烟纸吸出了浅浅的明火，让我暗暗急了几秒钟。"你当民师那阵发的书，吾还存着哩。"他咚咚地上楼，好半天才头顶几丝蜘蛛网下来，拍着几页黄黄的纸。这是一本油印的小书，大概是识字课本，已经撕去封面了，散发出霉气和桐油气。上面好像有什么夜校歌谣、农用杂字、辛亥革命，还有马克思以及地图，印得很粗糙，一个个字也大得出奇，杂有油墨团子。

"你那时也遭孽，饿得脸上只剩一双眼睛，还来讲书。"

"没什么，没什么。"

"腊月大雪天，好冷呵。"

"是好冷，鼻子都差点冻落了。"

"有时候晚上还要开田，打起松明子出工。"

"嗯啦，松明子。"

他突然神秘起来，颧骨上那一小块光亮，还有几颗酒刺，一齐朝我逼近。"吾想打听件事,阳矮子是不是你杀的?"

阳矮子?我头盖骨乍地一紧,口腔也僵硬,连连摇头。我压根儿不姓马,也没见过什么阳矮子,怎么刑事案都往我身上扯?

"真的不是你?"

"我连鸡都没有杀过。"

"这就怪了。"见我否认,他似乎有点怀疑,又不无遗憾。"都说是你杀的。那家伙是条两头蛇,该杀!"

"还有酒没有?"我岔开话题。

"有的有的,尽你的量。"

"这里有蚊子。"

"蚊子欺生,要不要烧把草?"

草烧起来了。又有一批批的人来看我,拐进门来,照例问起身体可好和府上可安一类。男人们接过我的纸烟,嗖嗖嗖地抽得很响,靠门或靠墙坐下来,眯眯笑,不多言语。他们相互之间偶尔说上一两句,无非是说我胖了,或者说我瘦了;说我老多了,或者说我还很"少颜",当然是城里油水厚的缘故。待纸烟烧完,他们又笑一笑,说是去倒树或下粪,懒散地出门而去。有几个娃崽跑过来,把我的眼镜片考察了片刻,紧张得兴高采烈,恐惧得有滋有味:"里面有鬼崽,有鬼崽!"他们一边宣告一边四下奔逃。还有一位女子,咬着一根草站在门边,反复打量着我却不说话,不知是什么意思,弄得我很不自在。

这类事我已经碰得多了。刚才我去看他们种的鸦片,路上碰到一位中年妇人。她一见我就显得恐惧,脸色像一盏灯突然黯淡,赶紧拔了拔鞋后跟,低头择路而去,也不知道是什么缘故。难道姓马的曾经与她有过什么麻烦？

艾八说我还应该去看看三阿公——其实三阿公已经不在，不久前死于蛇咬，只是在人们的谈论中还留下了一个名字。在砖窑那边，他的孤零零小屋已有一半倾斜，眼看就要倒塌。两棵大桐树下，青草蓬蓬勃勃地生长，已从四面八方包围过来，阴险地漫上了台阶，摇着尖舌般的草叶，眼看就要吞灭小屋，吞灭一个家族的最后几根残骨。挂了锁的木门，已被虫蛀出了密密小洞，在门边留下一堆堆蛀粉。我不知道主人在的时候，房屋是否会破败得这么厉害。难道人是房屋的灵魂，一旦灵魂飞去，躯壳就会腐朽得如此迅速？齐腰深的草丛里倒栽着一盏锈马灯，上面有几点白色的鸟粪。还有一个破了的瓦坛子，你不经意地一碰，坛口就嗡的一下涌出很多蚊子。艾八叹了口气，说这口瓦坛腌泡的酸菜最好，当年我就经常来这里吃酸黄瓜和酸豆角。（是吗？）艾八扯掉门前几把草，又打望檐下的蛛网与鸟窝，说墙头灰壳剥落之处，那几个还未完全褪色的油漆字，"放眼世界"云云，还是我当年写的。（是吗？）

我朝窗里瞥了一眼，看见屋里有半筐石灰，几捆干柴，还有一个铁圆盘，细看一阵，才发现是铁杠铃，已经锈得不成样子——我感到惊异，这种罕见的体育用品，怎么会出现在山里？是怎么运来的？大概不用问，也是我从城里运来，直到临走时才送给三阿公的。是么？我希望三阿公用它去打几把锄头或钯头，而他终究还是没有打。是么？

有人在坡上唤牛："呜吗——呜吗——"于是满山都是回声，林子里有隐隐的牛铃声响。我发现这里唤牛的方式比较特别，像一声声喊妈，喊得有些凄凉。

一位老阿婆背着小小柴捆，从山上走下来，腰弯得几乎成了直角，每走一步下巴就朝前一锄，像一步步锄着归途。她抬头仰望了我一眼，黑瞳孔顶着上眼皮，但目光似乎穿透了我的脑袋，投向我身后的桐树，还有桐树上的鸟巢。她没有任何表情，只有满脸皱纹深刻得使我一震。"树也死了。"她看看高高的桐树，又看看三阿公的老屋，没头没脑地嘟哝："人也死了呵。"然后慢慢地锄着步子离开，额上几根枯枯的银丝，被一阵阵寒风压下去，压下去，再压下去。

我现在相信，我确实没有来过这里。我更无法理解老阿婆的这句话——一片无法看透的深潭。

晚饭做得很隆重。牛肉和猪肉都大模大样，神气十足，手掌大一块，熬得不怎么熟，有一股生油味，一层层堆出了碗口，靠草箍码成了砖窑模样——几千年来山民们就有这种待客的豪爽和奢侈吧。同很多地方的规矩一样，男客才能上桌。不过有种做法比较新鲜：如果有哪位没来，主人就在空着的座位前摆放一张草纸，大家吃一块，往纸上夹一块，算是那位也吃了。席间我继续充当马眼镜，应邀唱了几首歌，谈了些城里的故事，生意之事当然也在偷偷进行。我谈到了香米，他们根本不肯出价钱，简直是要白送。至于鸦片，今年鸦片好是好，但国家药材站统一收购，我果然没法插手。

"阳矮子该杀。"

艾八嘀嘀地喝下一口热汤，把汤勺放回桌面粘乎乎的老地方，又在碗边猛敲筷子，"翘屁股，圆手板，什么功夫都做不像，还起了两栋屋，不就是靠脔心阴毒？"

"就是，哪个没挨过他一绳子？吾腕子上现在还两道疤。操他老娘顿顿的！"

"他到底是何事死的？真的碰了血污鬼，跌到崖下去了？"

"人再狠，拗不过八字。命里只有一升，偏要吃一斗。夏家湾的洪生也是这个样。"

"连老鼠肉都敢吃，几多毒辣！"

"是蛮毒辣，没听见过的。"

"熊头也遭孽，挨了他两巴掌。明明是几管颜料，吾视过的，染不得布，油不得桶，只在纸上画得菩萨。他硬说是国民党的炮子。"

"炮子"就是子弹的意思。

"也怪熊头的成分大了一点。"

我鼓足勇气插了一句："阳矮子的事，上面没派人来查过么？"

艾八把一块肥肉咬得吱吱响："查过的，查卵呵！那天来找我，我背都不给他们看。哎，马同志，你的酒没动呵？来，取菜取菜，取。"

他又压给我一大块肉，令我喉头紧缩，只好再次做出装饭的模样，溜入暗处时把肉拨给胯下一挤而过的狗。

饭后，他们说什么也要我洗澡，我怀疑这是不是当地的风俗，得装得很懂，很配合。没有澡堂，只有大木桶一个，足可以装几锅热水，戳在灶屋当中，如同让我在广场上脱衣起舞。女人们在桶前来来去去，梁家畲来的大嫂还不时用瓜瓢来加水，使我不好意思，往桶内一次次蹲躲。直到她提桶去喂猪，我才偷偷出了口长气。我已经洗得一身发热，汗气腾腾了。大概水是用青蒿熬出来的，全身蚊虫咬出来的红斑，一过水就不再痒。头上那盏野猪油的灯壳子，在蒸汽中发出一团团淡蓝色光雾，给我的全身也抹上一层幽冷。

洗着洗着，我望着这个淡蓝色的我，突然有一种异样的感觉，好像这具身体很陌生，与我没有关系。他是谁？或者说我是谁？这具赤裸裸的肉身有手脚，可以干点什么；有肠胃，要吃点什么；生殖器呢，当然可以繁殖后代。由于很久以前一个精子和一个卵子的巧合，才有了一位祖先。这位祖先与另一位祖先的再巧合，才有了另一个受精卵子，有了世世代代以后一具淡蓝色的身体。作为无数偶然巧合之后的一个受精卵子，他或者我为什么要来到这个世界？……我蠢头蠢脑地也许想得太多了。

我擦拭着小腿上一道伤疤。这是不久前在足球场上被钉鞋刺伤的，但似乎也不是，而是……一个什么矮子咬的。那是一个雨雾蒙蒙的清早？是在那条窄窄的山道上？他撑着伞过来，被我的目光盯得全身颤抖，脸上红一块白一块，然后跪下，然后叩头，说他再也不敢，再也不敢了。他说二嫂的死与他毫无关系，三阿公的牛也不是他牵走的，熊头被抓入狱更不是出于他的举报。最后，他在一根绳子下反抗，眼球暴凸得像要掉出来，一嘴咬住了我的小腿，双手揪住绳套，接着又猛地伸开去，在空中抓拉一阵，十个指头最后抠进泥沙。

我不敢想下去，甚至不敢看自己的双手——是否有血腥味和牛绳勒伤的痕迹？是否将成为刑警辨认和展示的物证？

我现在努力断定，我从来没有来过这里，更不认识什么阳矮子。眼前这一团团淡蓝色的光雾，我甚至从未梦见过。

堂屋里还很热闹。有一位老人进来，踩灭了松明子，说他以前托我买过染布的颜料，欠了我两块多钱，现在是来还钱的，还请我明天去他家吃饭。这就同艾八争起来了。艾八说他明天接裁缝，已经砍了肉，已经买了豆腐，明天我毫无疑义该去他家……趁他们还在争执，我悄悄溜出门，浅一脚深一脚上了石板路，想去看看我以前住过的老屋——听艾八说,马眼镜以前就住油榨房后的那间瓦房。

又经过了桐树下,又看见了杂草将要吞灭的破屋。萤虫是破屋的眼风,鸦噪是它的咳嗽,沙沙树叶声是它的低语。我甚至还感到了一股似有似无的酒气。

孩子,回来了么?自己抽椅子坐下吧。吾对你说过的,你要远远地走,远远地走,再也不要回来。

可是,我想着你的酸黄瓜和酸豆角。我自己也学着做过,做不出那个味。

那些糟东西有什么好吃呢?那时候是你们饿,遭孽,一犁拉到头,连田塍上的生蚕豆也剥着吃,才会觉得什么都好吃。

你总是惦记着我们,我知道的。

谁没个出门的时候呢?那是该的。

那次担树桠,我们只担了九担,你记数,总说我们担了十担。

吾不记得了。

你还总是催着我们剃头,说头发和胡须都是吃血的东西,留长了会伤精气。

吾不记得了。

我该早一点来看你的。我没想到,变化会这么大,你走得这么快。

该走了。再活不快成精了么?

阿公,你抽烟么?

小马,喝茶自己去烧吧。

……

我离开了那股酒气,举着将要熄灭的松明子,想着明天早上要干的农活，不时听到脚边的青蛙跳到水田里，摇摇晃晃地回家。但我现在手中没有松明子，我的家也变成了牛房，显得如此生疏和冷冽。我看不清屋里的情景，只听到牛反刍的声音，还有牛粪热烘烘的酸臭涌出门来。几头牛以为是主人来了，有什么好事，头挤头地往外探，撞得木头门栏咔嗒作响。我每走一步，脚步声就从牛房土墙上折回来，一声套着一声，似乎还有一个人在墙那边走，或是在墙里面走——这个人知道我的秘密。

巨大的月亮冒出来，寨子里的狗好像很吃惊，猗猗地叫唤。我踏着树影筛下的月光，踏着水藻浮萍似的圈圈点点，向村口的溪边走去。此情此景，使我猜测溪边应该坐着一个人，比方说一位姑娘，嘴里含一片木叶什么的。

溪边老树下果然有人影。

"是小马哥？"

"是我。"我居然应答得并不慌张。

"你们喝酒也喝得太多了。"

"你……是谁？"

"我是四妹子，听不出来？"

"四妹子，你长得好高了。要是在外面什么地方碰到，我根本认不出你。"

"你跑的世界大，就觉得什么都变了。"

"家里人都好吗？"

"你还好意思问。"

"怎么啦？"

她突然沉默了，望着溪那边的水榨房，声音有些异样。"你为什么还要回来呢?为什么不忘记这个地方呢?吾姐好恨你……"

我紧张地回望村里的灯光,有点想逃之夭夭。"对不起,我有很多事情不知道,也一直说不清楚……"

"你傻呵?你疯呵?那天你为哪样要往她背篓里放包谷呢?女儿家的背篓,能随便放东西么?她给了你一根头发,你也不晓得?"

"我……我不懂,不懂这里的规矩。我只是……想要她帮忙,让她背些包谷。"

大概回答得不错,还可以混过去。

"你教她扎针。"

"她一直想当个医生。其实我那时也不懂,只是翻翻书,乱扎。"

"你还教她读书。"

"我以为她只是要多认几个字。"

"你们城里人,是没情义的。"

"你不要这样说……"

"就是,就是!"

"我知道……你姐姐是个好姑娘。我知道,她对我也很好。她歌唱得好听,针线活做得巧。有一次带我去捉鳝鱼,下手就是一条,次次都不落空。这些我都是知道的。可是,有好些事我确实不知道,永远也说不清楚。我对她没有做过坏事。"

她捂着脸抽泣起来。"那个姓胡的,好狠毒哩。"

我似乎知道这是什么意思,继续试探着回答下去:"我听说了。你放心,我迟早要找他算账。"

"那有什么用?有什么用呵?"她跺着脚,哭得更伤心了,"你要是早说一句话,事情也不会这样。吾姐已变成了一只鸟,天天在这里叫你。你听见没有？"

　　月光下，我看见她的背脊在起伏，落下来的头发在抖动。我真想伸出一只手去擦泪，更想让所有泪水都流进我的嘴里，咸咸的，苦苦的，被我吞饮。但是我不敢。这是一个奇怪的故事，我不敢舔破它。

　　树上确实有只鸟在叫唤："行不得也哥哥，行不得也哥哥——"声音孤零零地射入高空，又忽悠悠飘入群山，坠入树林。我抽了支烟。

　　行不得也哥哥。

　　行不得也哥哥。

　　我走了，行前给四妹子留了张字条，请梁家畲来的大嫂转交。我在信中说她姐姐以前想当医生，终究没当成，但愿妹妹能实现姐姐的愿望。路是人闯出来的，她愿意投考卫生学校么？我将寄给她很多复习资料，寄给她学费，一定。我还说，我永远不会忘记她姐姐，请她相信我。

　　我几乎像是潜逃，没给村里任何人告别，也没顾上香米样品——其实我要香米或者鸦片干什么？似乎本不是为这个来的。整个村寨莫名其妙地使我窒息，使我惊乱，使我似梦似醒，我必须逃走，一刻也不能耽误。走到山头上，我回头看了看，又见村口那棵死于雷电的老树，伸展的枯枝，像痉挛的手指，要在空中抓住什么。毫无疑问，手的主人在多年前倒下，变成了山脉，但它还在挣扎，永远地举起一只手，

　　进了县城的旅社，我做了个梦，梦见我还在皱巴巴的山路上走着，看土路被洪水冲洗毁得很厉害，如同剥去了皮肉，留下筋骨和脏器，来承受一代代山民们的草鞋。不知为什么，这条路总是在延伸，

似乎总也走不到头。我看看手腕上的日历表，已经走了一小时，一天，两天，三天……可脚下还是黄土路，长得令人绝望。

我惊醒过来，喝了三次水，撒了两次尿，最后向朋友挂了个长途电话。我本想问问他在牌桌上的战绩，一出口却成了打听卫生学校招生的事。

朋友称我为"黄治先"。

"什么？"

"什么什么？"

"你叫我什么？"

"你不是黄治先吗？"

"你是叫我黄治先吗？"

"我不是叫你黄治先吗？"

我愕然，脑子里空空荡荡。是的，我眼下在县城一家小旅社里。过道里有一盏蚊虫扑绕的昏灯，有一排临时加床和疲倦的旅客们。就在我话筒之下，还有个呼呼打鼾的胖大脑袋。可是——这世界上还有个叫黄治先的人？而这个黄治先就是我？

我累了，妈妈！

1985 年 1 月

---

* 最初发表于 1985 年《上海文学》杂志，后收入小说集《诱惑》等，被译成英文、法文、意文、荷文、韩文、希伯来文、塞尔维亚文等，获 1985 年上海文学奖。

风吹唢呐声

一

当时，我在队长家里开铺，听见窗外有一串不成调的唢呐声，转而又变成"嗷嗷嗷"的吼叫。声音闷，像喉管被掐住，有点喊不出来。我探头一看，见地坪里有个中年汉子，腰间插一支唢呐，手里搂着两小捆湿甸甸的生树丫，正在同两个拿柴刀的小孩争吵。他那声音，那手势，那急得跺脚的样子，说明他显然是个哑巴。

小孩不怕他，指他的鼻子："假积极！假积极！又没砍你家的！"

他笑了一下，想摆脱对方，发现被孩子拖住了他的衣摆，便沉下脸做出要打人的样。小孩被吓跑了，一边仍嚷着"假积极，死聋子！""聋子聋，我是你的老外公。聋子聋，我是你的老祖宗……"他没反应，得意洋洋把树丫拖到猪场去了。这是干什么呢？也许，他是看山员？怕队上失去那几枝树丫？

但聋子能够看山吗？而且刚才是他吹唢呐吗？

他看见我，走上前来，咧开嘴嘿嘿地笑了。从他头上黑白夹杂的麻色头发来看，老年与少年交织，大概三十来岁的模样。他肩头开花裤打结，蒜球形的鼻子有点翘，口腔向前面严重突出，笑起来脸上浮现出一派天真。像有些农民一样，劳累使他的肢体有点变形。如果没有衣服和那双浅口套鞋，你完全可以把他想象成一只大猩猩。

他冲我嗷嗷叫了两声，做了一串令人眼花的动作：指指他自己又指指我，双手转动方向盘，指指手腕，手划一圆圈，竖起大拇指，又笑了笑。

见我不懂，他急了，又把动作做了一遍，瞪大眼睛，像是问：还不懂吗？

正为难，幸好队长抱着一捆铺草来了。"袁同志，不晓得他的洋文吧？他是说，他晓得你是坐汽车来的，是县里的干部，姓袁，是个好角色。"

原来如此——手腕上表示手表，手表又表示干部，画圆圈则表示袁（圆）姓……这种特殊语言引我笑了。

哑巴也笑了，显出一种宽慰和高兴。

队长又介绍："他叫德琪，小时候害病成了个哑巴，娘老子又死得早。不过，你莫看他样子蠢，还蛮有灵气，晓得的天文地理多着哩。"说完，对着哑巴伸出小指头，问："喂，哪个是奸臣？"

哑巴的五官缩到一堆，极端鄙视地伸出四个指头——嗬，四人帮！

我更觉得有意思，哈哈大笑。

德琪大概觉得展示了自己的成绩，心里特别舒畅，像喝醉了酒，脸上泛起一阵红润。他背着手大摇大摆走进我的房里，视察了一阵，比方指指窗子，要队长帮我把窗纸糊严实，又指指油灯罩，要队长把破灯罩换成一个好的。最后做了一些切肉和搓丸子的动作，意思是要我过节的时候到他家去吃肉和糯米团。

"谈"兴未尽，他接下来指指上屋场方向，竖起三个指头——指上屋场的三老倌；捏了捏自己的鼻子，做打牛状——意思是三老倌把牛打得太狠；晃晃小指头——表示不好。

队长作了翻译，我自然表示重视他反映的情况。他这才心满意足，拍拍我的肩膀，背着手高高兴兴而去。

我们就这样相识了。春风秋月，地北天南，当时间长河流过了九曲十八弯，他至今还留在我记忆的沙滩上——尽管我现在已远离那个山谷，坐在明亮的窗前，面对一叠空白的稿纸发呆。

二

还是从头讲起吧。

哑巴是村里的一个好社员——那里人都这样说。他听不见广播盒子响，但每天起得最早，实在等得无聊了，就去敲队长的窗户，催队长给他派工。他身有残疾，是唯一有权不参加任何会议的人，但不管开社员会还是干部会，不管有好多人溜会，他却是积极的到会者，看看这个，看看那个，不知是想凑凑热闹，还是羡慕那一张张嘴和一只只耳。吊壶水开了，他吹掉壶盖上稀稀一层柴火灰，自觉地来给大家筛茶。看见有人抽出纸烟，他急忙用火钳夹一块燃炭，给人家点火。

有些人觉得他头脑简单，好支派，常把一些重活推给他，犁滂田啦，进榨房啦，烧马蜂窝啦，总是把他使在前面。东家要盖屋，西家要出丧了，代销点要进货了，还有大队学堂要洗井了，人们都会记起他。他似乎不知道什么吃亏不吃亏，只要手脚闲，随喊随到，一做就满身汗。做完了，有饭就扒几碗，没饭就拍拍手回家。下一次你叫他，他还会来。知道他有个喜欢奖状的嗜好，有些人请他时还会比划出奖状的样子："聋子，有奖状，你去吧？"

他一见这种比划就笑，就眼睛发亮，马上跟你走。即使你给他的奖状没有盖公章，或者那不过是你儿子的"三好学生"奖状，上面仅仅改了个名字。

他收藏了很多奖状，从县政府发的一直到上屋场三老倌发的，甚至有一张根本不是他的——得奖者是办高级社那年来的一位干部，是哑巴经常为之得意的一个老朋友。他与哑巴同睡一床，出钱治好过哑巴母亲的病，请人给哑巴做过一双棉鞋。那一年丰收了，哑巴有了吃不完的糯米粑粑，还有钱买票第一次坐上了汽车，随那位干部到县城做客。在县城里，他什么也不想要，什么也不想看，独独爱上了主人家里一张大奖状，目光一落上去就拔不出来。主人没办法，只好割爱，把奖状转赠给他。

现在，他奖状成了堆，珍贵的褒奖和廉价的欺骗混在一起。一碰到新交结的朋友，尤其是碰到新来的办点干部，他就会笑嘻嘻地把那一大捆拿出来，一张张铺给你看，想让你每张都看到。旁人发出笑声时，他也只是笑笑，并不知道旁人在笑什么。

总之，他是这样一个公共的人，一个社会所有的人。敬重他的人不多，需要他的人却很多，需要他的汗水，也需要他带给大家的笑。

三

他与大哥德成住在一起。

好几次,哑巴帮人家做事,德成赶来一把拖住他就走,还破口大骂主家:"你们这些没天良的,把一个哑巴当蠢崽盘,心里也安稳?不怕头上生疮脚底流脓呵?"哪个要是抓着哑巴取笑太过分,被德成碰到了,也免不了挨一场恶咒:"你们这些短命鬼,绝代根,穿心烂的烂冬瓜,以后要不得好死!"

吴德成大脸盘,腰圆膀壮,眼珠一转就计上心头,用当地话来说,是个"百能里手"。他从小就跟着叔叔开屠坊,贩牛,烧窑,脚路宽见识广,两只手都可以打算盘,因此把家里盘得十分殷实,总是纸烟不断,猪油不断,芝麻豆子茶不断,做起一栋两包头九大间的瓦屋,玻璃窗子亮晃晃,队上人说像半条街。走到他的大屋前,人们都会感到一种财富的威严。

放在前些年,这种人当然是"资本主义绊脚石"。大队没收过他的猪婆和一窑砖,拆过他的几间屋,还逼他成天下水田闻牛屎臭,气得他直骂无名娘。好在他负担不重,加上有哑巴弟弟舍得下力,他不至于饿肚皮,作为矮子中的高子,娶媳妇还能挑金选玉。

嫂子来得比较晚,名叫二香——至于姓,像这里的媳妇们一样,那是无关紧要的,似乎从来无人打听。接亲那天,好多人来看,里外三层,风都吹不进。人们凑在一起叽叽喳喳,议论新媳妇的嫁妆,议论新娘子那脸,那脚,那手,那衣角布边,那叫人羡慕的雪肤花貌。人们觉得村里的这一天特别明亮。

德琪似乎比哥哥更高兴,成天笑着,忙碌着,又是杀猪又是洗菜,又是搬桌子又是擦椅子,稍有停歇就吹响唢呐。

"闹茶"开始了——这是一种残存的乡俗,带着远古的痕迹。胆大的一声喊,男客们就开始起哄,不但对敬茶的新郎可以百般刁难,还可以把新郎哄出门去,然后对新娘来点放肆和亲热。据说一轮茶恶闹下来,有的新娘不论如何事先充分准备,紧紧实实裹上三层棉袄,事后还是会发现全身青一块紫一块的。

要命的是,这种胡来意味着欢迎和喜气,主家万万不可见怪,否则就是坏了规矩和冒犯客人。二香当然知道这一点,一见几个后生子开始挤眉弄眼,一听有人浪浪地喊闹茶,脸就唰的一下变得惨白。但她完全无能为力,眼看着自己任人摆布,被一个汉子抱在腿上,在一片欢呼声中又被抛向对面另一个后生,扎进不知是谁的怀里。

哑巴没有听见新嫂子的尖叫,但男人们放浪神色使他眼里透出迷惑和不安,继而透出恼怒。他冲上前去,把东偏西倒的新娘一把抓住,拉到了自己身后。

"聋子,你发癫呵?"

"你也来闹茶?嘻嘻……"

"你莫挡路,站开站开……"

嗷——他大吼一声,毫不退缩,像一头两眼发红跃跃欲斗的牛。

客人这才明白他的意思。有一个后生颇不甘心,要把这个障碍清除出门,没料到他翻脸不认人,迎面就是一拳,把后生打翻在婚床旁,牙齿都碰出了血。"你今天吃了生狗屎吧?"那后生大骂。

事情闹到这一步,没什么意思了。尽管有新娘子出来赔礼,找毛巾给伤者擦血,大家已兴致索然,只好另外找找乐趣,比方喝喝酒,吃点花生和红薯片,讲讲什么笑话。有人放出一个哈欠,开始找自己的小把戏和灯笼，准备起身回家。

他们走出大门时还在抱怨：

"碰鬼呵，今天就是死聋子来插了一杠子。"

"把他嫂子当糖捏的吧，碰都不让人碰。"

"嘻嘻，又不是他自己的堂客，他心疼什么？"

"他还有堂客？有猪婆吧？天老爷写姻缘册，只怕没工夫想起他！"

……

人们这样说哑巴，他当然没听到。他这一辈子恐怕与女人无缘，大概也会是事实。他似乎对此没有什么苦恼。每当别人收亲嫁女，他总是脸上放出红光，换上一件新衣，好像也成了准新郎，在人群里钻来窜去，一高兴就呜啦呜啦大吹唢呐。

客终于散尽了，二香软软无力，倚着墙长长松了口气，目光投向正在门外扫地的哑巴。"今天多亏了你弟……"她对德成说。

"唔……"德成没注意听，正清点着刚收下的礼钱。

四

新嫂嫂过门不久就下地干活。这一天洗过碗，她同两个邻家媳妇结伴，准备到坳背冲去寻点猪食，挎着篮一步走出堂屋门，一个媳妇突然捅了她一下。

"做什么？"

"你看，你快看。"

"看什么呀？"二香其实已经看到了。

"你看聋子——"

"怎么啦?"

"你装傻呵?你看他在做什么!"

顺着手看去,德琪在阶基那边对着竹篙上晒的衣服发呆。那是二香一件大襟布衫,起着淡红色的杏花点子,色彩鲜艳,明丽夺目,显现出一个女人的身体曲线。真要死!那呆子早不摸,迟不摸,居然在这一刻伸出手来,小心翼翼去触摸那花布衫上的胸口部位,接下来是腰身部位……

咯咯咯——邻家媳妇大笑起来,差一点笑翻。

二香没法再装眼瞎了,脸一红,咬出一句"死聋子",快步赶过去,把哑巴的手一把打下来。"使牛去,使牛去!使牛,懂不懂?这样大的人,还死不明白!"

哑巴一见嫂子,又见在场还有别的女人,闹了个大红脸,不自然地搓着手,脸上裂开几道深深的肉纹,不像笑也不像哭。

"快——"嫂嫂威严地挥挥手,然后把一篙衣收进了自己的住房。

看见哑巴抄着牛鞭慌慌地逃窜,两个邻家媳妇又一次爆笑,捂住自己的肚子哎哟哎哟。"香嫂子,哪个要你长得这样乖致呢?""活该你费衣服!还不是被人摸溶的?""你要小心呵,小心呵。你喝过水的茶杯,说不定有人去亲。你坐过的凳子,说不定有人去蹭……咯咯咯,哎哟哎哟!"

两个婆娘还是笑得东一撞,西一窜。

二香给她们一人来一拳:"撕了你们的臭嘴。快走!"

这天上午,二香早早赶回家,到哑巴的房里仔细检查。果然,几天前她不翼而飞的一条花手帕,还有更早以前她怎么也找不到的一只袜子，眼下都出现在哑巴的枕下，揉成了一团。她隐约知道了什么，吓得脸色发白，呆呆地不知坐了多久。直到哑巴的嗷嗷声出现在地坪里，她才全身哆嗦地跑进厨房，一进去就不再出来，更不敢再看哑巴一眼。

哑巴也像做了亏心事，以后好多天里都不敢看她。他成天埋头干活，铡薯藤，挑井水，打草鞋，补筻箕，把木柴劈得一堆一堆成了山。

精明的德成不知道家里发生过什么事。他奖给弟弟一根烟后说："嗯？聋子这几天还算勤快。"

二香没说话，给丈夫的鞋缝上了最后一针。

五

随着德成的骂声增多，乡下日子是越过越紧巴了。秋收以后，人们用土车吱吱呀呀地把稻谷运往国家仓库，换回一张征粮工作奖状，引得小把戏们抢着看，但好些村寨都留下了一声声长吁短叹。

队上实现工分制。一人劳动一天，大概可得十分工，年终时队上再按总工分核算分配。因为分值太低，扣除粮油之后，队上现金所剩无几，于是欠钱户苦着一张脸，进钱户也高兴不到哪里去——他们知道要进钱就得靠欠钱户还钱。德成当然是进钱户，但决算张榜几个月了，还没真正进过一个钱，等于拿了一堆白水工分。他找到小队和大队的干部强烈抗议，要求干部上对欠钱户出狠招，说不拆掉几间屋，不给点厉害，老糠里能出油么？

干部们都抽过他的纸烟，再说分配不兑现也说不过去，于是决定一捉猪二拆屋，如果不能在春耕前发票子，至少也可以给进钱户一些烟砖和木料吧。

德成这才气顺了一些,回到村里到处转悠,看哪堵墙的烟砖质地好,看哪些陈年土砖可以肥田,看哪根檩子生了蛀虫……直看得欠钱户们心里发毛。这天一大早,他给哑巴一担大箢箕。哑巴以为要去挑牛粪,兴冲冲地跟着哥哥走,直走到三老倌家门前才知是另一回事。他平时见三老倌打牛下手狠,找干部告状最积极,不知被三老倌骂过多少次。眼下见三老倌坐在地上老泪纵横,不知道发生了什么事,放下担子前去拉扯。

三老倌一头朝墙上撞去,幸亏被旁人一把拦住,才没撞出个头破血流。围观人群出现了一阵骚动。

哑巴不明白人们在议论什么,但他看见有人搭起了楼梯,看见有人爬上了三老倌的屋顶,还看见大队书记在现场指挥,终于明白了什么。"呵咦!呵咦——"他拦在楼梯前,一个劲地摇手。

书记拨开他,指挥人们继续上屋。

他两只牛眼睁得老大,跑到三老倌面前嗷嗷叫,意思是要他去阻挡,见对方只顾哭嚎,便急忙跑回来一脚踢倒了楼梯。

"聋子你知道个屁呵。"大队书记同他说不清,用再多的手势也说不清欠钱户与进钱户的关系,说不清队上如何穷到要拆屋的原因。何况眼下不论人们说什么,都是对牛弹琴。只要有人靠近楼梯,只要有人要上屋,哑巴都会恶狠狠地伸出一个小指头,朝前一点一点的,点出愤怒和蔑视。

很多人来得不大情愿,看见终于有人顶上了,也乐得顺水推舟,或阴或阳地敲起了边鼓:我看也是莫拆算了。是呵是呵,春不出谷,冬不拆屋,手莫下狠了呵。没听老班子说么?积一分德,胜烧十年香呢……他们这样说着,说得德成有点着急,冷笑一声:"不拆也要得。哪个想把事做绝呢?只要干部口袋里抠得出票子来,我来盖屋都愿意。我吃人饭,下牛力,做一年,几张血汗票子是要的。"

"是啰是啰,我是等钱用,初五要砍肉接木匠……"有人接应他。

人多口杂,明显分成了两派,拖成了一个僵局。书记有点面子上挂不住,拿出哨子猛吹一声,"闹什么闹?你们是书记还是我是书记?听好了:今天三老倌同意是拆,他不同意也是拆。你们哪个不想动手,就替三老倌交钱!"

队长不敢违令,上前拍拍哑巴的肩,指指书记,又指指手腕——意思是此事非同小可,是戴手表的干部有命令哩。

哑巴指指手腕,不大相信的样子。

队长再次指了指手腕。

哑巴怔住了,脸一直红到脖子,绝望地咕哝两声,脚一跺,走了。

"喂,喂,猪样的家伙,"德成脸上有了猪肝色,追上去大喊,"你到哪里去?这么多砖要老子一个人挑么?"

哑巴横了他一眼,还是气呼呼地走出地坪,他不知从哪里冒出臭脾气,把两只箢箕狠狠摔出去,一只落到水沟里,另一只落在秧田里。扁担也被他摔出去了,投枪一般射向茅草丛。这一天,他什么也不干,一反常态地回到家里蒙头大睡,连二香来问话也不答理。

中午,德成气咻咻地回家,闯进他的房间,掀开蚊帐门,猛揭被子:"摊你娘的尸,下午跟老子担砖去!"

哑巴跳起来横他一眼,坐到另一头,摆弄自己的唢呐。

"听见没有?"德成一把夺过唢呐,"担砖,担砖!"又做了挑担的动作。

哑巴翻了个白眼,拉过蓝印花被子又蒙住了头。

"好,你有万贯家财?你吃国家粮当了干部?你舞着擂槌上天了是吧?好,你狠,你能,你莫想吃老子的饭!"

德成这些天的火气特别大。

六

直到天色渐暗,哑巴还空着肚子。这是第几次被哥哥夺了饭碗呢?记不清了。以前哑巴给别人帮忙回来,只要做得过于卖力,就总是要被哥哥责骂和夺饭碗。那时的哑巴就到山上去,煨一窝板栗,或到地里摘一个菜瓜。

可现在那些东西也没有了。他提着唢呐,无精打采地在村里游转。他想到队长家里去看看,说不定可以混来一口两口?但他远远瞄了一眼,见队长家的婆娘在塘边刮鼎锅——把他最后一点希望刮没了。他看得出那一家的口粮也很紧。

他只得想想猪场里喂猪的红薯。经过他的侦察,喂猪的大嫂已回家去吃饭,猪场大门的一把旧锁也只防得君子。他一拧,让锁歪了脖子,走进门去在溚筐里翻了翻,果然找到几条红薯,袖口三揩两抹,红薯已经入了嘴。

"假积极,偷红薯!假积极,偷红薯……"

几个也是为红薯而来的小把戏发现了他,一齐拍手大叫,及时展开了报复。

哑巴慌手慌脚,吞得更快。

"抓住这个贼老倌,到干部那里去!"

"他还想得奖状?要他去打锣,去戴高帽子。"

"这是我们看见的。老师要表扬我们,要给我们插红旗。"

哑巴知道这些小家伙不怀好意,忙摆出笑脸以示和解:"呵呵?"

孩子们更加得意:"不行,快走快走!""老实点!""让他吊块牌子,像万玉一样。"孩子们指的是一个地主分子,以前总是戴着牌子上台挨斗。

几只手把哑巴七拉八扯,押出了猪场,直往队部而去。哑巴知道这不是好事,忙做出一串手势——莫拖莫拖,我给你们打个鸟笼子,抓斑鸠,好不好?

"不要不要!"

又是一串手势——我给你们做个篾篓子,套泥鳅,好不好?

"不要不要!"

还是手势——那,我来吹唢呐……

小把戏们这下动心了:"吹吧吹吧,要吹好听的。"

哑巴抽出了唢呐,随着肚皮一鼓,腮帮鼓成两个半球,口水开始从嘴边溢出,然后又从喇叭口流出。他似乎还有微弱的辨音力,还能凭手指感受到旋律,感受到他聋哑以前的声音记忆。他当然吹得有点乱,声音像鸡鸣,像鸭喧,像狗在跳跃,像牛在嬉耍,像丰收的锣鼓。一串串音符在争吵,在冲撞,在扭打,你咬着我,我咬着你,流出了鲜血。

小把戏们基本表示满意,只是其中一个年龄最大的还想恶作剧:"不行,这个不好听,小指头,小指头。你要用鼻子吹,用鼻子,鼻子。明白吗?"

哑巴生气地摇摇头。

"你用鼻子吹,用鼻子吹!"孩子们闹起来了。有的爬到他头上,有的扯住他的衣,有的抱住他的腿,还抢夺他手中的唢呐……直到二香出现才一哄而散。他们看见二香急急地赶来,一把抓住哑巴,像抓住一个孩子,拉着就走。

"香婶婶,他偷红薯!"

"香婶婶,他是个假积极,贼老倌!"

"抗拒从严!坚决打倒……"孩子们也熟悉了批判会上的语言。

"不要喊,千万不要喊。"二香惊慌地转身,摸摸他们的头,"好伢儿,快落黑了,回家去吧。"说着从衣袋里摸出一把炒蚕豆贿赂他们。

哑巴总算回到自己家里了。幸好大哥不在,让他免了挨骂。嫂嫂把他安顿在椅子上,首先打来一盆热水,要他洗手,又拿来一双鞋子,要他换上,最后才端来饭菜。纤秀的手,陌生的手,端来酸白菜和辣椒,上面还有一个黄油油的荷包蛋。

嗷——哑巴呜呜地哭起来。

嫂子没看他,揉揉眼睛,回到灶脚头往吊壶下塞柴。

七

哑巴发现哥哥与嫂嫂吵架。哥哥红着眼,破口骂,踢翻椅子,挽起一只袖口,亮出巴掌不停地抖,大概骂了些什么。

嫂子的嘴也有张有合,似乎也回敬了什么。

哥哥终于下手了,一掌把老婆打得倒在墙角。她半天没有动弹,好容易有了活气,好容易才爬起来,但丢下猪菜不管,丢下鸡鸭不管，进里屋包起几件什么衣服，泪流满面地冲出门去。

他们在吵什么呢？哑巴觉得这件事可能与自己有关。

他心慌，躲在暗角里，好像自己偷了银偷了金，做了见不得人的歹事。他一拳又一拳捶打自己的脑袋。

邻居们来了，队长也来了，围着德成七嘴八舌。最后，队长仗着刚才喝了两口酒，摆出做主的架势，走到哑巴面前打了一串手语——喂，你明天不要出工了，搭班车到你嫂子娘家去，把嫂子接回来。懂不懂？

哑巴不用听就懂了，连连点着头。

他一夜没有睡好觉，第二天一黑早就穿上蓝晃晃的新布衫，穿上每年只穿那么几次的黄色胶鞋，夹着雨伞跌跌撞撞地出发。他总算把嫂子接回来了，把嫂子送到哥哥面前。但哥哥还是黑着一张脸，只是没有再动手脚。唉，有什么法子能让这张脸露出笑容？哑巴暗暗费了好些心计，成天探头探脑东张西望的。他看见哥哥摸出烟盒，就赶忙递上火柴。看见哥哥身上有汗，就赶忙摇起了蒲扇。他得在家里多做些事，于是光着上身，担粪泼菜，上山砍柴，挑水扫地，连鸡棚鸭埘也清扫了一遍。墙角里的鸡粪扫不干净，他就跪在地上，用碎瓦片去刮，一点，一点，刮，刮……

哥哥同一个干部模样的人争辩，闹得双方的脸色都不好看。哑巴就在另一间房里拍桌子，踢椅子，敲打桶子，反正闹出很大的声响，以示与哥哥同仇敌忾。为了表示更强有力的声援，他故意在那干部模样的人面前冲来冲去，最后冲到地坪里，把那人的一辆脚踏车踢翻。要不是哥哥来轰走他，他可能还会在脚踏车上猛踩几脚。

旁边有人取笑他："你真是聋子不怕雷呵？你知道你家里是什么

人吗?"

他竖起一个小指头,哼了一声。

"你好大的胆,敢说政府是小指头?"

哑巴看看对方,噘起嘴,鼓出唾沫,又顶出一个小指头。

意思是:去你妈的!

不几天,人们发现那干部模样的人再不进村了,据说他的脚踏车总是在这里被人扎破胎,或者是铃盖不见了。大家不用猜,就知道这事是谁做的。但即算是那位干部,也只是报以苦笑,无法阻止这种判决。

八

门前溪水暖了又寒,浊了又清,田里五谷收了一季又一季,山里人不知不觉在悄悄经历着一个大变化。首先是副业开放,然后是包工包产,最后是分田分山的责任制……德成很快成了大忙人。如果说他第一次担着辣椒上自由市场还提心吊胆,那么他不久就有了大显身手的信心和壮志。朋友们来往不绝,他们结伴到湖北去贩茶叶,到广东去贩鱼苗,一去好多天。每次回来总带着得意神情和一堆堆山外的新闻,茶余饭后,满面红光,被人们的羡慕和敬畏包围。

"德成哥"的称谓,被"德成叔"代替,"你"被"你老人家"代替,虽然他还是他,还是个经常头痛或者血压高的大胖子。

他财大气粗,在屋场里游转,开始喜欢背着手挺着胸,对有些人爱理不理,讲起话来也盛气逼人:"庆胡子,你那窝猪崽不准卖给别人,我包了!""三老倌,你也想开口借钱?嘿嘿,你还记得钞票是方的还是圆的?"……人们在这样的呵斥下敢怒不敢言,似乎这位昔日的屠夫已经成了山大王，万万不可得罪。据说他还准备到镇上开店，准备买卡车跑运输，准备办砖厂开炭窑——他哪一天会不会把县政府都买下来？

二香也成了女人们关注的目标。在她们看来，二香的八字真是硬，以后还用得着喂猪和锄草吗？还用得着织布和做鞋吗？拉倒吧，她就等着当地主婆，等着当贵妃和皇后娘娘么。穿金戴银不说，坐轿骑马不说，还要雇一帮丫环来前后左右地侍候吧？……奇怪的是，二香还是一个人忙里忙外，经常累得汗湿的衣衫紧贴背脊。到她家去看看，栏里七八只猪肉滚滚，屋后一园瓜菜绿油油，阶基上干净得连半根草须也没有，还有做饭、待客、出工……这样勤劳贤惠的媳妇真是少见。

她还是很少有笑脸，这一天的晚饭更是吃得提心吊胆。德成刚扒了第一口，脸色就沉下来，饭碗朝二香面前一砸。"这是什么饭？你吃！你吃！"

二香吓得赶紧尝了一口，"哦，锅里可能多了点水。"

丈夫又吃了一口菜，更气了。"你要我吃烂布巾？"

二香吓得再尝了一口，"丝瓜可能是老了点……"

"丝瓜？这也叫丝瓜？"

"我另外给你做……"

"做什么做？做猪溺么？"

"你是馆子里的口味吃惯了。要不，你就到镇上去……"

"你怕我今天还没跑够？你以为我的血压还不够高？你看你这个堂客，疴心好黑！"

"对不起，对不起……"

"一顿饭都做不好,你只有去死,去死呵!一个猪婆也要给我长几斤肉吧?一只鸡婆也要给我生几个蛋吧?你能做什么?你以为我吴家的钱用不完,要请你白吃饭是吧?"

德成把她骂了个狗血淋头,看看手表,夺过饭碗又吃了两口,大概吃得火气冒,筷子一丢,把碗砰的一声砸到地下,骂了一阵娘,带上手电筒出门去了。几只鸡跳过来,抢吃散落的饭粒。

二香呆若木偶,好半天才低下身子去,一块一块捡起碎瓷片。躲在隔壁房间的哑巴看见,她捡到最后一块时,一颗泪珠落到了手上。

这天晚上有个附近的村庄唱大戏。山里好久没唱戏了,好久没有见过县里的大班子了,据说这次还是村长亲自带人去硬把人家几箱行头抢来的。锣鼓敲得好欢,灯火照得好亮。戏台下有卖米花糖的,卖瓜子的,卖炒板栗的,卖甜酒和米粑的。莫说去看戏,就是到那人群中挤一圈,嗅一嗅扑鼻的香味,也是山里人的享受。但哑巴今天没有去赶热闹,悄悄来到厨房里,看着缩在灶脚头发呆的女人,看着那张被火光映得忽明忽暗的脸。

他给嫂嫂倒了半茶碗水,但嫂嫂没有接。

他给嫂嫂一条毛巾,但嫂嫂也没接,只是撩起衣角,擦了擦泪眼。

他们静静地守着一堆余火。

远远的鼓乐声隐约飘来。聋子当然没有听到,但他接地的两只脚似乎有所感觉。他取来唢呐,咬住气嘴,深深叹了一口气,放出一道呼啦啦的长音。这也许是好听的吧?也许可以替代邻村的演出吧?也许可以让嫂嫂开心一点吧?他拿出最高超的手段,一仰一俯地吹起来,时而急促,时而舒缓,时而嘹亮,时而微弱。他仍然吹得有点乱,把欢笑吹得像哭泣,把美丽吹得像丑陋,把倾诉吹成了争吵,把爱慕吹成了仇恨。只有从他闪闪发亮的眼里才可以看出,他其实在吹着祖先和孩子,吹着古老的山和世代耕耘的土地……呵呵,土地呵,谷米呵,山寨呵,多么好呵多么好。一个个音符像鲜花绽放和星星闪烁,像满山的杨梅红透欲滴。

不知为什么,二香脸色发白,慌忙捂住双耳。

哑巴戛然而止,有点手足无措,大概对自己的无能心怀愧疚。他终于收起了唢呐,悻悻地提着木桶去潲锅边取潲。

"你回来!"嫂嫂好像怕他消失。

他没有听到。

嫂嫂冲着他的背影更大声地喊:"你回来!"

背景仍然没有听到,在潲锅那边舀出呱嗒呱嗒的声音,然后提着潲食去了猪栏屋,走入门外的黑暗。

"你这个聋子,你帮不了我,帮不了我呵。我就是说了,你也听不见呵……"女人忍不住放声大哭,"我是受苦的命,做牛做马的命。我前世作了什么孽?老天爷要这样惩罚我?人家最丑的女子,最穷的人家,也生男生女一个个。我偏偏没有。我吃过药,我烧过香。香灰都够捏成个人了。可我还是没有。你说我怎么办,怎么办呵……你给我说一句。你哪怕就给我一句……"

她哭得气绝,一声声卡在喉头,好半天没有放出来。但门外的黑暗里还是没有回应,只有此起彼伏的猪叫,还有聋子用木勺刮桶的哗哗声。

九

哑巴半夜里大叫一声,醒了过来,觉得有什么地方不对劲。他打开电灯,手忙脚乱去嫂嫂那边看看,发现女人果然呼吸粗重,面色苍白。

他嗷嗷地叫着,给嫂子加了床被子,又打来一盆热水,洗去嫂嫂的眼泪。嫂嫂的内衣汗了个透湿,看来得找一套赶紧换上。

看着他笨手笨脚地忙碌,女人却无力劝阻,只能一手抓住对方的手。哑巴被这只手咬了一口似的,浑身一震,两膝发抖,有一种全身中毒的僵硬。但他越是想抽手,对方就把他的手抓得越紧,紧到了咬筋锁骨的程度,好像不光是要劝阻他了。

"你摸摸……我的话。"女人把他的手拉向自己胸口,让手摸到自己的心跳,泪水再一次夺眶而出。

哑巴摸到滚烫的体温,更吓了一跳,好容易挣脱女人的手,去捶响了邻居的门,捶响了队长家的门,捶得满村都是咚咚咚的震天响。人们来到二香的床头,都大吃一惊:怎么病成了这个样?他们找的找郎中,打的打电话,还有人卸下门板作担架,要把二香直接往卫生院送。在队长的安排下,哑巴去找德成回来。

哑巴用手电筒寻找田埂上的摩托车胎痕迹,一旦没发现痕迹,就使劲缩缩鼻子,狗一样寻找汽油的味道,寻找哥哥的发油味、烟垢味以及特有的汗气。还真靠了这只狗鼻子,他走过小桥,穿过竹林,绕过坟地,一举把德成找到了。这是邻村一个小寡妇的家,门口停着德成的摩托车,窗子里冒出笑闹。哑巴从门缝往里一瞄,果然看见了德成那肥大的脑袋,还看见桌边另外三四个男女,桌上的纸牌、酒杯与剩菜,烟盒与散钞……

他推门进去拍德成的肩,指指屋外,比划出长头发,做出病痛缠身的神态。

德成白了他一眼,吐掉一个烟头:"你来做什么?去!回去!"

嗷嗷嗷——哑巴急得直跺脚。

"死聋子,起什么鬼飚?"

有一个男人看出了哑巴的意思。"德成,他是说你堂客病了吧?莫打了,跟他去吧。只怕你还要去医院呢。"

德成大为不快,"妈妈的,人倒霉鬼就上门。好好好,我就回去。"说着又拍出一张牌,笑着大叫:"调主!这回你们的酒罚定了哈哈哈……"

"德成……"女主家也注意到哑巴的神色。

"打吧打吧,打完这一轮。"德成满不在乎地挥挥手,"她那是老毛病,死不了的。"

话未落音,他突然整个身子沉了下去,一屁股坐在地上。说时迟,那时快,哑巴不但抽走了德成的椅子,而且提起桌面一掀,把纸牌酒盅什么的掀得四处飞溅,吓得女主人尖声大叫。人影晃动之际,电灯泡摇来晃去。

德成爬起来,恼羞成怒就是一拳。

哑巴一动不动。

德成再给他一掌,响亮无比地煽在他脸上。

哑巴既不避让,也不招架,看来也没准备还手,只是直愣愣地盯着对方,看对方是否准备出门。

"滚——"德成抹抹头发,整整衣襟,又在桌边坐下,"今天见了鬼不成？老子偏不回去！来，洗牌，再来！"

哑巴肯定看懂了对方的口形。他现在开始还手了，哗啦一声再次掀翻了桌子，然后随手抄起一张条凳，铺天盖地打将过去，不但把德成打翻在地，还把刚才同情他的男人也扫倒在墙角——完全是打红了眼，气昏了头。"妈妈的你瞎了眼呵？"墙角里的男人委屈地大叫。但哑巴不知道他叫什么，嗷嗷声中又一凳子扑向窗台，把镜子和暖水壶也当成妖怪，拍了个稀里哗啦。要不是有人拦腰抱住他，女主人也可能在他面前见血。

他是一座爆发的火山，完全没法控制。他甩开一个个拦阻者，发现手里的条凳断了，便丢了条凳，一眼看准靠墙的土车，抢上前去，哗啦一声，把整个土车提起来，举起来，举过了头顶，力拔山兮气盖世，眼看就要把砖墙瓦盖统统扫荡。

所有在场人一齐惊呼着四散。

他找不到目标，只得停下来，嘴唇在轻轻抖动。

"好，你疯了，你疯了，你竟敢打老子，你找死……你这个黄眼畜生！"德成抹着脸上的血，慌慌地闪到大门外去了。

门外有狗吠。

十

德成与哑巴终于分家了，哑巴只分到一张床，一担脚箱，几件农具。队上人都说德成太厉害，德成就愤愤然地算了笔细账：关于哑巴在他家里的吃穿用，关于哑巴的吃里爬外，关于这次打伤人的医药费，关于当年他给哑巴治耳朵的钱……最后还搭了句："要说我揩了他的油？那好，现在让他单打鼓独划船，发大财去呵！"

队上也不太好管这桩兄弟官司。

哑巴没有地方栖身,借了一间队上的公屋。乡亲们给了他一套桌椅,凑齐了锅盆碗碟,还放了两丘田的土砖,准备秋后给他做屋。但哑巴的日子还是过得不怎么好,失去了嫂嫂的经常关照,他的衣服显得有些破旧和邋遢。

二香去看过哑巴几次,偷偷送去新鞋新衣,还送了糯米、干鱼和瓜菜。一旦这些事被丈夫发现,免不了招来他的打骂。有一次德成还站在大门口,拍着大腿放出一通不干不净的话,引得几个长舌妇交头接耳。

二香后来去哑巴那里的次数就少了。公屋门前有口荷花塘。人们看见,二香嫂经常舍近求远去那水塘边洗衣,每次都洗得人前来人后走,有点拖延磨蹭的味道。在洗衣女的笑闹声中,她跪在石板上,低着头默不吭声,把一件淡红色杏花点子衬衣细细搓揉。清清的水流顺着青石板一溜溜回到水塘。水中那个凝神的女子被水花打散了,又聚合拢来。

第二年春天,她知道德成在外面有了女人,终于与他离婚。那天,娘家的弟弟来接她回去,邻家的女人们心里不好受,来她家送别。她们鼻子酸,手巾湿,偷偷地抹眼泪,一股脑忘记了往日的小恩小怨,恨不得抱头痛哭永不分离。连小把戏们也像懂事了很多,不再吵闹,紧张地看看这个又看看那个。

二香的头发一丝不乱,脸色平静如水。她向姐妹们鞠过一躬,然后目光在人群中寻找。"德琪呢?"

她说出那个人们不常用的名字,坦然,大方,坚定,还有如释重负的轻松。

老队长怔了一下。

"德琪呢？他怎么不来送我？"她提高声调。

老队长慌忙朝四周打望，帮着她寻找。

二香整整衣角，理理头发，朝队上的公屋走去。她今天穿着那件淡红色杏花点子的衣，虽然已经褪色，虽然已经打了补丁，但还是洁净如昨，散发着清泉和阳光的气息。人们看着这一把闪烁的杏花过了沟，上了坡，穿过禾坪，走近那个窗口。

公屋里没有哑巴的人影，只有他的蓑衣和胶鞋，还有他的油灯和火柴，以及不知道有什么用的一堆空瓶子。

队长赶紧帮着找，对着上边垄里大喊："你们看见德琪没有？……"

周围的人都帮着喊：

"德琪……"

"德琪……"

山山岭岭发出阵阵回声。

还是没有人影。二香脸上露出一丝失望。她走到队长面前，"有几样事，想拜托你老人家。我走了，请队上多多照看德琪。他鼻子容易出血，到三伏天，请你们莫让他晒得太厉害。他喜欢吃粑粑，分谷的时候，请你们多给分几斤糯谷。他那件袄子已经不能穿了，我早就要给他做新的，没来得及，今年入秋分了棉花，请你们记得给他请个裁缝……"

"好的，好的……"队长慌忙点头。

"他下田干活的时候，喜欢喝生水，你们莫让他喝。他热天贪凉，晚上喜欢在禾坪里睡通宵，你们莫让他睡。"

"好的……"队长声音哽塞了。

"他好管闲事,容易得罪人,其实他是豆腐心,糍粑心,是为队上好,为大家好。你们一定要宽待他,莫怪他……"

几位妇女发出抽泣,已经哭成了一片。

二香倒出奇的镇静和硬朗,抹抹头发又提到德成:"……我不恨他,总归是一夜夫妻百日恩吧。等他新人进了门,请你们多劝劝他,还是把弟弟接回去。有个嫂嫂持家,日子会好过一些。"

孩子们围抱着二香,拉扯着她的衣袖:香婶婶,你不要走。你走了,我们会想你的。香婶婶你为什么要走?香婶婶,你还会来看我们吗?……

她蹲下去摸着孩子的脸,"会来的,我会来的。你们在这里要听大人的话,好好地读书,好么?你们不要再气德琪叔叔了,好么?"

"我们再不了!再也不了!你相信我!"

"我们摘杨梅给他!"

"我们抓螃蟹给他玩!"

"我们给他看连环图……"

二香说不出话,失神地抱住孩子们,泪水一涌而出。这泪水不光是感激,还有伤别和依恋。她不知该用什么来感激这些泥猴式的孩子,感激他们神圣的诺言。

她终于还是走了。

她随着挑担的弟弟,沿着清凉的石板路向山口走去。渐渐地,黑影变小了,变小了,成了一个黑点。但到山口的尽头,黑点停住,凝固了很久很久。不知是看不见她在走动,还是她停下来朝这边打望……

黑点也终于没有了,天地恢复了原来的模样,绿色的群山深浅相叠。

十一

话要说回来,我对哑巴并不很熟悉,也不知道他是否有写进文章的必要。这个世界有这么多人,每个人活上几十年,在漫长岁月里只是倏忽一闪。我们能记下多少人?我们又为什么要记下这些人?

何况我们分隔在不同的生活里。

再次进山的时候,我打听德琪,没想到一听到这个名字,人们的脸上便掠过阴云。据说有一次在水利工地上,他一失脚,连人带车翻下坝,车上是几百斤重的麻石……当时已有人发现了险情,已向他发出了大声警告,但他是个聋子,耳朵不管用。

现在,人们不再经常谈到他了,只是在犁滂田的时候,在进榨房的时候,在盖屋或者洗井的时候,才觉得村里少了点什么,才会提到一个日渐陌生的名字。"唉,一个好人。""做了好事在那里,阎王老爷记得的。"——他们会留下这样一些叹息,然后重新回到自己无暇他顾的忙碌,回到生活中的柴米油盐。

人们倒常常谈起德成,因为他生意越做越大,即便参与走私遭到政府罚款,但还是把胶鞋换成了皮鞋,把摩托换成了二手小汽车。这一天刚好是他新的庄园落成,也是他第三个儿子满周岁的日子。按照乡俗,村里人应该去送礼,还应该凑钱请个戏班子,给他贺一台戏。但直到临近午时,村里除了响起零星鞭炮,还一直没有多少动静。德成感觉到什么,一一上门来邀请乡亲,说他已经准备了几十桌,说他愿意支付贺戏的钱,说他已经与戏班子联系了……大家只需要带一张嘴巴去。

他很高兴我在这里，递上一根过滤嘴烟，又打燃液化气打火机，"嘿嘿，你真是稀客，一定要赏光，来我家吃顿便饭……"

我吸燃烟，但推托时间不凑巧，今天刚好有急事。

又有了唢呐声。那是几个小孩刚拿到糖果，心里一高兴，找来一支唢呐玩耍。他们当然吹不成调，吹得有一声没一声的，高一声低一声的，像没头没脑的惊呼和惨叫。而且那支我有些眼熟的破唢呐，已经铜锈斑驳。

唢呐，唢呐，我又在记忆的沙滩上徘徊。那是昨天还是前天？德琪像个卫士守在我的门口，不准几个小把戏闯进我的住房，怕他们妨碍我读书写字。他走进门，似乎想同我说点什么，见我捧着一本书没理他，便坐在一边守着。不知什么时候，他实在撑不住了，失望地离去，临走前捅捅我，做了些切肉片搓丸子的动作，意思还是不言自明——他希望我过节时去他家做客，我一定得记住。

他是想同我多做些手势的，是爱与外来人交朋友的，我知道。我本来也应该同他多打打手势，哪怕打打音乐节拍或者做一套广播操——那也许能给他解除一点寂寞，让他脸上多一些笑容。

我终究没有那样做。是因为忙？是没什么可谈？还是有点厌倦哑巴过分的殷勤？我现在已经不能那样做了。他化入青山，似乎与我无关，再也不会来搅扰我。

再也不会。

又起山风了，落雾罩了，榨房远远送来撞榨的声音，还有冲里零零星星的狗吠。门前有一处石堰流水哗哗，总是这样。我越过空明月色又想起了远方。那是在哪里呢？那也是在这个星球上么？霓虹灯下驰过闪亮的轿车,宽阔跑道上腾起巨大的飞机,林立群楼下涌动着摩肩接踵的人海,到处是人和人……

我要好好地生活。

1981 年 9 月

---

* 最初发表于 1981 年《人民文学》杂志,后收入小说集《飞过蓝天》等,已译为英文、法文,并改编为电影,由潇湘电影制片厂 1983 年拍摄出品。

空　城

　　我们进城时，天已断黑。整个街市除了偶然冒出一声婴孩的哭泣，悄无声息，不见人影和灯火。临街的木板房东偏西倒，门窗紧闭，关锁着一家家的黑暗，似乎怯怯地守口如瓶，紧咬着一个我们初来者不便知道的秘密。渐渐的，我们也被自己脚步声弄得毛发倒竖——人呢？人在哪里？这柜台，这伙棚，这墟场，这错落勾结的檐瓦和梁柱，明明还有喧嚣人烟的余温，转瞬间却静如一片寂静山谷。

　　墟场不动声色向脚步声迎来。那里依稀冒出几团黑影，如蹲伏的十几只巨兽从天而降，使人不得不惊慌和提防。借着手电筒的射光细看，才发现"巨兽"原是肉案，案板均有门板大小，几口砖那么厚，油污黑亮，粗头粗脑，重若千钧，压得一只只案脚纹丝不动。案面有密集交错的刀痕，除了一圈黑油油的边沿，当中已砍出了浅浅的本色。不知屠宰过多少生灵之后，不知砍削过多少价钱之后，有的案面已经凹陷，成了个锅形。有的干脆已穿了底，形如一个漏斗模样。但它们也未被收拾处置，仍然露置于街市，大概还可充当赶场者们歇脚时的坐凳，或是品酒时的餐桌。它们大多带着骨屑肉末，缕缕残血，在墟街两旁整齐地蹲伏着，守着这黑沉沉的寂静。有个肉案上还钉着一把钢刀，当然是屠夫忘了带回家的，在暗中泄一道银光，似肉案偷偷瞥来的一眼，不免使你背脊一凉。

突然，不知哪扇木门里迸出咣当一声金属的巨响，使你魂飞魄散，莫名其妙地感到有什么大事就要在这里发生。

第二天，我们早早在旅社起床，得以看清这个小镇的大貌。小镇名叫锁城，其实充其量只是一个大村子，但有一圈矮矮墩墩的沙土城墙合围。城墙上青草丛生已经过膝，布满蛛网和鸟粪，封住了外来者巡游的兴致。墙下的护城河早已干涸，被城民们垦成了大块小块，高低不平，有黄麻冬葵之类作物参差摇曳，地边还有刺树扎成的篱笆，显然是为了防范鸡鸭。东边城楼上冒出炊烟，檐下挂有尿布、蓑衣、草席、钩筒一类，也不知是何人贫寒得借此破楼安身。

楼檐下的小小风铃已绿锈斑驳，竟无人窃去，依然在风中摇出沙哑的哒哒声，似胸有成竹地对小城咕哝着某种预言。从东门到西门，有一条用大卵石铺成的"官道"，滑溜溜的并不好走，如一条石头小河潺潺淌来，淌到此处突然凝结。听人说，这种路可走轿，不宜行马，容易造成马蹄打滑，故有官道之称——取的是土匪骑马很难追上官轿之意。其实以前的官轿很少来到这里，小城里也不见官衙的旧址。在老人们的记忆中，此地天高皇帝远，官府一直势薄。县令每每不能入境，只能寄居邻县，每年来催交钱粮一次而已。

所以这里匪患不绝。

附近的老百姓也就活得很小心，皆依傍山岭筑寨而居，大路两旁和小河两旁的平川之地倒是历来废弃不用。这当然给屯垦提供了条件。明、清两代都在这里设立了屯堡，我们的知青农场续上了屯堡，也占据了锁城以南的大片荒土。

知青们在草地上垦荒种粮，总想去锁城跑跑公差或办办私事，也算是进一趟城，多看些人面。碰上逢三、逢六、逢九的赶闹子，更要在城中多耽留些时辰。本地人避瘴疠，忌早起，闹子或说墟场，要到午时才猛地出现活气。卖草药的，卖瓜果的，卖糕饼的，卖竹器的，卖渔网的，卖铜器银器的，卖猪羊牛马的，来自四乡八里，同类相聚，很有默契地找到各自地盘，坐下来打发一天的光阴。有的汉子提几根丝篾，或摆两皮烟叶，也算来赶个场，似乎全不在乎买卖，主要是来此交际和休息娱乐，从熟人那里借个火来点烟，看一串串手牵手来此闲游的小女子，大红大绿，花容月貌，腼腆地低头来往，实是一大乐趣。到傍晚，这一类汉子已经坐得身影由短到长，可能又提着丝篾或烟叶悠悠然回家去。

知青们走入墟场，最热爱伙棚那边的猪血摊子、酒糟担子，还有老太婆们篮中的粽叶粑粑一类。不过，此地苍蝇极多，有时嗡嗡嗡地聚拢来，一叮就黑了半个桌面或半截柱子，颇能破坏食欲。这些苍蝇多来自临街的粪凼——其实粪凼与地坪很难区分，界限常常模糊。经常有肥猪哼哼地上街散步，在某个墙角蹭蹭痒，在某棵树下拱拱泥，去粪凼里狠狠地探索一番，再披挂一身泥污蹿入人流，俨然也有谋取衣食的忙碌。它们把粪水带向四面八方，再加上鸡粪、狗粪、驴粪、牛粪、马粪、羊粪，很少得到清扫，与泥土互相混合，于是黑中带绿的浮泥散发出一种浓浓的酸臭，盖满整个墟场。白天还没什么，一到雨天，肥大的蚂蟥和蚯蚓钻出浮泥，钻出了密密的虫眼，就会有黑绿色的粪水从这些虫眼中纷纷渗出，有分有合，有合有分，不知最终流向何处。

于是我又觉得这雨天的锁城正在溃烂。

我们与本地人言语不通，交往和买卖都十分困难。有时我蹲在卖主的筐篓前打上好一阵手势，对方眼中还是一片茫然。有一位同伴逞能，缠住一个汉子哇啦哇啦讲了一通，自以为用上了本地话，其实很像电影中那种日本官佐的汉语："……你的知道，槟榔的，哪里有卖？"

对方举起一个柚子。

"不是这个，槟榔的，鸡心槟榔的，嗯？"

对方嗯嗯地点头，懂了，指着斜对面一个铺面说了几句什么。我们以笑代谢，兴冲冲而去，竟发现那是一裁缝店。

我们不甘心，又拦住一位女子询问，不料对方一开口就脸红，于是引来一圈围观者。有的像询问我们，有的像指导我们，有的像责骂我们，但我们徒见一排排黄牙露出来，徒见一张张嘴又开又合，叽里哇啦中竟无一句可解。一位后生扫兴地转身挤出去，肩头的扁担横挑过来，在我脑袋上狠狠刮了一下。

"要找槟榔吗？"

有声音清晰传来。顺着声音看去，见人群中有一位老太婆，细密的皱纹十分舒展，虽小鼻子小眼，但轮廓匀称而和谐，脸上隆起两个肉球，又添几分孩童的天真。

我们回答，就是，就是。可答后又觉得刚才有什么不对劲的地方。对了，刚才这不是十分纯正的省城官腔么？在千里外的偏僻之地冒出来，而且由一位身穿大襟衣肩挎竹背篓的苍苍老妇说出，岂不是奇迹？

"太好啦，您也是外地人吗，阿婆？"

她笑了笑，只是要我们跟她走。

"您是什么时候到这里来的？"

她仍然答非所问，只说西门有槟榔卖。

我们前呼后拥，随着她乐颠颠地走了，穿过墟场，穿过街口，又从两排肉案当中走过。这里总是很热闹。红鲜鲜的肝肺，白生生的肚肠，都在肉案上光彩灿烂。屠夫卖得兴起，往肉堆上拍两拍，就有雄壮的叭叭声响，有高声大气的吆喝。嫩肉细腻，老肉松弛，均已被细细分解。几个硕大的猪头伏在案头，闭眼安睡，似乎对世事毫不关心。唯有一只被剜得太厉害，薄薄地只剩一张脸，露出了苦相。

后来我们才知道，老妇现在独身寡居，开了一个小粉店，就在肉市后一个不显眼的街角。粉店小而干净，灶台上不见油污，地板和墙板都被擦洗得木纹毕露，黄澄澄的桌面也徐徐透出木香。进食者在这里可以四体松弛，脚伸出去，不用担心踩着什么秽物，手放下去，不用担心两袖压住油污。老太婆有点闲不住，见一只狗带来些污泥，立刻取来抹布，蹲下去擦拭地板。我们建议她改用洗把，她却说用洗把伸着个腰，使不上劲。

如果你往里屋瞥一眼，还可以看见壁上插着此地极罕见的牙膏和牙刷，看见主人的镜子和睡衣，还有所有家具上的一尘不染。

她叫四姐。也有小娃崽，学着阿婆们的样，叫她四姑娘或四嫂子。她听了，只是眯眯一笑，并不多言语。不论与她熟到什么程度，我们还是不知道她的名字，更不知道她的来历。每次见我们上门，她不用说话,就知道我们要吃什么,要吃多少。一碗碗可口的米饭端上来,她笑眯眯地看我们吃完,笑眯眯地看我们离去。靠她做翻译,我们在附近收粪、购买鸡蛋或土布,也不再有什么困难。自然,我们还从这位翻译的嘴里得知本地很多掌故,包括寺庙的兴衰和戏班的来去。有一次,我问附近还有什么地方好玩,她想了想,拴上门,带我们往城南走。我怕她误会,把我们带进百货商店或中学校园,想解释一下却没顾得上,只是半信半疑跟着她。出了城,我感觉身上一凉,眼前一暗,发觉我们已到了两株古柏之下。古柏果然雄奇,浓密的树冠不似枝叶,倒像墨色岩层悬在天空。树干狰狞而倨傲,拔地冲天,有一种神话感。小沙河淙淙地流来,穿过柳树林,在古柏前分割出两个小沙洲。因为河水冲走了一些泥沙,古柏的很多树根暴出地面,如老人痉挛的筋骨,又似两只巨大的章鱼。坐在这些纵横交错的老树根上,听水声,观大木,自觉渺小。久坐之后,想必会悟出一些人生道理。

我很惊异,不知四姐为什么把我们引来这里,为什么这样准确地猜透了我的意愿。回头一看,发现她不知什么时候已经离开,去了远远的一边,平静无事的模样,佝偻着背脊采集野菜,只有发髻和背脊偶尔浮出草浪。

她一定是有来历的,但她从来不说。看着她一次次趴在地上擦拭地板,我想一定有很多秘密,已被她擦进黄澄澄的木纹了。

我们碰上政治运动,闹腾了两三年。农民代表奉命进驻农场时,抓了好些人,批斗了好些人。本地人把"捆"称为"绹",而且"绹"术极高。一片"绹起来"的吆喝中,一根细细麻绳,就可以绹得你天旋地转日月无光。我甚至曾经倒挂在梁上,望着眼前摇摇晃晃的土地，感到血往眼球和鼻窦压了下来。我看见门窗都倒置，看见旁人都变得下身长上身短，平时不常看见的桌椅底部尘垢也都收入眼中。地面在头顶，于是干湿不匀的泥沙成了云天，弯曲的泥缝成了黑色闪电，一些云母片的亮点成了星光。我这才发现，原来大地与天空同样丰富；只是青年人习惯于看天，平时很少看地。

当然得鸣锣游街，当然得被民兵押着去劳动改造。这一天去锁城担粪，我饿得头重脚轻两眼发花，趁看守人员看别人玩蛇的机会，一把丢掉粪桶，钻入墟场的人流，扑向一家家店铺。我身无分文，想赊一点什么充饥。有几个店老板倒认得我，但他们笑一笑，没把馒头或糕饼递过来。

我来到了四姐的粉店。那里正热闹，门前停了好几担竹木，客人们在桌边谈着广西那边杀人的事，叽叽哇哇不好懂。四姐看见我，先是一愣，嘴呆呆地张开，但很快就哆哆嗦嗦端来两碗米粉，似乎一眼看出了我的来意。

我的右腕已经被捆出伤痕，怎么也拗不过来，只得用左手扶筷子，因此吃得很慢，汗也冒出来了。我希望有风，正想着背上就凉了，回头一看，是四姐在我身后摇着蒲扇。

咽完最后一口，我回过头，发现身后已没有人，只有一条蜷伏在桌下的狗。

这是一个好机会，趁四姐不在，我可以拔腿就走逃之夭夭。但我走出门走了一段，又觉得惭愧不安。待我返身回到店里，四姐已经回来了，正指点邻家一位女子如何刺绣。她不紧不慢，咕嘟几个字，停顿下来，再咕嘟几个字。

"四姐……"

她手捏几缕彩线，看了我一眼。
"四姐，对不起……"
她淡淡地说："你丢下什么东西了？"
"对不起，我没有钱……"
"不要紧，不要紧。"
"你相信我，我以后会还你……"
"你刚才已经给钱了么。"
"什么？不，我没有。"
"你看这娃！你自己记错了。"

她似乎不愿与我纠缠，回头又去与女子谈刺绣。事后我回想起来，她对待一切都是淡淡的。假如我再去她那里，她还会让我吃饱，会给我扇风，也不计较钱粮，只是觉得没有必要过于热情，没有必要多说。

我有点手足无措，悻悻地出了门。

我看见看押人员大步冲我而来，吃了一惊，但定睛细看，才发现对方不是看押人员，只是面目相似的另一位陌生人。我慢慢发现，这个小镇上的很多人都面貌相近，几种常见的脸型屈指可数，隐约显示出本地人的血统脉络。只有四姐的小圆脸别具一格，尤其是那种细腻的肌肤和匀称和谐的轮廓，在这里是一个异数。

如同什么事也没发生过似的，我们就骨架粗硬，喉结突出，进入了中年。当年的知青大多已经回城，营生和兴趣各各有别。每逢聚在一起，最能维持气氛的话题还是谈球赛，谈小孩，谈往事。于是我们偶尔会说到锁城，说到当年的猪血摊子、酒糟担子以及粽叶粑粑。有人也提到了四姐——我都差点把她忘了。

不知是谁提供了一些传说。有人说她原是省里一位名门中医的遗孀，战乱之年，流落异乡，就定居在锁城了。有人说她是多年前土匪从客船上劫下来的一位丫鬟，后来由政府搭救，就地安置，一直在锁城自食其力。还有一种说法较为详细，也十分怪诞：说她原是省城里的一位青楼名妓，多与大户人家的公子哥们交往。有一回，一个据说得了"花痴"的银匠慕名而来，出钱贿赂鸨婆，求见她一面。她哪里看得上一个银匠？听说此事以后随意开了个玩笑，说那人要见也可以，得弄干净身子再来。不料那银匠把此话当真，立刻求医割势，几乎丧命。她为此深为震动，说世上男子多是淫而无情的禽兽，唯有这银匠情而不淫，真丈夫也。从此她竟弃绝风尘，随银匠去了广西。直到银匠病故，她还是立志守节，为了反抗夫家人逼她再嫁，便隐姓埋名来到锁城谋生。

这种说法未见得真实，和其他几种说法一样，似可信也不足信。套在四姐的头上，都只是有点像而已。

前不久，我又去看望了分别多年的锁城。官道还在，但很多卵石已脱落空缺，使路面一截截中断，石头小河快要干涸了。城墙早已无影无踪，大概是在风雨之下逐渐垮塌，只是建在墙基上的房屋，比其他房屋要明显高出一截，隐约勾勒出当年城墙的轮廓。四姐的小粉店也不见了，被供销商场一大片红砖水泥楼房取代。只是墟场仍像当年那样热闹，甚至更加热闹——许多杂货摊贩冒了出来，给小镇增添了鲜艳色彩。一些后生把钢丝行军床打开，就成了简便的货摊。运动衫、牛仔裤、折叠伞、电子手表以及太阳镜等等，一直摇晃到顾客的鼻子前。小贩们说着一种不太难懂的本地官话，蓄长发，戴手表，着装时尚，脸色黑里透红，有一种审度和挑剔外地人的自信。有点奇怪的是，这里一串串牵手来往的少女，身段高多了，也漂亮多了，与她们的上一代大不相同。这种人种演化的现象在周围四乡并不多见，不知是什么原因。

我问几位后生小贩，知不知道以前这里有个粉店？知不知道一位叫四姐的阿婆？她现在怎么样？……他们眼中透出茫然，互相打听了一下，摇摇头。

四姐死了吗？算起来她现在年过古稀，是可能死了，可以死了。当然也有其他可能，比方被一个海外归来的亲人接到城里去了什么的，这类事眼下都不足为奇。然而他们根本不知道她。

我心里空落落的，接着又问了一句："你们知道这里来过知识青年吗？"

"知道的。"

"知道知青是些什么人？"

"不，不大知道。"

他们说，知青就是知青么，知青来过这里吧？知青是些城里人吧？是些犯了错误的城里人吧？是些神经有毛病的城里人吧？好像他们在草地上搭了几个棚棚子。至于还干了些什么，以后又到哪里去了，就不大清楚。从他们尽力回忆的眼神中，以及互相启发互相提醒的神态中，我感到他们似乎在说一个远古暧昧不明的神话。

自然，除了几个"棚棚子"，往事是很容易被忘记的。

我在那些久违的肉案前站定。一切都变了，只有它们还是老样子，污黑油亮，雄威凛凛，横霸一街，不可一世。只有细看，才会发现多了几架砍穿了底的肉案，多了几架案面凹陷得更深的肉案。也许被鲜血浸染过的东西，才有这般结实，才熬得过悠长岁月。我记得以前这里多雨，血水常流下案脚，流入泥泞。有些打鱼人常来肉案前讨些猪血，据说渔网在猪血里多浸泡，渔网就更逗鱼虾，也更经久耐用。

1985 年 11 月

---

* 最初发表于 1985 年《湖南文学》，后收入小说集《诱惑》。

雷　祸

　　早饭以后就是这阴阴的天,像要落黑,又像要天亮。一只狗莫名地朝天叫了几声。后来有人回忆到这一点,觉得是很有意义的。

　　好容易门外光亮了一些。梓成老倌挺了挺腰,出门去丢尿,扯开了糟糟的抄头裤说:"三伢子,快点拱出来,看这雨到底落得下来不?"三伢子研究着地上一只蚂蚁,随口回答:"广播里说,今日有雷阵雨的。"听众人浪浪地哄笑起来,又瞥见梓成老倌在干那勾当,才知自己上了他的当,被当作裤裆里那物,红了脸说:"这老鬼,不忠不孝,留神点咧,就要打雷了。"梓成老倌笑得双耳一个劲往脑后扯:"好眼力,好眼力,你一只眯眯眼,还看得出天要打雷呀?"于是众人又笑得此伏彼仰。

　　正在这时,地面突然颤了一下,众人或猛地矮下去,或猛地跳起来,瞬时万念俱消,心身空了一般。呆了片刻,才察觉刚才轰响了一下。是山崩?是屋倒?是对门岭上采石场放炮？再想想，见满天云雾，才不约而同断定：雷！

这雷劈头盖脑灌下来，到底落在何处，难辨前后左右。又不见雨，十分奇怪。

梓成老倌最怕雷，蹲伏在地上好一阵不敢起来，好像被雷声砸矮了半截，怎么也无法恢复原状。三伢子没注意他，目光投向门外的一片田野："嘿，看见了！两团火，就打在那边。"梓成老倌蹓进门，钻到桌子下怯怯地问："真看见了？"三伢子说："确定无疑。是两团，肯定是阴电和阳电，顺着八斗丘滚下去的。"梓成老倌见头上的人又指点议论了一阵，皆平安无事，这才定下神来，跟着伸腰探头。他对三伢子蓄的小胡子从来缺乏好感，不以为然地纠正："什么阴电阳电？那是雷公车的天火轮子，去年把舒家楼的瓦都轧烂了一片。"

八斗丘那边有人影晃动，有叫喊声。

梓成老倌说："怕是在捡雷公墨？"他指的是一种落雷处的黑石头，据说小孩戴上这种石头可避惊邪；石头磨成粉给孕妇吃是上好的催生药；要是把石头墨膏杂合细研，用来写诉状，必使正义在公堂得到伸张。

贵胡子说："怕是雷耕吧？"他说的雷耕是指落雷处常见泥土翻动，恰似耕耘的痕迹。"把我那丝瓜丘也耕一道，就好了。"他又补充。

那边的人声越来越尖锐，不同寻常。虽听不太清楚，大家都敏感到：不好，出大事了，肯定是倒了人！

三伢子最先跑出门，立在路口侧耳细听一阵，报出一个惊心动魄的名字。

众人不敢相信，又问了一遍。

是他？真是他？真是那家伙？那家伙颇遭村民们怨恨，昨天还被梓成老倌手持菜刀诅咒一番，今日果真得了现世报应？

好些人心中暗喜，却又觉得欣喜不宜充分暴露，于是面面相觑，从容谨慎地且看人家如何动作。唯独梓成老倌恨之最切，一拍膝，一咬牙，有翻身解放的快感："后生们，看看，看看呵，这就是样呢！亏心事做得么？世上没有王法，还有天理呢。我说过的，老子那栏里的猪是不大好捉的，彭乡长也说过不能捉的……"

众人没兴致听他说彭乡长，从门口鱼贯而出，朝八斗丘跑去。梓成老倌看着这一群后脑壳，只好遗憾地收住话头，也跟着去凑热闹。他看看一只狗，脑袋一缩，美滋滋地笑笑，那神情，像是有什么人摸了摸他的头，弄得他颇不好意思似的。

有人确实栽倒在田泥中，身边的泥浆都向外浅浅地翻出一圈。大概刚才在担牛栏草，他的一箢粪草翻泼在脑袋边，扁担呢，不知何故飞到数丈以外的水沟里。衣服水淋淋地贴着皮肉。一只眼还未被泥浆糊住，半睁着，直勾勾放出呆光，似乎还盯着田边的一丛野菊花，又似乎在暗暗留意，看谁敢来动弹他。他的嘴里、鼻孔里、头发里全有泥沙，一条蚂蟥顺着他乌色的嘴唇爬到了耳边，兢兢业业地一拱一拱。

三伢子四下张望，颇生奇怪：这里的地势并不算高，火球为何不左不右，偏偏落在这里？莫非真有天意？

呆子化仁刚才在这里铲田埂，是最早发现雷击惨状的，眼下已全身颤抖不知所措，鼻涕双流地嚎啕着："娘哎，娘哎——"

众人七嘴八舌：

"冷了么？"

"冷了。"

"还有气么?"

"没气了。"

"只怕……"

于是都吓得往后一退,又徐徐探头,目光发直,觉得无话可说。

不知是谁说了句:"呆着干什么?"这才提醒了后生们要干点事。大家上前试着把死者抬上田埂,一路泥水滴滴地往村子里抬。七扯八拉之下,死者的上衣向上收缩,露出了瘪瘪的肚皮和裤带束出的肉痕,还有脐眼边一处蜈蚣模样的伤疤。他喉结挺突如刀背,脑袋晃来晃去地倒悬着,不时被路边的豆苗刷打。

寨子里已鸡犬不宁。一位小脚老太婆慌乱得丢掉菜篮,腰弯得极低,捂着脸嚎嚎地往屋里跑,跑得竟如少年一样快捷。凭这一反常的快跑,到处都有了阴阴的恐惧。凡女人皆贴着屋墙乱窜,像寻求什么庇护却又总无着落,五官都失去焦点一般垮落和散乱,放出一片呜呜的哀哭。奶崽也哄然四散,待在某个角落不敢动弹。"不得了哇,死了人啦!""遭孽哇,刚才还看他活活地在这里吃茶呀!""还有一窝奶崽,何时长成人呵?""不得了哇,吾看见他倒的。""命苦呀,命苦呀!"……

死者家黑洞洞的门里,进出的人影当然更加稠密。有咣当巨响,不知发生了什么。不知是谁在劝慰,哭闹声中断断续续可闻:"……你顾着自己的身子,你对得起老倌,大家都看见了的。你端饭端水,看牛种菜,还喂十一只猪,没有白天黑夜地做,谁不晓得?……"又有几个或脆或哑的声音,照此大概内容重复着。

哀情是有感染力的,连梓成老倌也忘了仇恨,突然激动起来,大喝一声,"蚯蚓!"三伢子问:"蚯蚓做什么?"梓成老倌说:"蚯蚓血敷肚脐,治得雷伤。"三伢子愤愤地反对:"又是迷信!"梓成老倌说:"这贼娘养的,你怕如今还是四人帮那阵?如今政策开放,允许迷信。"三伢子虽然自以为懂得不少科学,却一时觉得对方的话无法驳倒。既然电视里也在播《西游记》,既然县里的大戏班也在唱得吕洞宾,牛鬼蛇神都出来了,恐怕用蚯蚓来治雷伤,确实是政策允许的。

在化仁去找蚯蚓的时刻,梓成老倌觉得自己还应该更忙碌一些,便指挥人们下门板,要把死者送往卫生院。一个仇人都如此慷慨热心,男人们当然应该忙得更为卖力。一旦大家都忙得更为卖力,梓成老倌也只能更加大义凛然。他飞起一脚,把路边一只空粪桶踢得咕噜噜滚开去:"娘的,莫挡路!"其实那粪桶根本没挡路。但这种愤慨令人感动,令人闲不住,男人们都争着去抬那门板。没争到的,虚伸着一只手过去,也似乎出了点力。如果连这个热闹也凑不上,便吆喝几声,对围观的奶崽们凶恶一番。

卫生院不太远,不一会死者就送到了这里。

守家的医师受了梓成老倌一支烟,受了他一个笑脸,不动声色地来到死者面前,看见三伢子便问:"这两天进城没有?城里猪板油什么价?"同时一只手探了探死者的脉,又翻了翻死者的眼皮。问:"好久了?"

梓成老倌连忙欠身回答:"就是响雷那时分倒的,你听见了吧?"

医师嗯了一声,"还是猪油好吃,茶油我是没吃得惯。"右手撕开死者的衣襟,摸索了一番,又马骑上去,双掌压住死者的胸口,重重往下一压,停了停,再压。

梓成老倌眨眨眼问:"刘医师,这是干什么?"

三伢子不屑地瞥了他一眼,"人工呼吸,这还不懂?"

医师挥挥手:"来个人,对他嘴巴吹气,我叫吹,你就吹。喂,你们寨里要是杀了猪,给我留五六斤肥膘。"

化仁在旁边一直没帮上忙的,连忙说:"我来,我来。"他扑通一声跪在死者面前,嘴巴就过去,吹得呼呼响。气漏掉不少,鼻涕却<u>丝丝</u>落在那冷脸上。

医师皱皱眉头说:"擦掉鼻涕么。"

化仁惭愧地用袖口抹抹鼻子,再吹。

一口气吹下去,死者的胸脯鼓起来,被医师重重压几下,又缓缓回落下去。医师压得很费气力,上身挺成了一个弓形,时而两手并压,时而两掌叠压,压得死者肋骨壳子有喳喳喳的声响,喉管里有嘀嘀嘀的声响,好像那里的部件都乱糟糟不成格局了。不一会,医师额上已有汗珠,喘着大气命令:"打扇,打扇!"

"是这样按呵?"梓成老倌大惊,"雷没打死,也要按死吧?死就死,还吃这样大的亏?"

这句话引起了医师的不快,他沉下脸没好气地说:"出去出去,围着做什么?现在就是需要新鲜空气。莫挡风!"

闲人们只好退到卫生院大门外。外面风大,雨落满山叶响,一团团云雾爬上屋阶,亮闪闪的雾珠到处涌动。梓成老倌感到背脊生凉,想到厨房去避避寒,一进门看见高悬的两张猫皮,吓得急急退回屋檐下——这种东西都吃,足见郎中的凶狠。走到另一间房,大概是一间诊室,梓成老倌看见墙上几幅解剖挂图,有红红的肝肠肺肚,顿觉十分恶心。呸,怎么像屠房里一样?也不知是谁家的后生,可怜呵可怜,死了还被这样胡来,竟然还画出来!这样一想,刘医师的人工呼吸就更可疑了。"不能让他这么按!不把我们贫下中农当人么?"他愤愤地声讨,几乎想发动一场民变。

看到众人脸上还没有足够的愤怒,他暂时有点孤掌难鸣。大家只是唉声叹气,说说死者的可怜。有人说:"原先以为他吃冤枉长了蛮多肥膘,今日一看,几根骨头恐怕比我还不如。"又有人说:"可惜,戏班子里少一个角了。你们说他人心歹,不过台上那一路花旦的步子,还只有他走得出来。翻筋斗也好看。"还有人说:"聪还是个聪明人呢。三伢子,他拐骗了你的鱼苗钱,不是有本事,如何拐骗得了?要不你试试看。"梓成老倌也点点头:"还真是。那年在青龙峒,还搭伴他厉害,人家五张嘴巴硬是没吵过他。不然的话,枫木营那曹会计还会搞鬼。寒天冷冻,我们把肩膀担肿,还休想回来过年。"

错错落落的一些人影从卫生院里涌出来,抬着一张门板下坡。门板上有个人,蒙头蒙脑的,不辨面目,只有一缕黑发露在被子外面,似露出一点什么秘密。大概又是谁完事了吧?从此省下一份口粮了吧?梓成老倌看着一位嚎啕大哭的老妇,还有她手中色彩艳丽的一条纱巾,怆怆然感叹:"还是一位娇莲呢。"

大家争着看黑头发,都无语。

那一群人下坡而去,留下泥水中一些脚印,有大脚印,有小脚印,有胶底印,也有草鞋印和木屐印,如一些深意难解的浮雕,一会儿就被雨点冲洗得模糊不清。

屋里传来化仁的嘿嘿一笑。大家不知何故,探头去看,发现那边居然出现了奇迹——死者的脸色已由青转黄,黄中透红,嘴唇的乌色也淡去许多。医师已用湿毛巾一把把洗去了脑袋上的泥污,于是整个脸已鲜明清晰，生机盎然，眼皮微微抽搐了一下，嘴角也不时轻跳，好像就要情不自禁地微笑起来。梓成老倌上前摸摸他的手，那手竟然是热的，而且柔顺中带刚韧，好像就要抓住你的手来谈谈心。

化仁越吹越来劲，腮帮子鼓成了两个球形，流出了涎水。医师看看手表，又摸脉，又翻眼皮和数呼吸，说："有点希望了。换个人吹吧，再去打点酒，等下漱口消毒。三伢子你用劲，用劲！"

三伢子正在刘医师的指导下大"按"人工呼吸。众人都议论三伢子一身泡肉，使不上劲，被医师再催，才记起换下化仁的事。梓成老倌对赵家后生说："你气长，你来。"

赵家后生上去吹了两口，似乎对地上的密密胡桩和一嘴黄牙有点害怕，一个劲用袖口抹嘴，说："贵叔你来，平时杀猪都请你吹猪尿泡的，你最会吹。"

贵胡子连连摆手："使不得使不得，我有气管炎，一点点气也没有。我去打酒。"

赵家后生见实在推托不掉，狠狠心说："你以为我怕？老子一个人走黑路过坟山也不怕的。"说着趴下去又是一口，尖削的屁股撅得老高老高。

又过了片刻，医生打了一针，说呼吸和心跳差不多正常了，眼下得把他送到附近一个机械厂去输氧。医师知道那里有焊机用的氧气瓶，可以凑合着用。

梓成老倌不知是高兴还是失望，不无犹疑地问："活了？"

"当然活了。"

"真的活了？"

"真的活了。"

"就是说，不死了？"

"你们自己看么……"医生说。

梓成看一眼，发现那肤色果然与自己的差不了多少，轻轻哦了一声，松了口气。

众人重新抬起那张门板，你扯我拉的，走上曲曲的山路，步子较为别扭。三伢子已被谁踩了好几脚，只喊娘，建议喊一二一的号令，大家合上步子。可他喊得喉干，未见得门板平稳，还是筛子般簸来簸去。路刚被雨淋，极滑，尤其是下坡时，行人如果踩不到草荄，只能把脚趾勾起来，使劲往泥里钻，方可稳稳地把身子钉住。而且有时候身子要横着一步步往下探，做蟹行状，一不小心撞到树，就算人没倒下去，但哗啦啦一树的积水落下来，扑打得一个个晕头转向，冷水珠子直往衣领里钻。

"要死要死。"梓成老倌抢先卸下门板的那一角，五官收缩成一团，"哎哟哟，这瘟尸，再抬，恐怕要来抬我了。"

贵胡子也感到气力不足："歇一下，歇一下。唉，刘医师也不怎么的，索性把他再按活一点，走得路，也省得我们抬呵。"

赵家后生笑得脸上肉一聚："走得了还要输什么氧？不晓得走回去吃饭？"

梓成老倌现在更感到刘医生的两张猫皮可恶："输什么氧？有本事就打针下药，到人家厂里去，修蒲滚么？"

于是众人都笑得咧嘴，像一齐准备刷牙。

梓成老倌围着门板转了一圈，细细打量那死而复活的人，咕哝着："贼娘养的，到底是吃多了冤枉的，这身肉还蛮紧扎，蛮咬肩呢。"

贵胡子说："咬肩不碍事，你多抬点，来日他会提红包来还礼的。"

梓成老倌冷笑："还礼？他只会说他命大，雷公都怕了他。"

大家都觉得梓成老倌言之有理。想想看，一个雷公都莫奈何的家伙，以后还不把鼻子翘到天上去？还会把众人放在眼里？贵胡子已经一脸苦相了："世事就是不平呢，想不得，想不得。这杂种那阵子批这个批那个，上台就是三脚，踢得我骨头不作骨头响。没想到如今老子还来侍候他。"

赵家后生说："这瘟神好无廉耻，那一年说是排戏，对我妹子动手动脚，我都晓得的。呸，今天老子还来抬它！"

梓成老倌颈根胀粗了一圈，也记起了自己的伤心事："我那猪呢？不算数了？彭乡长都说了不准捉的，但他公报私仇硬要捉……我日他八辈子祖宗呵！他还要输什么氧，老子都没输过的，他有什么资格输？"

大家都不失时机地附和：就是就是，没资格的，没资格的。

梓成老倌说到气愤处，点烟的手哆嗦着，火星纷纷落在怀里。他把大火星捉回来塞进烟卷，小的就不去理睬了。好在衣上多泥，不会燃起来。

三伢子看看手表，说："十四点十七分了，要走了吧？"奇怪的是，他发现大家没有动静。贵胡子的眼睛都没打开。赵家后生还在戳老鼠洞。梓成老倌更是装聋，慢慢地烧着烟，舒缓地一口吞下去，一口吐出来，竟无半点起身的意思。

呆子化仁从不怎么言语，只好把路边的草看了又看，显示他也有事做。他见大家不想动，最后也坐了下来，但不知什么时候突然惊嚎一声，依稀是叫出一个"血"字。大家齐刷刷站起来，围上前，顺着他的指头看，只见门板上那人的左耳里果然有红。

血！确实是流血！这耳朵里怎么出血了？

怎么在这个时候开始出血？

大家吓了一跳。梓成老倌本想说："反正他一条吸血虫，流一点血有什么打紧？"但看看旁人紧张的脸色，话一出口却变成了：快走快走，怕是不行了！

他们手忙脚乱地抬起了门板。

这天夜里，村民们睡得很晚，一直静候着关于生与死的消息——去机械厂的人都还没回来，岭上还没有松明子和手电筒出现。山乡的春夜还是很凉，火塘里劈劈啪啪跳着火苗，有的火星扶摇直上黑苍苍的屋顶。周围的老少都被火光映红了脸面。他们裹着棉袄，抄着袖筒，缩头缩脑的，看上去比白日里老了许多。某位有心人见此情景也许会突然觉得：原来人都是在夜里变老的。

寨子深处有敲竹筒和锣鼓的声音，那是遭雷祸的一家在杀牛敬鬼，祈求亲人平安。声音越来越近，其实是夜越来越静的缘故。一只大鸟嘎嘎长啸，越过屋顶飞入静夜，老人们寻思半晌，拿不准这是凶兆还是吉兆。

那个人也许活着。

那个人也许死了。

再细听一阵，有一缕怪异的声音飘来，初听以为是猫嚎，细听才辨出是婴孩的哭泣——是赵家媳妇落生了吧？

1985 年 11 月

---

* 最初发表于 1985 年《湖南文学》，后收入小说集《诱惑》。

诱　　惑

走下坡，一片水中倒影越见阔大了。白云在那里沉没和翻涌，浮托着曲曲的山脊。偶有一片黑影飘滑而逝，根本不露出水面——是水鸟还是岩鹰？

它银光闪烁，在完全翻倒的群峰中，在密密的水草中，像一条隐约可见的白饵诱惑着鱼群。鱼群轰然一散，掠过一道道山涧，迅速没入了天空，是再次被它神秘的出现所惊吓么？

总是在雨后，这一钩银光就出现于苍翠远景。雨越大，它越显眼地晶莹灿烂，然后一天天黯淡下去。

那时候，我们在马子溪洗尽身上一层汗盐，哆哆嗦嗦爬上岸，甩去耳朵里暖和的水珠，常常远望着这道大瀑布，猜测大概不曾有人到那上面去过。

当夜色落下来，它自然熄灭了。而白日里远近相叠的峰岭，此时拼连融合成一个平面的黑暗，一个仰卧女子的巨大剪影。这女子一动不动，想必是累了，想必是睡了，想必是在梦想往事。她的头发太长太多，波浪形地向北舒摆开去，每夜都让星光来晒着，让山风来抚着——等待朝霞来再一次把她肢解。

那时候，我们的自由部落就建立在这里。大家常去山下的寨子里挑粮，听农民说些话。他们说马子溪是从这羞女峰的什么地方流出的，女子们喝了，会长得标致，而且将来多子多福。他们是瑶民，或者苗民，自己也说不大清楚。他们黑洞洞的门槛里，地面坑坑洼洼，有嗡嗡的蚊蝇和朽木的酸味。

那时候，那时候……有多少事。记不清了，大概也不必要记了。

因为学校停课，新凯没事可干，步行几百公里来看我们，走得昏天黑地，才找到了山上的草棚。其实，这里没什么好看，自由部落已经解体，很多床只剩下铺草，是回城去的朋友们留下的。油瓶也空空的无法再点灯。我们就坐在星光之下，谁也看不清谁，听着背后满山松林发出尖厉的嚎泣，看满谷的蓝雾和那边黑压压的山峰。我感到我们已经滑到了地球的边沿，山峰那边一定有沉睡着的世纪。

新凯不时打着蚊子，说好大一个，他妈的良种。而我却悠悠地在腿上的这里那里摸一下，搓下几根湿滑的蚊尸，自以为有一种老练。

我们想款待一下新凯，可实在拿不出什么好吃的东西。背上山的那些酸菜、干椒、虾壳，都没有了。这鬼地方，又太阴湿，我背上山的那头小猪，老是长不大。十多天前，刘安为一点小事与光头大吵了一架，没吵赢，恶狠狠地杀猪出气。他手握菜刀，追得猪到处嚎嚎地疯窜，最后用长长的钎担把它活活戳死在茅坑那边。惨不忍睹，我们大骂他，却都吃了肉，吃的时候才觉得刘安杀得也不错。

刘安说他想到国界那边去，带一张领袖照片，拿一杆枪，就可以干世界革命，说不定还可以捞个政委当当。光头则主张回城，说回去挣几个钱再说,没有钱实在寸步难行,一分钱也难倒英雄汉。最后,新凯则说起他父母,说起我妹妹,说着说着就呜呜地哭了。

我吼起来,闭嘴吧!明天我们去看看瀑布,兴许还有点意思。

于是就出发了。

我们照例起床很迟,避开山民们说的瘴气。据说那是一种带状的白雾,每天早上在老林子里缭绕,不但可以毒翻牛马,人一旦遇上也会染病。不久前妹妹早上去寻猪草,就染上了一身黄脓疮,腿上鲜艳十多天。

我们脚下有疏疏落叶,发出细微的声响。渐渐地感到有凉气袭来,是来自嘀嘀的溪水。抬起头,除了树冠里点点滴滴的光亮,看不见什么天。青苔也越来越多,简直是天降一场绿雪,把万物都盖绿了。有的深苔铺展在地,又匀又密,厚厚的一层地毯,使人生出要上去躺躺的念头。树枝上还多见苔毛,稀稀拉拉挂着,随风荡来荡去,竟如一匹匹翠纱。

一条铁线虫,又长又细确如铁线,从容不迫地往杂树丛中游去,把昭玲吓得脸色惨白发出惊叫——据说这种虫连树干都可以箍断,要是箍在她的腰上或腿上,还不把她切成一片片的香肠?

原始森林里的树,倒不像我们猜想的那么粗大。它们多是细长,只是奇形怪状,而且披挂纷繁——杂有很多枯藤和气根,交错纠缠,扭手扭足的。大概是山里无比寂寞,这些树木都被憋得疯狂了,才会痉挛出这些奇怪模样?

溪流已经瘦弱,时急时缓,时薄时厚,时宽时窄,偷偷摸摸地蹿着。于是溯流而上的我们便不时由寂静走进喧哗,从喧哗走进寂静,再由寂静走进喧哗,一双耳朵忙闲不定。我们常常会遇到巨石,小山一样大小，一块块赫然横堵溪道，看得出是从山壁上垮落下来的。但抬头看去，可见山壁断裂处已复生土层和草木，似伤口已经结疤，长出了新肉，让路人难辨那次惨痛的断裂究竟是如何的久远。而峡谷里遍地的金色野花，想必是当年的轰隆声散溅开去，又从土地里生长出来了。

巨石浸在水里的部分都有褐色的水釉，摸一摸，很滑。当然是石头的阻挡，使水流到了这里不得不旋起水涡，不大容易看清，一个接一个远去，在水底留下一串串黑色的圈影，无声地绽开，又无声地熄灭。

沿着溪道每上升一个高度，就会遇到一个深潭，遇到潭那边的瀑布，还有水帘激起的浪花。我们已经明白了，有深潭的地方必有瀑布，深潭就是瀑布的居室和刀鞘。马子溪就是从山上成梯形一级一级地坠下来的，由一次次粉身碎骨连接成生命。

我们找不到路，只能下潭游过去。见男人们都脱得只剩一条短裤，昭玲似乎有些为难，东张西望，大概还想找一条路，能绕过水潭。

我告诉她，不会有路的，来了，就下水吧。

新凯疑惑地问，衣物怎么办？如何带过水潭去？

光头告诉他，放心好了，山里没有人，别说你几件破衣服，就是有金子也可以丢在这里，回头下山来找就是。

新凯说，这倒也是。

深潭里的水冷得侵骨，让人有掉进冰窖之感，不由自主地打冷噤。要不了多久，入水者就憋得喘不过气来，不光是全身肌骨麻木，连生殖器也紧缩得极痛。有意思的是，水太清了，人简直是在透明的空中飞舞。潭底的卵石历历在目，似乎伸手可触，但真的一脚踩下去，或一手捞下去，才发现下面空空荡荡，身体与卵石还无比遥远。

阳光射入深潭，在水底的石滩上布下龟纹状的金网，颤动着，飘摇着；又被水面反射到石壁上，蓬蓬勃勃的金光如同升起连绵不绝的火焰。这当然只是浅水区的情形，如果再向潭中游去，水下就只有一片绿色了，绿得越来越浓，是一种油腻的绿，凝重的绿，轰隆隆的绿。你也许会觉得，一定是千万座山峰的绿色全部倾注在这个深潭，经过长年的郁积和沉埋，才会凝结出这样一片碧透的恐怖，一片深不可测的幽暗。从这里游过去，我们的腹部显得又嫩又软，毫不设防，有一种从魔鬼嘴边滑过去的感觉。

我发出了尖叫，看见了头上一线天空，还有一只飘忽的岩鹰，突然感到空空的一声水响中，自己已穿越了千年万载。

新凯惊呼起来，原来他正被一群鱼穷追不舍地叮咬。

光头告诉他，山里的鱼不怕人，这并不奇怪。又说山里的鱼肉紧，最好吃。

新凯说，我们在这里抓鱼吃吧。

光头说，没有火，也没有盐，拿什么吃？

连昭玲也游到了彼岸。但潭那边全是陡壁，登岸十分艰难。我们只能先远远地看好地势，在水帘的旁边选定一道石棱或一截枯根，以便援手和立足，再窥测下一步踏向何处。人一出水，身上光溜溜的，身体重，腿软，不易站稳，至少要几分钟以后，才觉得身子轻去一些。幸好光头是队长出身，常入山倒树伐竹什么的，显出灵活敏捷，总是先爬上去。他的臀部闪入上方的某块大石头之后，哗哗倒腾一阵，掀下一两根长藤，以便我们攀援。有时他还在上方我们看不见的地方叫喊，报告我们周围的地形细节，指示我们该如何一步步行动。他的叫声在峡谷里显得特别宏大，也特别悠长和清晰，如同人声也被绿色洗涤了尘垢，展露出自身的光泽。

大家就这样爬过一级又一级小瀑布，最后都累得不太想说话，走走停停，等着后面的昭玲，看她从乱石中钻出来。好在过了第五级瀑布以后，地势平了些，再通过一个豁口，天空突然扩展，一个平坦的谷地拥了过来。这里到处是密密的野麦，还有高过人肩的棕叶林和茅草，构成了色彩斑斓的山坡，构成了山峰与平地柔软的连结，是我想象中最有趣的地方。马！——光头大声宣告。顺着他的手指看去，果然看见山脚下有些东西会动，黑色的，棕色的，黄色的，不是一团团，而是一片片，闪闪烁烁向山谷飘去。一声确凿无疑的马嘶，锯裂了谷地的静穆。这真是奇了，这山里居然也有马？这些野马是从哪里来的？

新凯去小便，又有了新的惊讶，说他发现了路。光头说这根本不可能。新凯一边搜索裤带一边要我们上去看看。待我们爬上去，果然见到一条真真切切的路，有几块明显经过打凿的条石隐在茅草中，还组成了梯形台阶，只是有的条石已经折断，另有几块已经坍塌。我们顺着这条路上坡，拨开树枝，避开刺藤，在林子里钻了好一阵，最后还发现一块空坪，疑似一个废弃的屋基。想想看，如果这一片平地是屋基，那么当年的房舍就有足够的宏伟，至少能容下一个繁荣的大家族！

我们没有找到多少人的痕迹，只找到一具大朽木，简直是个空空纸筒，貌似雄壮，内质溃烂，成了蜂窝状，踢一脚只有喳喳声响。朽木旁还有个半埋在土里的瓦罐，圆溜溜的，鬼鬼祟祟，恰似一只硕大的眼球。

这里无疑曾经有一个故事,曾经有炊烟和鸡鸣狗吠,曾经有白发苍苍的老太婆,在夕阳中等待儿子的归来。但眼下这里只剩下苦蕨,一种极低等极古老的植物,以超凡的生命力穿越千万年,蔓延得遍地皆是。

新凯说,人真是怪,什么地方都有人。可他们到哪里去了?

光头说,可能是因为瘟疫,可能是因为战争,还可能……他们根本不是人,不过是天外来客或者野人。

我们都笑了。

我们想抽烟,想吃点什么,但发现身上光光的,衣物都留在山下了,只得咽咽口水空坐一阵。

一只蜘蛛高傲地迈步而来,赤眼绿身、细长腿,有拳头般大小,吓得我们心里发毛。说来也怪,深山像是一个特殊的放大器,很多东西一进山都骇然壮大。就像这只巨大的蜘蛛,刚才一路上我们见到的蚯蚓竟有尺多长,见到的蝌蚪竟有核桃大,见到的杜鹃和葵花都由草本变成了木本,由一年生植物变成了多年生植物,以参天大木的形状逼你仰视。那么,我们再走下去,会不会还遇到水桶大的野辣椒或者桌面大的野南瓜?……也许,这老山深处已没有生与死的界限,一切生命都吸聚了漫漫岁月,才会变得如此的硕大?

动物与植物也极难区分。有些花草也可以张牙舞爪,把飞虫捕入花囊叶袋里瞬间化食,而有些虫豸也青翠得如枝如叶,时常阴险地装出死相。那么,我们再走下去,会不会还遇到长叶子的石头,或者能咬人一口的石头?会不会被某棵大树冷不防一掌拍倒在地或者一脚踢向深谷?

我们快累垮了，更重要的是被自己的恐惧累垮了，已经怀疑今天能否找到大瀑布。回去吧？颇有点不甘。往前走吧？又有点心虚腿软。无意识地迈出步子，我们又游过几级水潭，爬过几级石壁，只是一级更比一级难。有时候我们几近绝望，认为前面这堵石壁是绝对攀不上去了。尤其是攀到第九级，我们侧身通过一条天然"栈道"，人皆背靠石壁，脚下仅有几寸来宽的一轮石棱，滑溜溜的，且向下倾斜。顺着鼻梁，我们可看到悬岩下的乱石沟随着我们的横移而晃晃荡荡。一块石头慢慢滚下去，半天才听到闷闷的撞击声。一阵风吹来，整个石壁好像都在摇晃。人已经不敢呼吸了，担心呼吸的气息都会动摇重心，轻易地把我们推离石壁，再也贴不上去。在那一刻，我感到命运已不在自己手中，而被狰狞的石沟掌握着，但我不知它在刹那间会做出何种判决。一步，两步，三步……当我不顾一切跃到一块平稳的石头上之后，身体就颓然倒下，好半天还觉得小腿在痉挛，在颤抖。我当然更记不住同伴们是如何过来的，记忆中有一段永远也弥补不了的空白。

新凯发狂似的骂娘，咆哮，跳跃，抽自己的耳光，抓起石头一个个往深谷里乱砸。他的神经已经承受不了这样残忍的后怕。

昭玲去安抚他，拍拍他的背，摸摸他的头发，像一位哄着孩子的母亲。她的全身都湿透了，浑圆的肢身在布片下突显出来。

你们听！光头大叫一声。

我们终于听到了什么。

寂静中，终于有轰轰轰的声音从地下升起，又像来自四面八方，而且越来越近切，使地面都有微微的震颤。

光头又大叫了一声：雨！大家也随之感觉到了，发现了手上和脸上的雾珠。我们初以为是变天了，但很快就悟出，一定是大瀑布溅起的水雾！我们顿时兴奋起来，连爬带滚向前快跑，转过一个山坳，果然眼前一亮，一束银光悬挂在巍巍石壁上，大团大团的雨雾确实是从那里涌来，只是没想到它能飘洒得这么远，竟飘到了千米开外。新凯转怒为笑，高举起双臂，嘴巴大大地张合，但我们已听不到他的声音。其实我们已经听不到轰隆隆之外的任何声音，大家都在无声地奔跑，摔倒，摇手，攀爬，叫嚣……

我们总算找到了！来自上天的银色飞流呵，你翻腾着，扑跃着，奔跑着，越来越壮大，也越来越清晰，连颗颗水珠也可被我们看得真切。你被一块石头劈成两匹，又被再下面两块石头割成三股，然后缓悠悠地飞坠，大把大把地砸在石头上，撕咬和拥抱，挣扎和舞蹈，遍体鳞伤却依然扑向锋刃，头颅落地却突然拔地而起。你的骨头在嘎嘎裂响，血的泡沫在一次次腾飞，但仍然一往无前前赴后继投入战场，金戈铁马鼓角震耳昏天黑地。这场战争也许持续了百年？千年？万年？永远的水雾升起来，扬上去，飞向远方，使方圆数里内的树林全是湿漉漉的，叶子晶晶闪亮，不时抖动着，似乎也受到了惊吓。一轮轮巨大的彩虹在这里升起，成了一座座凯旋门，永远纪念着你七彩的信念。

我们互相拍肩，捶胸，还有拥抱。

我们大唱《要奋斗就会有牺牲》，唱《红军不怕远征难》，唱《我们走在大路上》和《马赛曲》……尽管我们几乎听不清自己的歌声。

新凯想去瀑布下冲个澡，小心翼翼探步向前，离飞浪老远就惊恐地回逃，显然是被飞流打击得太痛。

又有几个人去试，还是大笑着回逃。

昭玲则发现石头上冒出的一注喷泉，跪着用嘴接了几口，弄得满脸都水涟涟的。

光头又发现了另一处喷泉，但还是不满足，说为什么没见鱼被冲下来呢？这么高的落差，鱼一定会被砸昏吧？

我大喊，应该去骗骗今天没来的刘安，就说这里叫臭鱼岩，被砸死的鱼堆成山，烂了，臭了。

光头大喊，刘安那家伙呆，说不定真会相信的。

大家都笑了。

新凯还想起了一件事，说应该在这里留几个字，作个纪念。我们都赞成，但留什么字呢？有的说应该刻红军不怕远征难，有的说应该刻自由部落万岁，还有的则说应该刻一首诗……争议了好一阵，我们才觉出自己的可笑，原来手头根本没有刻石的工具。

昭玲这才偷偷一笑，从衣袋里掏出一口铁钉。她没带吃的没带喝的，居然就带了一口铁钉，早就猜到了我们的需要。这真是神奇。女人如何能够这样伟大？不但比男人还能承受困苦，还总能在要命的一刻制造惊喜？

我们的目光投向一块石壁，但刚走过去，突然不约而同地怔住了。原来我们发现石壁的右下方，已有明显的一排刻字，部分字迹有些模糊：

> 沿溪再上五级台阶，有此山第一大瀑布，高二百八十米。三一五地质队秦克俭记。一九五四年七月十五日。

这是一道闪电，把我们都击倒了。这是一条冷冷的真理，而我们也许迟到了十多年的第一批听众，是这一真理绝无仅有的听众。

秦克俭是谁？

我们根本不认识他，但他在这里等了我们十多年。当然也只有我们，是世界上最熟悉他的人。

字迹如此真切，好像就是昨天，或者就是刚才刻下来的，还留着人的气息和余温。而这个刻字者眼下也许还在附近，在某一块石头后闲坐，在某一棵大树下入睡，在某一顶帐篷里清点帆布包里的标本，在某一堆篝火前搜集枯枝准备做饭……我甚至已经看见了他黑黑脸庞上似曾相识的笑纹。

"秦克俭——"我们大喊起来。

"秦克俭——"到处都是回声。

我们终于没有找到他，只是感到蒙蒙雨雾更凉了，更浓密了。

1985 年 8 月

---

* 最初发表于 1985 年《湘江文艺》，后收入小说集《诱惑》，已译成法文、英文。

月　兰

长顺家的灾祸，是由四只鸡引起的。

这件事发生在一九七四年。那一年我参加农村工作队，去一个叫吴冲的生产队办点。我是刚参加工作不久的城里伢和学生仔，在机关里属于小字辈，可上面居然要我去指挥一个队，负责全队的春种秋收，岂不是赶着鸭子上架？奇怪的是，那里的很多社员对我"干部"前"干部"后的，居然对我唯唯诺诺。

那个队有十八户人家，大多姓吴，零零星星散落在一条黄泥冲子里，也就是一条峡谷里。队上刚刚遭受过天灾，穷极了，资金账上只剩下三角八分钱余款。临立春，仓库里还空荡荡的，只有两个破塑料袋，一两化肥也没买进。集体猪场里除了两只瘦得像豺狗的老猪婆在呻吟，其余的猪栏全都空着，粪池里也没几担猪粪。碰上这样个烂摊子，我怎么能实现亩产过千斤的目标？怎么学大寨？

我心急如焚。听熟悉农村的同事指点：进队就要抓肥料，有了肥就有了主动权。我一方面去借钱买化肥，另一方面按照工作队的布置狠挖内部潜力。具体做法是这样，首先召开大会批斗一个富农分子，借此形成政治压力。接下来宣布工作队的系列命令：限制私人家禽家畜数目；立即追还各超支户的借款；封存私人的织机纺车；两个月内不准家粪上自留地；禁止猪羊鸡鸭下田，以确保绿肥草籽的生长……头几条不算新鲜了，社员们有意见也没吭声，只是对后两条轰的一声议论开来。尤其是一群正在打鞋底或者哄小孩的妇女，冲着我七嘴八舌直嚷嚷："自留地荒了，你要我们餐餐打盐水汤呵？""猪羊不下田还讲得过去，鸡鸭不下田就要退瘦咧？""如今人都没得吃，把鸡鸭关在坬里，拿命去喂它呵？""隔山那个县就没得这号搞法，你们这样裔心枯，也太新鲜了！"……还有些话，因方言口音太重，我没听懂，反正嘈杂声音一股脑把我淹没。

但我没让步，用当地话来说是"捏住一寸不让一分"，逼得他们嘟嘟哝哝闭了嘴。会后几天，事情还算顺利，一切遵令进行，比方说墙上满是标语，一个个"禁"字杀气腾腾，果然是气象一新。

可是，有一次我从大队开会回来，发现田垄里有一些鸡，黄的、黑的、白的，在草籽田里觅食，强有力的鸡爪不时翻拨绿苗，尖嘴一啄一啄，模样好悠闲。

"哪家的鸡下了田？"

没有人回应。

我又吼了一声，还是没人回应。

"再不来我就要把鸡抓走啦！"

靠猪场那边，一棵大枫树下的土砖屋里传出一道颤颤抖抖的声音："哦，是，是，我家的咧……"一个妇女从屋里闪出来，约莫三十来岁,身子瘦弱,皮肤黑黑的,脸盘子有点瘪,眼里透出惊慌和畏怯,两只冻得红红的手正在黑布围兜上急急擦拭。她点头赔笑道:"哦哦,是干部同志,真是,对不起!我刚才在洗猪菜,要我屋里海伢子看住这几只鸡,莫让它们跑下田。天晓得他这一阵子要到哪里去了?"说着,她慌慌张张跑下田垄,一边"呵哧呵哧"地轰鸡,一边用土块投射那些闯祸的鸡,还夹着骂自己的儿子:"背时鬼!只晓得玩!两只脚哪里这么野?等他爸爸回来,不打他一顿足实的才怪……"

我不好再说什么,去赶别的鸡去了。

不料,第二天上午,一些鸡又出现在草籽田,简直像偷偷摸摸的一些贼。我看清楚了,其中也有那四只眼熟的黄鸡婆。"喂——鸡又下田啦——"

无人回应。

"这些鸡没人要是吧?莫怪我不客气呵——"我又进行威胁。

"哎呀!"那个不怎么好看的瘪脸女人又从土砖房里闪出,脸红到了颈根,眼里照例透出惊慌和畏怯,手脚照例很慌乱,嘴里照例在骂自己的儿子:"……背时鬼!要他老老实实看住鸡,他又不听……呵——哧——等他爸爸回来……呵——哧——"她一边赶一边胆怯地回头瞟了我两眼。

这个女人是谁呢?我进队时间不长,加上这个会那个会,实际在队上的时间并不多,因此与很多人还不认识。但我努力回想着,总算记起了一些零星印象。记得她来参加过两次妇女会,出工队伍里也有过她的身影。她出工总走在前面,只是没有青年妇女那种活泼,从不说话,更不开玩笑。要是碰上开会,她坐在角落里打鞋底,见火塘上吊壶里的水开了,不用人吩咐就会主动起身给大家筛茶。在你接过热茶的时候,她淡淡一笑,算是打招呼,看样子是个贤良媳妇。可她在其他方面乏善可陈,有次竟来找我,要求把她家纺车上的封条取掉,让她纺两斤纱卖钱,实属胆大包天。我当然没同意。还有几次,她没交批判孔老二的批判稿,说自己没文化,不识几个字,而且眼下男人不在家,家务事太多,既要服侍婆婆又要种菜喂猪……她叫什么名字,我一时怎么也记不起来。

这天晚上,政治夜校上课,人还未到齐的时候,我向妇女队长打听她。

"她叫月兰,从陈家桥放到这边来的,男人叫吴长顺,在建筑队烧砖。"妇女队长正在给娃仔喂奶。

"今晚上学习理论,她怎么又没来?"

"请假了。她经常脑壳昏,还是月子里害的病,去年又动手术割了个瘤子,可怜哩。"

我没大注意这个月兰。可接下去几天,在下田的鸡鸭中,总有她家的那四只黄鸡婆。这一下我可冒火了。我断定:鸡一定是她存心放下田来的,而她那些话,纯粹是为了哄骗我这个城里人!是要与我斗心眼!我怒从心头起,捡块石头就去打鸡。鸡惊叫着拍打翅膀飞了。我继续追赶,连扔了十几个石头都没打中,只击得几片鸡毛纷纷扬扬地飘落。追击得眼红脖子粗之际,我一失脚,跌倒在一丘水田里,两只胶鞋陷入淤泥,拔都拔不出来,泥水溅得我满脸满身,引来几个看牛伢子拍手大笑:"牛跌下山啰,牛跌下山啰,今天有牛肉吃啰……"

我又急又恼,几乎欲哭无泪:天啦,连几只鸡都降不住,连几个娃仔都可以取笑我，我这一年的办点日子还怎么过？我狼狈不堪去向工作队其他同事请教办法。一个姓杨的副队长住在邻队。他喷了口烟，哈哈笑道："你呀你，真是个书呆子。不晓得放一把农药就索索利利了么？告诉你，对付农民一要吓，二要蛮，三担牛屎六箢箕，平平和和是斗不倒资本主义的……"

我深受启发，兴冲冲地回来找老队长吴六。

六叔有五十多岁年纪，种田经验丰富，可还像年轻后生一样爱说爱笑，爱看连环画也爱看电影，爱讲段《水浒》、《说唐》、《东周列国志》。缺点是不爱政治学习，开会打瞌睡，卷烟时没纸就撕报纸，撕墙上贴的学习心得。眼下，他正在禾坪里歇气，又在撕墙上的大批判标语，撕一片纸卷烟丝。

"六叔……"我皱着眉头。

他回头见是我，似乎猛醒："哦哦，又不记得了，该死该死！"说完打了自己的脸一下，嘿嘿笑起来。

我转入正题："你去开仓称斤把谷给我，把1059也拿两瓶，我想……"

"1059？"他吸了口烟。

"不放农药，鸡鸭是禁不住的！"

"这……"六叔沉下脸，想了想，又狡黠地眨眨眼，"不大好吧？如今家家户户都底子空，堂客们买油盐，就靠几个鸡蛋，遭孽哩。那些鸡婆鸭崽就是她们的油盐罐子，真要闹死几个……哎呀，搞不得，搞不得。"他头摇得像个拨浪鼓。

"照你说，那就放任自流？"

他听不懂什么自流不自流，待我解释后才说："反正没吃没穿不是社会主义。讲实在的,我看田里没得禾,只是点绿肥,让鸡鸭去寻点野食,也不算犯法。"

"难怪,队干部思想不通,怎么能带动群众?"我顾不得他是长辈,当下剥了他的面子,从大批促大干的原理,说到坚持制度和服从指挥的重要性,足足训了他好一阵。

他蹲在地下没吭声,用两块硬币扯了半天胡须,最后说了声:"对不起,反正我吴老六不捧场。你们硬要放就去放,莫问我。"说完扛起一张犁匆匆走下禾坪。

这天,我称了一斤谷,拌上剧毒农药1059,散放在田边。为了避免它被牛误吃,我没把这些谷子放得很散,而是隔几十步一堆,插枝为标记,好让放牛伢子辨认。

我以为难题就这样彻底解决了。第二天我带着两个人去收家粪,正忙着,几个奉命替我侦察敌情的小把戏突然吵吵闹闹地跑来,说又有鸡鸭下田了。他们还争着邀功:"是我先看见的!""是我!""是我!"……他们没有说假话。草籽田里,几堆拌有农药的稻谷不知被谁用瓦片盖起来了,还有一堆被小木盆盖着。看来做这事的人不敢把毒稻谷搬走,又希望鸡鸭下田不被毒死,便想出了新的招数。真是道高一尺魔高一丈呵。靠了这些防毒设施,田里的鸡群肆无忌惮,欢天喜地,正把草籽吃得开心,只是一看到我就认出了对手,怯怯地开始交头接耳,似乎正在商量着往哪边逃窜……

我心里暗骂:这些农民也太自私自利了!太没有社会主义觉悟了!难怪集体生产搞不好,难怪大家都这样穷,不都是你们自己作贱的吗?我上前咔咔几下踩碎了瓦片,飞起两脚,把成堆的谷子踢散,使它不可能再被盖住,然后又把那个小木盆提到手里。我终于有了破案的铁证。

"盆子是海伢子屋里的。"有个女伢告诉我。

"不管是谁的都要没收!"

"哈哈!没收啦!没收啦!"

"要写检讨,贴到大队上去!"

"海伢子没有盆子洗脸啦——"

两个光头小伢不知是觉得有趣,还是幸灾乐祸,拍着手欢呼起来。另外几个稍大点的伢仔没有笑,忙去给大人们报信。

当天,吴冲发生了一件震动全队社员尤其是震动妇女们的大事:月兰由于去大队参加挖山,回来晚了,加上邻舍没来得及帮她收鸡,她那四只鸡全部被毒死了。我知道消息时已是傍晚。在稻草烧出的缕缕炊烟中,我远远看见月兰家门前熙熙攘攘围了十几位妇女,像在开妇女会。不就是几只鸡么,惊动这么多人,真有点奇怪。更奇怪的是,一道伤心的哭声从人群中飘出来:"……天啦,这是最后四只鸡呀。海伢子读书,我婆婆抓药,就靠这四只鸡……我不是想损害集体,我不是相对抗干部,我是没法子呀,没法子呀,没法子呀。人都没有吃,我拿什么喂鸡?没法子呀……"几位妇女在撩起衣角擦眼睛。

我等待月兰骂我,但她没骂。我走上前去。一个壮壮实实的中年男人,捧着头蹲在门边,见到我来到便站起来,大概有点近视,所以看我的时候细眯着眼。他黑黑的脸,长长的下巴,不合身的布衫紧紧绷在宽阔胸膛上,肩头开了几朵花。

我打量他:"你是长顺吧?听说在公社建筑队?"

"嗯,那里的事搞完了。"他笑笑,掏出一根皱巴巴的纸烟递给我。

"谢谢,我不会。"

"哦,"他把烟小心地放回原处,看样子准备继续保存,直到下一次见到贵客的时候。"你……你们干部同志真是太好了,要不是毛主席共产党领导新社会,你们何事会到我们这鬼地方来。你们自己带钱带粮来,抓生产,参加劳动,真是……"

我不喜欢这些结结巴巴的客套,马上谈到了鸡。"鸡?"他怔了一下,搓搓手,长脸上掠过一丝苦笑,回头呵斥妻子:"哭什么哭?还不快进屋去,丢人现眼的!"又换上笑脸冲着我:"这没什么,我那堂客就是死、死脑筋,几只鸡成了她的命。我看……死了就死了么……"他费力地挪了挪厚厚嘴唇,大概想不出新词了。

一个平头小孩,大概就是他家海伢子,跑过来缠住他:"爸爸,爸爸,我要上学读书!我要买练习本!"

长顺在小孩头上猛磕了两指头:"闹死!"

孩子哇的一声哭了,这使地坪里更加乱,有人来拉海伢子,有人指责长顺……我说,你不要打他,打人是不对的,对孩子也不能打。工作队希望你们家吸取教训,并以这个教训来教育大家。因此,你们要马上写一份检讨,印上百来份……

"检讨?还要印?……"他浑身一颤。

"要贴到每个队去。这是工作队的规定。你们今天晚上就写吧。"

长顺一把抓住我,歪着头,结巴了半天才说出话来:"你你你做点好事吧,我那堂客,她她……再也经不得风浪了。"

"我也不想逼你,但这事不是我做主。我有什么办法?"

他双眼盯着地上一块石头,没有答话,完全呆了。

那位叫月兰的,已经由两位妇女劝进屋。其余的人叹息了几声,也渐渐散开。场上只剩下几个小孩,在拨弄那四只直挺挺的、全身发黑的鸡。

我明显感到大家在畏惧我,疏远我,不满意我。连平时爱说笑的六叔路过这里,也一反常态不与我说话,只是看看鸡,然后去塘边洗锄头,闷闷地走了。

难道我错了?细一想,大概没有。我是有言在先的,是先教后诛的,是忍无可忍才强硬制裁的,而且我保护绿肥就是保护队里的收成,就是保护每个社员的饭碗,与我个人利益倒毫无关系——我不会带走他们一颗粮!我有什么可慌乱或者可惧怕的?后来几天,我到县里参加学习培训,没顾上队里的事情,只是偶尔听两个进城拉粪的社员说,长顺家这一段过得不清静。月兰病了几天,她婆婆还埋怨媳妇丢了全家的面子,海伢子成天跟着妈妈哭闹,长顺呢,只知道下力干活,回家就坐在阶前生闷气……我没把这些婆婆妈妈的事放在心上。

回队那天,第一件事就是听人说:长顺和他堂客刚刚吵了一大架。我到现场时,长顺正坐在门槛上,蜷缩着身子,脚上是破布鞋,粗大的手掌揪着头发。六叔背着双手在一旁狠狠教训他:"顺伢子你疯了!上屋下屋哪个不讲你们是和睦夫妻?你今日发什么狗脾气?月妹子哪点对不起你?侍候你的娘,养大你的崽,好容易呵。你是狗咬吕洞宾,无情无义,没心没肺哩……"

长顺突然站起来,喷出一口酒气,震天动地大吼一声:"莫讲了!我就是没心没肺,你拿刀来,剁了我好不?"

一对充血的红眼睛看看我们,他又慢慢地蹲下去。

从旁人的谈话中,大概可以听出事因是这样的:我不在队里这几天，工作队老杨巡视到这里，定要查出是哪些人抗令不遵，发现无人出头认错，便把斗争火力集中在那只木盆子，集中在长顺这一家。要他们交出检讨不算，还要每只鸡罚款五元，将来秋后扣除。这一来，长顺家更是黑了天。今天，夫妻俩为儿子的课本费发生口角，正巧碰上长顺刚才在邻居家喝了点闷酒，一时心躁，酒性发作，就撒野动粗，一巴掌打得月兰脸上起了五个红指印。"你还说老子没用，不是你贼婆子成天惹祸，如何会罚款？"大概是这一句太伤人，可怜那月兰，起先惊呆了，不觉一只碗失手砸碎在地，然后委屈地一咬嘴唇，扭头就跑出门去。

"你怎么能打人呢？"我批评长顺，"她现在哪里？"

他没有答话。

"还不赶快去找人？"

夜里，星光闪烁，淡蓝色的光雾笼罩着山林。湿润的空气里，有田垄犁破后发出的泥腥味。一条山泉在月下抖动着碎银似的光斑。不知什么时候，初春的第一声蛙鸣响了，叫得那么吃力，那么孤单，然而它终于冲破一切响了，给人一种异样而复杂的感觉。

我无心注意夜景，只希望赶快找到人，以免人心浮动，影响明天的生产。我又埋怨长顺夫妇，怎么那么狭隘？为点小事就闹得不可开交，真是一个绳结越解越乱。可这种埋怨情绪又经常混杂着隐约的不安。为什么不安？我还没工夫想清楚。

"月兰——"老队长在喊。

"月兰——"山岭发出空空回声。

雾汽更浓了，衣衫和头发都湿漉漉的，但我们还是高一脚低一脚地找，找呵找，好不容易才找到油茶林里一个黑影。

她坐在一块石头上，一动不动，一声不响，似乎刚才没发生过任何事，像一座安详的石雕。不管大家怎样惊喜地叫她，亲切地拉她和劝她，她总是不说话，眼直愣愣的，没有任何表情。

"回去吧，可能快下雨了。"我说。

她看了我一眼，默默地抹了一下头发，然后慢慢往山下走。两只泪眼一晃，在松明火把下发出光亮。

"走错了，路在那一边。"有人提醒她。

她呆了一下，木头似地转过身子，顺从拐入正确路线。

"你看着路，低低头呀。"又有人提醒她。

她显然没看见一根横在空中的树枝，额头已重重地撞了一下，但她没有叫痛，好像全身已没有感觉，只是机械地向前迈步。

回到她家，已是深夜。说来惭愧，下队已经两个月了，我忙来忙去的，还没来过他家。一进门，我的血仿佛凝结了，简直不相信自己的眼睛。这是两间矮小的房子，床是用土砖和门板搭起来的，低垂的破蚊帐因靠近柴灶，已被烟火熏成酱色和黑色。被絮破旧，没有包被单，差不多就是一堆黑棉花团子。土砖架着另一块木板就是饭桌。桌上一盏用墨水瓶做成的油灯，没有玻璃罩，晃着昏黄的火苗。隔壁房里飘来一股难闻的气味，大概来自长顺他娘的连声咳嗽。听得出，老太婆还在低声数落着媳妇，好像是埋怨媳妇八字薄，身体不好不说，还不会持家，差不多是个灾星，搞得她的孙子读书都没有个着落。

"张同志，请坐。"长顺苦笑着把一条铡刀凳抽到我面前，"实在对不起，椅子都没一张……"

"怎么没椅子？"

"我……"他不好怎么说。

六叔磕磕烟袋，插嘴进来："他家是大超支户，去年清超还欠，把他家的床柜桌椅都作价抬到大队上去啦。"

"你家四口人，负担并不重，怎么会超支？"

长顺又露出一丝苦笑。

还是老队长帮他说清的：原来去年月兰生了个子宫瘤，缺工不算，光是请郎中和住医院，一下就开销五百多。虽说国家和集体给她补贴了两百，但远远填不满这个洞。碰到这几年队上收成不好，上面的摊派年年增加，社员做一天工，只挣得一两角钱，光是吃饱肚子还得靠萝卜白菜红薯芋头，哪有什么钱还债？照这样下去，他们两眼墨墨黑，至少还得有四五年的"有期徒刑"吧。

屋里沉寂了。

我摸着粗糙的铡刀凳，看看床头海伢子那稚气的脸，好像有沉重的东西压在胸口。早就听人说，这一带的社员们苦，可我没想到有人竟苦到了眼前这种景况。

老队长后来的话，我无心听了。我不知道怎样离开长顺家的，甚至把一件被雨淋湿了的衣也忘记在那里。这一夜，我翻来覆去久久没有入睡。

第二天，我在工作队的会议上谈到了月兰家。我希望免除对她家的罚款，解决他家孩子读书欠费的问题。会上争论不休，迟迟没有结论。我有点坐不住，像在担心什么。细想一阵，对了，我是在担心月兰。昨天那么一场急风暴雨后，她沉静安详，不有点反常奇怪么？该不会再发生什么吧？……工作队的老李看出我的心思，悄悄对我说："对，你先回去看看吧。农村有的妇女容易想不开。前次也是有两公婆不和，差点出了人命案子的……"这一说，我更急了。

我没等开完会就溜出会场，朝队上赶去。一进村，像证实我的预感，气氛十分反常，长顺家没有人，另一家也没人，再一家还是没有人……我如同走进了一个无人世界，一个虚假的世界，连小河边常见的牛羊也不见踪影。我在这片巨大的寂静里腿发软，胸口咚咚跳。好容易，我找到一头牛了，就像找到了我得以逃出恐惧的救星。我跑出村子，好容易又看到人影了，是在水库那边，在大坝上。其中有一个背药箱的赤脚医生正从坝上走来，垂头丧气的样子。

我大喊："人呢？老六呢？长顺和月兰呢？"

一个老太婆看看我，掩面大哭起来，驼着瘦硬的背脊，边哭边往家里跑……

呵，呵呵，我担心的事情偏偏发生了！我只觉得天旋地转，全身一阵阵发紧，胸口堵得厉害。不知是谁迎上来向我介绍情况。他说，他好像是说，月兰的自杀心谁也没察觉。她这天上午把家里一切都擦洗得很干净，把衣服都洗好补好了，给海伢子做完了一件新衣，借来糯米给婆婆做了一餐好饭，还给丈夫切好了一袋烟丝。后来，长顺收工回家，没见她的人影，觉得有点不妙，赶快找到水库边，果然发现了她的一双鞋……

尸体这时已捞上来了，全身湿淋淋的，一张白脸还是清瘦而平静，只有鼻孔留一丝血污。长顺抱着冷冰冰的妻子痛哭，像一头猛兽发出声嘶力竭的嚎叫，泪水一颗颗滴洒在妻子脸上。他拳头把自己的脑袋捶得咚咚响："……海伢他娘，我昨天不该打你呀，不该呀，不该呀！我说过决不会打你，从没打过你一回。我不该呀……你过门这些年，没过上一天好日子，是我对不起你哇。你没日没夜，忙里忙外，饭不够你就自己不吃，要还债你就偷偷去卖血，在月子里连个鸡蛋打汤,你都舍不得。听说我想吃荞麦粑粑,那一次你跑七八十里路,回娘家去找荞麦,一身衣汗得透湿……我对不起你哇,不该打你呀。我娘她嫌你,我怎么还能够伤你?你不是心里苦到了极处,你是不会这样狠心哇……"

海伢子也趴在尸体边,摇着妈妈的手哭喊:"妈呀妈呀,我再不找你要学费了,我不读书了,不行吗?我去放牛,去捡柴,不行吗?我再也不哭闹了……"他从口袋里掏出几条泥糊糊的小鱼,塞到妈妈的手里:"妈呀,妈呀,你看看,你摸摸,我已经学会捉鱼了,我们回去做鱼汤,我要让你喝鱼汤。你说话呀……"

围观的人都在抹眼泪,都在长长地叹气。有个女人把海伢子抱起来,但孩子猛烈地挣扎:"我要妈妈,我要妈妈……"

树上一只乌鸦哇地怪叫了一声,拍打着翅膀飞远了。

不知过了多久,有人在我肩上拍了一下,回头看,是眼睛红红的六叔。他递给我一件折好了的衣服:"这是你的吧?她……托我还给你。"

哦,这不就是我昨晚遗留在她家的那件?它被洗干净了,叠好了,肩上一个破洞也被补好,针脚细密,补丁很合色。但我不敢接下它,不敢接下补丁上的体温,一种即将消退然后永远不会再有的体温。我鼻根一酸,泪水夺眶而出,泪眼里的一切开始模糊。我看见的不是补丁,它分明是月兰的面孔,一针一线里都满是她善良、柔弱、惊慌、自责、请求原谅的眼神。

我扭头走开去。

我到哪里去呢?水库边的柳丝正在飘荡,它在我眼里变成了月兰的长发。山泉在岩上哗哗倾泻,它在我眼里变成了月兰的泪流。空中弥漫着乳白色的毛毛雨雾,一切都渐渐融化在雨雾之中,这使我想起了月兰脸色的苍白。水闸那边发出哗啦啦的涛声,如滚滚雷霆,充塞着天地,但我觉得它是哭声,永不停息的哭声,千万个月兰无人倾听的嚎哭……

我迎着雨雾奔跑。哦哦,月兰,我来迟了。你现在无可挽回地永远睡去,而我刚刚醒来。我到哪里才能找到你?我们还能不能在梦中相见?我无意推脱我身上的罪责,也不敢祈求你的宽恕。可这是怎么回事呵?怎么回事呵?月兰!

雷声响了,这是对我的回答。

这一年秋后,工作队要撤离了。例行总结的时候,工作队评我为先进队员,发给我一张大奖状。月兰之死,在工作队的会议上几乎从未提起。乡亲们把这个女人的葬礼办得出奇隆重,送葬人特别多,炮竹声特别多,这些意味着什么,工作队的会议上也无人深究。只有杨副队长在出事不久对我说过几句:"小张呵,这些天你怎么恍恍惚惚的?那个女人叫什么名字?这种人心眼窄,自找死路,我们工作队能看得住吗?她那个男人叫什么?他对这事要负全部责任,动不动就打人,像什么话呢?脑子里还有没有国法?"

离队之前,我曾去看望过长顺,不料父子俩不在家,不知到哪里去了。

以后,我回到县政府机关里。有次六叔来县城开会,顺便告诉我:长顺的一个表哥要给他续一门亲,由于女方的坚持,长顺只得把海伢子过继给另一家人。

"那户人家在哪里?"我心里一惊。

六叔说了一个地址。

我后来去了那个地方，不过是在海伢子不在家的时候，是我偷偷看见他去了学校以后。我怕他一见到我就想起自己亲娘。我看了看他现在睡觉的床，摸了摸他的被子和枕头，好像嗅到了一种熟悉的气息。

见我给孩子带去了新笔记本、新书包，还有两件新衣，海伢子现在的父母睁大了眼睛，"你是他的什么人呢？"

"这，你们不要问。"

"我们好给孩子说呵。"

"你们什么也不要说。"我要求，"你们要好好地抚养他，不要亏待他。"

"那，那当然啦。有我们的饭，就不会让他饿着。有我们的衣，就不会让他冻着。我们一直把他当自己的骨肉。"

"你们要让他好好读书，读初中，读高中，争取升大学。上学的费用，我可以付。"我说这话究竟有什么意思，自己也不知道。

"上学的费用倒不必。可你……究竟是他的什么人呢？"

"你们不要问吧，不要问。我以后会再来的。"

我没再说什么，匆匆走了。

1979 年 4 月

---

* 原名《最后四只鸡》，由编辑更名为《月兰》，最初发表于 1979 年《人民文学》，1984 年获湖南省文学艺术奖，后收入小说集《月兰》等，已译为俄文。

史遗三录

本人下放湖南省汨罗县务农逾六载。汨罗为春秋时罗国属地,至今仍自成一小小方言区,其语音与四邻各县大异,略显古罗域轮廓。据史载,罗人源于今湖北宜城,有"罗家蛮"之称,为弱小部落。后楚兵渡河南侵,罗地男女老幼英勇抗击,终不能敌,遂迁往今枝江县,数年后又遭楚文王强兵相逼,远徙洞庭湖以南。有乡间野叟言,古罗城即今长乐镇。当地方言中罗乐谐音,故此说虽可存疑,却无妨聊备一格。

本人当初即居长乐镇以西,尝随农夫开荒,掘出地下大批铜矛铜镞,轻捏于掌,立成粉末,因之怵然察觉脚下荒岭原为铜器时代惨烈战场,禁不住惶惶四顾,心空良久。

罗地奇事异物不胜枚举。地名人姓大多两分,张家坊住李姓,杨家桥住康氏,此类情形比比皆是,殊可奇怪。又有闹茶古俗,新婚之夜老少男宾均可嬉戏新娘,搂抱狎昵,邪辞浪语,所谓三日无大小。故百姓娶亲多在冬季，既取农闲之便，新娘亦可多穿厚裹，如披挂重甲以护身。此类奇异，方志恐早有述录，无由我赘墨。

然有三两凡人小事，难入正史，于我则耿耿胸臆，经年难忘，遗之可惜。今稍作整理，汇为三题如下。

猎　　户

猎户杨某，罗圈腿，麻色浅发，常暴几许错杂黄牙于嘴中，似黄牙已将嘴穴胀破，唇圈永难围合。此人年过六旬，却身骨强健，入冬不着棉袄，薄裤参差悬吊，赤足踏套鞋，叭叭行于村路。

杨某有绝技。上山见虎粪，即可辨出虎之大小，虎之雌雄，虎之肥瘦，言过山虎必依特定路线往返，人只消算定虎归时日，于虎行路线安装套夹即可。众人皆称，杨某上山从不空手归，在家亦可神算山中动静。有时陪客闲坐喝茶，忽然眼生光辉，一跃而起，挥挥手，差小儿速去某坡收取套夹，取回野兔或黄麂，以免被闲人窃得。小儿半信半疑，无奈应差前往，片刻后果有毛茸茸野物在手，一路兴冲冲回家。

众人又言，杨某的铁铳亦有灵。若山上不远处有野物出没，墙上铁铳必扑扑自跳，躁动不宁。

杨某通医道，无论遇何种蛇伤，赶至伤者前连呼三声对方姓名，倘对方尚能应答，则必定救活无虑。农业大跃进年间，公路进山，汽车咆哮，阳气浩荡，致山上野物渐稀，杨某遂转事农业，扶犁掌耙之余靠蛇药秘方换钱米贴补家用。

杨某寡言，然常有奇论。邻人有小儿，三岁能算，五岁善书画，村人誉之为神童，百般喜爱。杨某目其果能背诵花鼓词如流，不觉惊惧失色,目瞪口呆,倒退两步,称盖世聪明如何了得?将来必坐班房。然小儿父母闻其言不怒,一笑了之。

工作组进队清查财务,查出会计贪污款十四笔,又召集隆重大会,民主改选会计。选票为草梗,逐一分发。村民捏之在手,面面相觑,计欲投票一青皮后生名下。正纷纷起身,杨某于墙角举掌高声:不可!须臾又言:原会计新屋落成,两房儿媳已娶,三儿亦戴手表穿洋服往县城为官,算下来,全家衣食无忧,已吃得八成饱,若换一个饿的从头吃起,我等百姓如何负担得了?

众大悟,纷纷投梗以邀原会计留任,令工作组大惑而去。

秘　书

公社秘书何某,矮胖身材,白净皮肉,手背脂软如膏,年过四十却具童音,其尖细脆亮乡间女子莫能与之比。远近交誉之下,何某常喜滋滋问客:我嗓子如何?

公社奉令推广革命样板戏,何某受众后生嘻嘻怂恿,于戏台后为幕前角色配声,生旦净丑一人包唱,采茶调、劝夫调,见词即唱,唱则风生水起。全本唱毕毫无倦色,一条嗓子似铜打铁铸,当当脆亮如初。满场惊羡更令秘书自得,满面笑纹一路加唱回寝。

夜晚乐甚,白日方感精力不支,开会时抄袖垂头,缩避墙角昏昏瞌睡。有同事踢其脚猛喝。何某惊醒,紧张眨眼左右环顾言:有人要杀毛主席否?对曰:否。何某释然,吐一腔长气,薄吸半口茶水,称既如此,睡睡无妨,睡睡无妨。

满座乃生笑。

何某白日入梦却不误公差,传达文件精神仍轻车熟路,滔滔不绝，甲乙丙丁，一二三四，声震众人耳鼓，并无多少差池。唯自叹文运不济，写新闻报导稿绝少成功，公社诸多伟迹鲜见于报刊，上司脸色难免生愠。

何某苦思良久，疑县内诸位同行上稿率高，全仗手脚迅捷报道及时，遂决计以快制胜，凡事取提前量。适逢妇女节将至，公社动员群众移风易俗，新人行集体婚礼。何某以此为题，提前五日详述新式婚礼盛况，青年争表决心云云，妇女兴高采烈云云，老农深有感慨云云，一致拥护一致要求云云。报道一式五件，逐一加盖公章，快邮分寄报社电台，同时呈报县府首长。

县府某部长阅罢文稿，目注日历，大惑不解，终疾首正色称，婚庆日期未至，为何有声有色报道于前？此报道乎？预报乎？胡闹乎？遂驰笔批复，重申干部深入实际，主观主义官僚主义非打不可，又责令何某亲往现场调查，据实再写一稿，将来两稿比较，可作新闻整风教材。

何某得令，冷汗大冒，自觉虚构非新闻正道，旋即抱改过之心，驱动福体，一路方步摇下村来。然细细核实婚庆大会详情，事实竟与原稿大体吻合。"晚婚学大寨结扎赶昔阳"一类标语皆恰如预测。承党支部团支部妇委会有力领导，争表决心云云，兴高采烈云云，深有感慨云云，一致拥护一致要求云云，各种套话亦似曾相识，一如秘书手中蓝本。何某将原稿翻阅再三，觉原稿字字珠玑，实无可增删。

终使某部长有口难言，何某为此得意多年。日后索性分门别类提前数日或数月制作报道，一沓沓有备无患，省得临时忙乱。

棋　霸

公社建茶场，近日有百余省城知青来此落户，诗画琴棋各有高手，日夜热闹非凡。本地少年李某，观得目瞪口呆，摩拳擦掌，不时生一无端傻笑，自告奋勇欲与知青比试摔跤。

对手略知擒拿，施新疆式背包之术，伸手暗探李某裤带。岂料李某着土布抄头裤，无结实裤带，仅有细长裤绳，顷刻间绳断裤颓，露一方白肉光亮触目。李某不知此等异招，愤然甩手道：摔就摔，何必如此下流！遂提鞋拾衣愤愤而去。

李某数日冷面横眉，知青亦无可奈何。忽一日，李某观棋战心痒，终复露笑脸，自称久爱弈技，原为此地棋霸，今日喜逢良师益友，愿再与诸位于棋场比试高低。

棋子叽叽就位，战云浓密，杀机四伏。然李某不待马头卒挺出，径直策出屏风马，活活踩杀对方巡河车，令满座愕然。知青笑得五官皆乱，言何来此等棋法，阁下拐脚马莫非坐了直升飞机不成？李某眨眼不解，问何为拐脚马，缘何远近四乡从无此律。于是众人捧腹喷饭更甚，有狂笑者险些翻下桌来。

越数月，李某看熟棋规，知马拐脚不能跳，卒过河不能退，又零星听得橘谱梅谱诸多名师棋法，弈技日有长进，连知青高手也莫能匹敌。每局下来，满座赞誉鹊起，李某搔头挠耳，脸微红而喜不自禁。

知青陆续招工回城而去，场里棋坛仅留李某茕茕孑立，清冷难耐。李某夹棋盒回乡访友寻乐。岂料悉数旧友仍行拐脚马，且哄笑李氏新规荒唐，可笑亦可恶。李某百般辩说，老幼竟无一信服，均摇头以拒。李某一时心乱，随之棋乱，连败数局，郁闷不乐。

李某自恃清高,从此戒棋。数年后有旧时知青结伴远游,途经此地,叙话间闻此地棋霸早易新主,又闻李某蛰居偏僻山村,郁闷成疾,体瘦如影,至今未婚。

1986 年 8 月

---

* 最初发表于1986年《青年文学》杂志,后收入小说集《诱惑》,获全国优秀小小说奖。

老　梦

伙房里的饭钵一天比一天少，不知是什么原因。这个悬案不早点查实，意味着头头们还要多开好些会，意味着伙房里可能停工或半停工，大米就不能及时转化为米饭，更不能转化为汗水、粪尿以及皱纹白发等值得尊敬的东西。这个问题实在令人面面相觑。照场长的分析，不是严而不重，不是重而不严，而是万分严重——说得大家都惧怕起来。

首先值得猜疑的当然是后生们。他们被迫天天晚上开会，在场长的神威之下装得乖头乖脑，搔挠着腿上那些鲜血淋漓虫咬疤痕。其实，别看他们这个熊样，谁能担保他们在怨气冲冲的时候，不会摔几个钵子以暗中报复领导？不会砸几个钵子以发泄他们对咸菜汤和老丝瓜的不满？这样的事情以前就发生过。每次水塘放干水以后，塘泥中露出的一些钵子就是证明。不过，最近场长派员暗暗调查，暂时还没有大不了的发现。

钵子还是一天天少去了，蒸箱里那一角空缺还在逐日扩大，以致这天完全空去了一层蒸箱，有几个迟到者就没吃上饭。食堂管理员说，前不久刚买来一百个钵子，怎么就被你们吃到肚子里去了？照这样下去，保不准门窗桌椅也会被吃光吧？于是，场长一发脾气，我们又对各个寝室给予搜查。待人们出工下地之后，我们踢开那些破门，在床板下、墙角里、楼板上、蚊帐后这样一些隐秘的地方，搜出了队长私藏的花生种，小会计私藏的铁丝和扳手，如此等等。我们还发现平时特立独行的某个家伙，也写了讨好领导的告密信；花容月貌的某位婆娘，居然也有臭烘烘的被褥……我们直搜得世间万象都令人惊心的复杂之后，还是没找到要命的钵子。

"干脆，找几筒树来，挖一些洞洞，让他们拿筷子去戳。"我这样说，并不是无视人类的尊严，只是有次确实看见某农家开饭，只是摆出一张条凳，上面有剜出来的一排凹陷窝窝，权当是碗，让孩子们围在那里争汤抢菜。

勤保说："鬼话，那不像喂猪？"

在他看来，喂猪与喂人还是有区别的。其实，我在猪场干过，现在又在食堂里干，都是在大木盆里哒哒哒地剁菜，剁得盆底浮起一层白白的木渣。有多大的区别？

我也有些教养了，"不能让场里再买批钵子来吗？"

"根痞子得了肺结核。"他说。

"我是说钵子。明日还要添一桌木匠，还有干部来开现场会。我拿什么蒸饭？"

"我说了，不行的，根痞子得了肺结核。"

他答得毫不迟疑。我费力地思索了一阵，还是没弄清根痞子的肺结核与我们买钵子有什么确定无疑的条件关系。

当然，我自觉无知，不便再吭声。我得记住，勤保是我们的民兵排长，每天早上出操时有雄威凛凛的目光和口令，一声"立正——向右看齐"，嘴唇把鼻子一挤，就挤出他痛苦的模样，这足使我现在闭嘴。

勤保又在工区里里外外巡视了一遍，瞄瞄门栓，瞅瞅木梁，看看柴堆，把灶台锅铲略加研究，不时掏出笔记本记下几个字，若有所思而又高深莫测地点点头。他这种沉着冷静以及那个笔记本，使我寄予了莫大的希望。

"是一天少一个么？"他核对笔记。

"嗯啦。"

"好，依靠群众，抓住本质，这个问题总会解决的。"

他结束了调查，似乎觉得后面这句话太公文化，突然眼珠一转，羞涩地笑了笑，上身别别扭扭地倾过来，与我拉拉手告别——其实他的腿如果不绷得那么僵，随便跨前半步，就不会弄得气氛如此紧张。再说就几个熟人，一握手，握得我酸酸的，真想大笑一番。

四天过去了。所谓四天，意味着我四次在床上磨牙，四次蹲厕所细看眼前的尿渍和蛆虫，十二次蹲在灶台下狼吞虎咽地吃饭，几十次隔着小窗口与进餐者为菜的多少和油的多少愤愤争吵，如此而已。时间对我来说，没有什么神秘，只是匀匀地带来一些劳累和休息，饮食和排泄，可以毫不费心地预测和安排。我从不把时光流逝看得意义重大。

总之，被叫作四天的这一堆事情过去了，场里的窃钵之谜仍未解开。场长有些心烦，到我们伙房里骂了几次娘，还说要请高人"照油碗"——这是一种小法术。谁家失窃，无需告官报警，只需请来龙家滩的三阿婆，酬谢她一碗米，请她抽两筒水烟，她就可以口中念念有词，对一碗清油仔细观察，然后明察秋毫地道出窃犯所在的方向和大致模样。去年罗家坊有人偷谷，据说就是被一个油碗照得真相大白。

三阿婆被接来了，关在场长房里约个把时辰，又扛着一包米颠颠地走了，还粗鲁地捏下了一把鼻涕。从场长阴阴的脸色看来，成效不是十分显著。

勤保对此事有些不满，到我房里呆坐了好一阵，坐得我心神不安。"这不是迷信么？"我知道他是指照油碗的事。

我说当然，不过乡下人就是这样子。

"还是城里人觉悟高。我在天津的时候，工人天天都要政治学习的。他们送给我的毛主席像章，这么大一个。"他两手比划出碗口大的圆圈。

"部队里更不是这个鬼样子。我们那时候背毛主席著作，每天背一页，一年下来就背一本，理论水平好高呵。宿舍里的脸盆和口杯都整整齐齐，放成一条线。走正步，腿绷得要抽筋，手要甩到第二粒扣子。"他又给我示范，让我明白什么是正步，如何才谓之半握拳。

勤保最喜欢谈部队，当然是由于他当过两年兵，到过青岛和天津这样的大地方。大地方离我们这儿很远。大地方的人是不是天天走正步？是不是成天都戴着碗口大的像章然后背诵领袖著作？是不是就不偷食堂里的饭钵？……这都是颇费猜测和研究的。反正到过大地方的勤保，平常走路目不斜视，习惯把手甩起来，让旁人无不愕然和肃然。好在我们见惯了，也就觉得日子本来可以这样过下去。

他不似常人的地方还多，比方爱好文件，为了一个民兵早操，就弄出了很多规划、通知、决定，用小铁夹咬住，挂在他蚊帐边的土墙上，外加一份红头的"病虫战报"和过时的"林业通讯"——尽管纸片已经枯黄，却还是使客人进门时都怯怯地瞥上一眼，觉得这里很现代、很文明。他还十分爱好文具，再缺钱花，红铅笔、黑铅笔、红墨水、蓝墨水、一个锈迹斑斑的订书机，外加直的弯的各种针，一应俱全，琳琅满目，充满着办公室的气息，也不知他是从哪里弄来的。有次我向他借一根大头针来挑刺，他嘟嘟哝哝再三叮嘱，要我用完后一定归还，说得我挑刺时心神不定，竟把那根竹刺越挑越深。

有了这么多珍奇的文具，自然要做出些不凡的事情。每天夜里，女职工都在紧闭的房门后笑闹，男职工的寝室里也浪笑滚滚，咸味十足，一听就知道没什么正经。这时候的勤保必定羞得走投无路，只是躲在自己的房间，油灯下埋头写着什么。我瞥过一眼，发现他只是抄抄报纸标题。另一次则发现他在写自己的姓名，不断地描来描去，在黑烟滚滚的柴油灯下，把自己描得姿态万千，百般潇洒，厚重，高雅。他说，他打算半年学好艺术字，半年学会打算盘，半年学会吹口琴——为此他真的买来一个闪亮的铁匣子，塞入那个念惯了社论和嚼惯了酸菜的血红色大嘴巴，把上下两片皮肉搓扯得一下歪到这边，一下歪到那边。

我发现他老了，脑门上竟有了几道抬头纹。

"喂，睡吧。"

"你睡得这么早？"他瞪大眼，"你也应该加强学习，不学习哪能有进步？不学习哪能跟得上时代的步伐？"

"你的字已经够好的啦。"

"不行，还不行。曹会计那手钢笔字写得好，一勾，勾得特有劲。"

我的联想似有些可耻:"听说曹会计的满妹子对你有些意思?"

他脸发红,扑哧一笑,像被谁搔了什么痒处,一身都骚动跳跃:"你这个鬼……"

"怕什么,写封信给她。你有的是纸。"

他尽力咬紧牙关,吞下闷闷的笑声,又良家妇女般的忸怩不安和羞态可掬,谴责着我的丑恶思想:"没想到,咯咯,没想到你这样,咯咯咯——痞!"

说完转过脸去望墙,半天没回头。

我自然无话可说,以后再也不敢开此类玩笑。我怕他咯咯咯地望墙,咯咯呼地腰身旋来旋去,也会把我启发得忸怩起来。

我还是只能同他谈谈钵子一类的公事。这天,破案的事总算有了些眉目。因为伙房里有了一大堆白萝卜,又因为白萝卜是利尿的食品,大家吃了白萝卜以后晚上都频频上厕所,所以破案的事有了眉目。有个人半夜里哆哆嗦嗦丢完尿,正准备回到房间去,忽然发现场部门前的老樟树下有个鬼鬼祟祟的黑影,不觉一惊,决计看个究竟。他只见那黑影在树干上抹了一掌,走向伙房,熟练地把一扇门端了下来,进去忙碌片刻,取出一个饭钵,又将那扇门恢复原状,再提一把钯头,从容不迫上了山坡。那黑影一路上咕咕哝哝地自语,到了坡上,掘出一坑,把钵子埋了,叹一口长气,踉踉跄跄地回房间睡觉。尾随者看得自己毛发倒竖,总算从那黑影的步态,认出了对方是何人。

第二天,场长听到了这个重要汇报,却不相信,带人到山坡上,按照举报人指定的位置,七手八脚开挖,竟真的挖出大堆饭钵,数了数,足有一百八十一。场长这才骂了一声娘,没话说了。

勤保被召到场长房里去了。这消息使众人十分惊讶。我们来到场长紧闭的房门前,憋住鼻息,放轻脚步,假意在那里修整粪桶,假意在那里看黑板报,想听听门内的动静。不料那里一点声音也没有。到最后,门终于开了,勤保咳了一声,侧着身子从门里轻轻闪出,小心翼翼地把门带关。他神情如常地整整衣领,如同刚参加了一个干部会,说了声:"建国,我的灰筵呢?"他寻来自己的工具,叭叭几下敲落筵底的泥块,一肩挑起四包化肥,腮帮的肉棱子一隆一隆,就上地出工去了。他毫无惊慌呀、悲屈呀、忏悔呀一类能引人兴趣的东西,居心让大家的日子过得较为逊色。

我觉得他有点可怜,百思不解地问:"勤保,你晚上埋钵子干什么?"

"我有神经病。"

我吓了一跳,差点一菜刀切破指头。

"我确实有神经病。"

"我怎么没看出来?"

他的神色显得有些悲壮,抿住嘴唇,一会儿望望屋梁,一会儿又望望我,坚强地微微一笑,好像示意我不必为他忧愁。停停,又挺胸缩腹地深呼吸两次,两手互相折扭,吞吞吐吐地说:"其实都是我爹……造下的孽。"

"与你父亲有什么关系?"

"我爹原来在窑场学徒,也埋过钵子……"

我后来才听明白,他是说他家以前太穷,父亲在窑场打工,靠偷钵子多卖几个钱,后来被窑老板当贼打死了。那么他现在的梦游,不过是父亲的魂魄附体，不是他的本愿。

"你……能借给我钱么？"停了停，他又说。

"干什么？"

"我要吃药，还要安我爹的魂，都需要钱。"

我表示可以为他想想办法，但话没说完，发现他脸红了，一个劲递眼色，示意我赶快住嘴，最后竟惊慌万分不顾一切地逃走。我后来才恍然大悟，原来这时有几条汉子正吆吆喝喝送萝卜到伙房里来，如此大庭广众之下，借钱的事不宜张扬。

他越是面子薄，大家倒越愿意拿他说事。有个叫四老倌的农民，发现自己的一个斗笠不翼而飞，认定是他偷去埋了，追问他埋在何处。勤保不吭声，只是怒目相向，然后啃他那一份红薯。还有些人发现自己丢失了的套鞋、弯刀、餐票、短裤，也都疑惑是不是勤保所为，都去山坡上挖呀挖，挖得满场不宁。有个后生嘴里无味，又编排出一个故事，说有一天晚上他看见勤保手提菜刀，摸进一间间寝室，把一颗颗熟睡的脑袋摸来摸去，口里还自言自语："这个没熟。""这个也没熟。"……嘿，那不把众人的脑袋当西瓜了吗？要是他觉得哪个西瓜熟了，岂不会挥手一刀？……这一说，听者都面如土色，赶紧加固自己的门。据说曹会计的妹子更是整夜失眠，心里悬悬地不敢熄灯。

在众人警觉目光的包围中，勤保的五短身材还是常闪进伙房来。他小心地捧着一个小搪瓷罐，内装一只麻雀，或是一块猪脑髓，将其悄悄塞于蒸箱的一角——据说这是遵医嘱吃了补脑的。他依然有庄重自强之态，腰板挺得很直，双肩微微向上耸，常在你不留意的一瞬间朝两边扫一眼，观察着世间动静。他的嘴皮起泡，有干干的一层白花,双唇总是紧紧收抿,似乎有句足以使万民震慑的伟大宣言随时可能脱口而出,他只是暂时不屑松动双唇罢了。

又过去了好些天。所谓好些天,意味着我好多次在床上磨牙,好多次蹲厕所细看眼前的尿渍和蛆虫,好多次蹲在灶台下狼吞虎咽地吃饭,好多次隔着小窗口与进餐者为菜的多少和油的多少愤愤争吵,如此而已。我说过,时间对于我来说绝没有什么神秘。总之,被叫作好些天的这一堆事情过去了,我清理饭票回笼,发现勤保赊欠得太多,便去催他想个法子。他再拿军鞋或军帽来抵账,我也不能同意了。

我在猪场后的水塘边找到他,发现他衣着齐整,呆呆地望着远方一片月色。我感到他的神情有点异样,顺着他的目光看去,那边是一片刚刚翻过的荒坡,隐隐散发出热热的土腥味。每一颗土砾,每一截草根,都被镀上了银光。月亮变得又小又白,溶溶地浸在蓝色的雾里。天地间突然一黑,是一只大鸟在月与我之间掠过,巨大鸟影把塘基、跳板、柳树、荒地一路抹了过去。那边的荒坡太空阔了,太宁静了,使我突生一种暗暗的惶恐。

勤保朝我咧开嘴,像是笑。"你说,上次解放军拉练,为什么要拉到我们这里?"

"什么意思?"

"我的问题是:上次解放军拉练,为什么要拉到我们这里?为什么?"

"你说是为什么呢?"

"我还要问你:为什么他们要在这里放电影?"

"我……不晓得。"

他冷笑了一声,突然激动起来:"这还不晓得吗?这是有战略意图的。不是不报，时候未到。时候一到，一切都报。你看吧，解放军都来了，坦克大炮已经打过长江了，一切反动派还能顽抗多久？你同意不同意我这个看法？"

完了，他已经不是勤保。前不久确有军队拉练经过我们这里，披着伪装网的军车曾挤满土坪，还闯到茶地上。可这与我们有什么关系？怎么需要我来同意或不同意？我已经发现他眼光里的呆滞——那里太白、太枯，太散，如同已是一片沙漠，不再有光泽和鲜润。大概他梦游时一次次盯着饭钵，就是这种目光吧？

我吓得扭头就跑。

后来听人说，他确实是疯了。那天大家四处寻找，到半夜才把他找回来。场长对他劈头淋了半盆牛血，打了他两个大耳光，没见效，只好把他送医院。

一晃好些年没有再见到他，甚至都差点把他忘了。前不久，我偶得机会返回旧地一游，刚下公共汽车，就听见有人大声叫我。回头一看，不见熟人，只见人群中有一胖大妇人闯过来，盯住我哈哈大笑："不认识了吧？我爹就是曹会计呵。"

我哦了一声，实在无法把胖妇人同以前那个瘦丫头联系起来。

她抓住我的双手，拥来一股奶香，弄得我有点不好意思。又拉着我一起去买红糖，买猪肉，买粉丝，不管旁人如何打量和议论，不由分说要我去她家玩玩，并夺过我的行包，交给旁边一位教师模样的汉子——当然是她的男人。

她家里果然值得来看看。虽是土屋，却一律西式家具，并有洋的或古的各种明星女伶画片张贴于墙。电扇也啪的一下给打开了，虽然实在没有必要——她似乎执意把我吹得非羡慕起来不可。她刚让我喝下了姜盐茶和糖茶,又压着我大喝蛋花茶,似乎执意要让我吃得非拉肚子不可。

"你眼下干些什么?"我问。

"堂客们没文化,二百五,能干些什么呵?还不是在窑厂里玩泥巴坨?"

"你娃崽还小,何不留在家照看照看?"

"我老黄也这样讲,说不靠这几个钱。不过在家里有什么味?在厂里热闹,堂客们在一起,嘻嘻哈哈,什么瘆话都敢说,最快活了。"

她哈哈大笑,脸上放射出红光,用滴着水的手擦擦嘴角,有点不好意思。

我从她嘴里知道了一些旧友的情况,最后终于想起了勤保。

"你是说勤跛子?"

"勤跛子?"

"他摔伤了一条腿,你不晓得呵?"

"不晓得。"

她正在洗一大盆衣服,胖手一伸直,手背上就挤出一排小肉窝,两条手臂被冷水浸得白里透红。勤保当年也许就是想念这双手的,但这双手终于在洗刷另一个男人的袜子了。而且她谈起勤保的口气,大大方方,毫不忸怩和躲闪,如同谈起一个陌生人。我不由得感到,时光确实流逝很多了。

她告诉我:勤跛子的几丘田还做得蛮好,疯病也治好了,只是间或还有点神游——他虽然不再偷钵子和埋钵子,但经常夜里下床出门,潜入镇上那个窑厂,把客户订购的骨灰坛子一个个竖起来,列成整齐的行列，逐个摸一摸，拍一拍，然后大呼口令："立正——向右看——齐！齐步——走——"如此等等。有时，他还冲着那一排排鬼头鬼脑的坛子，背着手大作政治报告，大概内容是同志们辛苦了，现在形势大好，不是小好，越来越好，将来会更好。但全世界还有三分之二的人民处在水深火热之中，我们必须加强战备，刻苦练兵，站在家门口，放眼全世界，随时准备为共产主义事业而献身。

每次作完这样的报告，他溜回家睡觉，而且第二天一切如常，一跛一跛地去挑粪或犁田，根本不记得夜里发生过的事。他的邻居们说，他只是要过一过嘴里的瘾，那就随他去，只要夜里不提着菜刀出门就行。

我想起勤保当年是经常给民兵作这种报告的，不过那时是白天作，而现在轮到他晚上来作了，在梦中来作了。

我也渐渐入梦。一床新被子散发着棉纱的清香，又大又沉，门板一样压得我冒汗。我踢打被子，翻了个身，清醒地感到睡意在我体内生长起来。我看见树影摇动，明月出山，只是怯怯地想：这不会是梦境吧？

1985 年 12 月

---

* 最初发表于 1987 年《天津文学》杂志，后收入小说集《诱惑》。

远方的树

一

挂在屋檐下的一截锈钢轨当当当敲响了,响得人们心慌。田家驹伸了个懒腰,从门口探出头看看天,苦着一张脸,提起沉重无比的钯头,随男女老少们出发。其他人也陆续出了门,有的打哈欠,有的揉眼皮,有的唉声叹气,拖拖拉拉落在老后。有两个女知青连钯头似乎也扛不住,钯头在身后越垂越低,利齿眼看要戳到背脊了。

这是一个沉闷的下午。田家驹左顾右盼不耐沉闷,狠狠地挖了几下,赶上了身边的马桶,找这个积极分子搭腔——喂,马桶,你大串联时到过昆明没有?

对方不理他,没心劲理他。

我给你说说昆明。田家驹折一根树枝在地上画。大观楼,黑龙潭,还有太华寺里的罗汉,画得清清楚楚。

对方还是闷闷的。

喂，马桶，你知道芭蕾吗？看过《白毛女》吗？田家驹热情万丈，丢下钯头，在前面来了个大展臂和弹腿一跳。

　　旁边的人送来笑声，笑他的裤子差点垮了。

　　田芭蕾谦虚地一笑，搂起裤腰带，把额前长发往后一抹："不行，不行，今天没跳起来，这地不好。"他的意思是，这松软松软的油菜地不是理想舞台。"那次我去省歌的练功房，随便跳两个小品，他们一个个都佩服得五体投地。那个跳大春A角的还要拜我为师。"他存心让更多的人关心芭蕾，关心远方的革命文艺事业，"喂——和尚，你那天不是在场么？喂——蛤蟆，你的二姨不就是在省歌么？你们怎么不给我作证呵？"

　　有位青年农民摔过来一句："供销社的王老倌说，他们今年的牛皮收购超过计划。"

　　"我吹牛皮？"田芭蕾表示气愤，夺下积极分子手中的钯头，喝令大家都停下手来，"马桶，你太不够意思了。你给他们说说，那天我到歌舞团去，你是不是去了？那天是正月初五，出大太阳。我们一起坐十三路车去的。路上还碰了两个小流氓，要抢你的军帽，你忘了？"

　　马桶想找回钯头继续干活，但被对方缠住不放，定要借他来表演一下对付小流氓的故事。一个缠腿的动作刚表演完，马桶大叫一声，飞快地溜走了——原来场长的刀板脸和黑呢子帽，不知何时已在大家身后悄悄出现。大家也发现了这一点，立刻成了见猫的老鼠，纷纷埋头大力挖地，只有田家驹不知情，还在讲解格斗动作。

　　"田家驹，你没病吧？"

　　田家驹吃了一惊，回头看见场长，很快镇定下来。"嘿嘿，我们学点擒拿术，碰上阶级敌人搞破坏，也能对付一阵子呵。"

"我看你就像个阶级敌人。"

马桶很怕场长盯上自己，脸色红红地说："场长，他硬要讲故事，一讲还要表演，还要我们停下来听……他挡在我前面，我总不能朝他脚上挖吧？"

不知是谁发出哧哧的笑声。

场长的血压肯定升高了。"一粒老鼠屎，搞臭一锅汤。田家驹，你不错么。你看你脚下，看你脚下，你是出工还是破坏？"

地上两棵小茶苗，已被田家驹踩倒，贴在泥窝子里。在更远的地方，他的挖地无异于老鼠打洞，东一钯头，西一钯头，一块地挖出了奇形怪状。就是挖过的地方，也大多是农民说的"天盖地"——浮土盖住了坚硬的板土。场长用一根竹竿随便戳了戳，就戳出好几个地雷阵，差点戳出嘣嘣的响声。

"田家驹呀田家驹，我就知道你会把我的心血当苋菜水，我就知道你昨天的保证书是擦屁股纸……"场长气得全身发抖，说不下去，一气之下摸出具有最高权威的铁哨子，猛吹一声："——开会！"

二

场长开会的水平最高，每次开会都要讲到抗日战争，朝鲜战争以及珍宝岛战斗，讲到他五岁讨饭之类的悲惨故事。不过他有时说讨饭是五岁，有时说成七岁或八岁，时间上有点出入。他说到最后，总是有一番恶狠狠的威胁，说哪个再敢破坏抓革命促生产，就要一绳子捆起来，吊到梁上去当猴子看。不过田家驹不怕威胁，只是喜欢开会，因为一开会就可以不干活，名正言顺地歇一歇手脚。

好几次，他还主动找到副队长或队长，说我近来思想觉悟很低，越来越低了，你们怎么不开会来批判我呢？

对方有些警觉，问他如何个低法。他就苦着一张脸说，你看呵，我又想吃好的又想穿好的，只想过地主老财的生活，天天有人来侍候，这还不反动吗？你们也得开个会来帮助我一下吧？

场长上过当，但很快发现他的话真真假假，讨批斗只是为了白天赚休息。老人一生气，忍不住指头戳到他鼻子上，大骂他"臭知识分子"。

田家驹也来了气，左右看看，盯上一堆新鲜的稀牛粪，上前一把将黑乎乎的粪渣抓在手里。"我臭？我敢抓屎。你是劳动人民，你抓给我看看！"

场长不敢接招，也没想到有这样的招。

田家驹便得意了，"你是个假劳动人民，还敢不承认？"

场长差点吐血，两天没露面，后来只得再出一招，命令他从此以后单独劳动，每天去一个山坡上挖地，免得带坏他人。不过人们后来发现，田家驹单干以后纯属放虎归山，更没法管了。有时他在地头睡大觉，有时他去附近农家喝茶，有时他干脆回到寝室里看书唱歌拉提琴。但他每天的任务偏偏完成得好，据说他发动附近农家孩子来帮忙，十几个小长工一齐上阵，挖得尘土飞扬热火朝天。他自己给小把戏们画一画狗呵虎呵冲锋枪呵什么的，就算是回报，算是发工资。小把戏们觉得这种交换很合理，还口口声声叫他"田爷爷"——当然是他教唆的结果。

队长还未当爸爸，对这种叫法很生气，去找场长告状："你说要整他，这下好，整出个爷爷了。他要是爷爷，我算是哪一辈？太没规矩了吧?"

场长也一筹莫展,"我不是公安局的爹,有什么办法?"

队长说:"还是要找个人管他。他听刘力的话,让刘力去试试吧。"

刘力也是个知青,比田家驹大,是个本分人,又很有文才。茶场几块黑板报,都是他包着出的。一些什么先进典型材料,也是他包着操刀。据说他还在偷偷地写小说与诗歌,与田家驹谈得来。前不久,大家嫌田家驹一身臭烘烘的不洗澡,谁都不愿与他搭铺。最后只有刘力心软,接受了这个走投无路的难民,三天两头还给他洗衣补衣,挤牙膏打洗脸水,算是当上了大保姆。

场长摇摇头:"刘力不行,斗争性不强,好好先生一个!再说他们城里伢子混在一起,容易互相包瞒。要选个本地职工去。"

"那选谁呢?"

"你……去叫豆子来。"

"小豆子?"

小豆子叫李豆,茶场的妇女主任,团支部书记,场长最信得过的革命接班人。前不久搬运树木时伤了腰,眼下还不能干重活,但当个看押人员还是合适的。场长把她叫到面前,"……你不要看牛了,看个人吧。那个田牛皮其实还没变成人,思想很复杂,很腐败,很反动。暂时还没发现他偷盗,是他还没有暴露出来。时机一到,他就会暴露的。你看吧。他父亲是城里的什么教授,成分大,有钱,可能开了几间铺子。你要好好地监督他,第一要防止他偷花生偷西瓜;第二要他老老实实地劳动,不准偷奸耍滑;第三不准他剥削我们贫下中农的子弟。明白吗?"

小豆子有点紧张,"他不服管怎么办?他会不会打人?"

"难说。"

"那我带把剪刀在身上?"

"有备无患也好。不过他最大的本事是花言巧语。"

"我拿棉花塞住耳朵。"

"那倒不必,你只要对他多长一只眼睛就行。有什么情况赶快报告。"

小豆子使劲地点头。

三

听场长一番话,李豆出了一身冷汗,一个晚上都没睡好,不知道自己能不能完成这个光荣而艰巨的任务。她同城里来的知青打交道不多,同姓田的打交道更不多,但印象中这个家伙调皮捣蛋,是个有名的疯子,三天两头就要惹祸,人见人烦,人见人怕,她能不能管住他?总不能用一根牛绳拴住他的鼻子吧?

前不久的一个下雨天,她与一个女伴搭上腔,双双往食堂里走。

"喂!"

她没有注意有人叫她。

"喂!"

这次叫得够响了,让她吓了一跳,惊恐地回过头来,发现面前有一个满脸堆笑的后生,额上和头上都是泥点。

"你叫我吗?你是谁?"

"我田家驹呵,一队的。你不认识?"

"你就是田疯子?十几天不洗澡的就是你?五天不刷牙的就是

你？在街上打架闹事的就是你？"

"那是他们的诬蔑。他们嫉妒我，怕我太优秀了。"

"你找我有什么事？"

"我要给你画像。"

"为什么要画像？"

"你漂亮呵。"

"嘴臭，小心我撕你的嘴。"

"夸你怎么是臭呢？其实你也别骄傲，你不是特别漂亮，只是有味道。"

"你大姨才有味道呢。"

小豆子扭头就走，但田疯子缠住不放，从衣袋里掏出一些纸片，打开来给她看。她就是被这些纸片吸引住了。上面有侯三爹，刘保管，宋长子，三姑娘，还有几个女知青，都栩栩如生，是大活人跳到纸上去了。她这才知道什么叫油画，什么叫画家，什么是继承了父业的大画家。

她心里痒痒的，答应给田疯子画一次，回到寝室里忙了好半天，好容易才隆重出场：一件新崭崭的红花衣，一条多年舍不得穿的绿布裤，配上浅口皮鞋和袜子，还有辫子上的红发结和额前的整齐刘海，上下生辉，光艳夺目，简直成了一张大年画。

她如约来到田家驹的房间。对方一看脸上就有哭丧状，哎呀哎呀地大叫，像被谁毒打了一棍。"你把整个供销社都穿来了？怎么不拍个粉抹个红，再加一双绣花鞋呵？"

"你不是要画彩色的吗？我这样打扮，颜色才好看。"她没听出对方的讽刺意味，还是兴冲冲的。

田家驹很不满意，但也没办法，只好接受了这张大红大绿的年画，把她带到画架前，不由分说地要她这样一坐，又那样一坐，要她眼睛看那边，又眼睛看这边，要她挎一个篮子，又要她持一根梭标。最后，他不准小豆子笑，只准她直愣愣地盯住他。

"照相师都要我们笑，为什么你不准我笑？"

"你笑的样子难看，一笑就特别傻。不知道么？"

"你才难看哩，你才傻呢。"李豆觉得很受侮辱，气冲冲地往外走，眼泪差点都要流出来了。

田家驹一惊，忙堵在门口劝解，免不了说上一大堆好话，说自己辞不达意罪该万死等等，好容易把大年画劝了回来。在整个画画的过程中，田疯子南京城隍北京土地胡扯一通，包括吹嘘刘力五岁当劳模，八岁上北京天安门，十岁就有铜像塑在青少年宫，说得小豆子信以为真，满心崇拜地啧啧不已。

不过，这样长久地待着，被一位男青年凝视，她浑身颇不自在，觉得有一群蚂蚁在自己的脸上爬来爬去，额头上已经开始冒汗。她的头越来越低，眼光不时投向窗外，但一次次被画家责怪和纠正。最后，她看见对方的目光盯向自己的领口，盯向自己的胸，盯在那里居然不动。她想捂住自己的胸，但被画家厉声制止。她终于呼吸急促，全身发抖，牙齿碰撞得嘎嘎作响，似乎自己不是在这里当模特，是受一场男人目光的凌迟大刑。

"你抖什么呢……"田家驹话未落音，发现前面的座位已经空了。"你跑什么跑？这还才开始……"

"你眼睛里有坏事……"这是她摔回来的愤怒一句。

田家驹眨眨眼，怎么也听不明白。

四

小豆子扛着钯头,带着筲箕和扁担来到田家驹房前,远远地止步,眼中透出警惕和紧张,好像要重新认识一颗"还没有暴露"的定时炸弹。"喂——喂——姓田的,"她叉着腰大喊,"快醒来!你听着:今天去猫公坡挖荒,路远呢,带上茶。场长说了,你要挖六十丈,他要拿竹竿来量的。"

喊完就静静地坐在坪里,等候田家驹收拾工具,似乎无多话可讲。

田家驹从迷糊中醒来,很不高兴的样子,懒洋洋地动身。抽钯头时,他把另外几把锄头也带倒了,发出哗啦巨响。

小豆子吓了一跳,退出两步,紧握手中钯头,好像田家驹是个还乡团或别动队的凶手,手里拿着屠刀一类凶器。

"走吧。"他朝小豆子摆摆头。

"不,你往前边走。"

她声音有些发抖,让田疯子走在前面,自己不近不远地跟着。到了地上,她让田疯子在前面挖地,自己不近不远地选了另一块地开挖,总之一直保持着适当的距离,既方便监督,又有对付危险的回旋余地。一旦发现什么敌情,她至少可以有准备战斗的时间。

这一天又是大晴。在旱地上干活比水田里干活更苦。头上烈日,脚下热土,也无水田里的凉气荫映,人好像掉进了大烤炉里,上下都是火烤,带着咸盐的汗水很快越过眉毛和睫毛,直往眼里灌,刺得眼球痛。伸起腰来,人总是头重脚轻,两眼发黑,偏偏欲倒。贴着山坡表面望过去,地表蒸腾的热气飘飘忽忽,使远方的一切都晃荡起来。

整个世界在变形。这个晃荡的变形的世界太寂静,太单调,好像时间都凝结成土黄色,使希望和回忆都蒸发一尽,只剩下流汗和大口大口地喘气。

"怎么还不下雨呢?"田家驹找她搭腔。

她装作没听见。

"有一个月没下雨了吧?"

她还是不抬头。

不管对方说什么,她今天横下一条心,反正是个聋子,听而不闻,不理不睬。最后,田家驹软的不行来硬的,举臂高呼:"打倒李豆!""李豆是只臭虫!""李豆偷了猪油一定要坦白交代!"……她差一点要笑出来,但稳住自己的鼻子嘴巴,还是绷紧一张脸,只当是过耳风,甚至干脆转过身子,背朝着对方。

"呵呵呵——"不时有人在远处山坡上叫唤。这叫"唤南风",据说叫一叫,风就来了。有时候还真灵,风从水库那边吹来,带有丝丝凉意。

田家驹也叫了几声,叫得很难听。他现在没招了,只能自己去找乐,试着看看自己的鼻尖,用了好大的劲,好像是看见了黄黄的一片,不过没有多大的意思。试着像猪头那样,右手从背后反过去,抓左耳,手都扭痛了,还差两三寸。还是没意思没意思。这种日子可真要命。

"哎呀!"身后一声惊呼。

田家驹回头一看,小豆子挖出块白东西,像是人的半个头盖骨。这一片山坡原是坟地,开茶山时没有仔细清理,留下一些游魂野鬼的骨头,不值得大惊小怪。

田家驹走过去,一脚把骨头踢飞了,是足球射门的动作。

"还有……还有!"小豆子指着钯头下方,怯怯地往后退。

田家驹两钯头下去,果然又挖出几块白骨。他笑了,把骨头一一射出去,不偏不斜,都射中了一个稻草人。

"你还会讲话呵,不是根木头呵。"田家驹眼下又可以得意了,"我还以为你多坚强呢,真是个铁嘴不开的革命烈士呢。原来也就是个胆小鬼。"

"我怎么胆小?我敢上树,敢打蛇,敢烧黄蜂窝。外婆死的时候,我还给她换衣……""你还能上树?吹牛,吹牛。"

"我真的能上树。"

"那你上一上给我看。我根本不相信。"

小豆子顺着田家驹的指头看过去,看到一棵椿树,看了看高高的树冠,有点犹豫。但一听到对方的哄笑,就有几分气不过,把辫梢咬在嘴里,上前去拍拍树干,四肢很快就把树缠住了。腰身一收缩,两脚一蹬,身体窜上去一截,蹬得泥灰渣子纷纷下落。

看她已经爬得半高,田家驹拍掌大笑:"我要告诉场长去,妇女主任不好好出工,带头爬树。你们看呵,你们看呵——"

小豆子这才知道上当,急忙溜下树来,没站稳,摔了一跤,更是十分狼狈。一个土块已经射到了田家驹的背上,"姓田的,是你要我上的!"

"你们看呵,妇女主任打人呵——"

小豆子没法再打,又气又急,脚一跺就气哭了。看见田家驹举着一块死人白骨在她面前晃,更是心惊肉跳命悬一线,从泥里抽出钯头朝田家驹挖过来。她当然没挖着,大概想想这也不对,工地怎么成了战场？她怎么同人家打架？"臭疯子，我不管你，再也不管你……"她扛起钯头，噔噔噔往家里走，一边走还一边抹眼睛。

"你听着，我又要睡觉啦——"看着她的背影远去，田家驹忍不住在地上翻了个斤斗，哈哈大笑，庆祝自己的解放。

五

小豆子根本不是田家驹的对手，气得到场长那里哭诉，场里只好另派一个矮汉子来接替。矮汉子叫根胜，一口黄牙，一条抄头裤，身体瘦小得像个猴，但干什么都特别快，在地上一撩起钯头，就逼得田家驹腰酸背痛，连滚带爬也跟不上。这矮子是台挖地机器，不爱谈天说地，除了谈女人和借饭票，对其他一概不感兴趣。偶尔发表政治见解，就只有一条："农民干社会主义，工人吃社会主义，下次搞运动，我就要背着锄头进城去造工人的反。"

田家驹对这话听不大明白。

同他相处长了，田家驹也慢慢摸到了办法。一是用纸烟收买；二是展开政治威胁，口口声声要揭发他仇视工人、仇视城市以及仇视社会主义的反动言论。矮汉子果然倒了威，不再乱催工，有时看到田家驹睡觉或画画，睁一只眼闭一只眼。

田家驹拿根胜练过一次素描。他画像不收钱，也不像镇上那位跛子画师要用九宫格，这倒引起了根胜的兴趣。但他后来对田家驹的作品大为不满。"我的第二粒扣子呢？你何事不画？""我怎么一边脸胖一边脸瘦？你乱画吧？"他的问题层出不穷，而且不理解他的脸上为何有那么多锅底烟灰，丑死了，一点也不像。在这个时候，要向他们解释什么是省略，什么是透视，什么是明暗关系，确实很不容易。到最后,要不是田家驹赔三张饭票,他差点一把撕了夺在手里的"鬼画符",决不容许对方丑化自己。

根胜认为田家驹比镇上的跛子差远了,认为他将来只可能饿死,在别人面前说起他来总是摇头:神经病,神经病,这毛主席也晕,怎么把神经病也派下乡来?他看到田家驹把野坟里的白骨骷髅洗干净,供到自己的床头,更是惊慌不已,一说到姓田的就面色惨白。

根胜没有想到,小鱼也有跳龙门的时候。这一段,农村正掀起宣传毛泽东思想的热潮,村村户户都得制作红彤彤的毛主席语录墙,叫做"红海洋"运动。根据外地的经验,语录墙还得配有毛主席头像,一般是黑白木刻的那种,便于制作的那种。可这个公社没有人画过伟大领袖,不知道如何画,"红海洋"工程遇到了困难。公社干部们急得不行,想到茶场里有不少知识青年,便来挖掘人才。公社秘书首先找到了刘力:"你的字写得不错,黑板报办得好,只怕也能画得几下。你来帮我们敬绘宝像,如何?"

刘力连连摇手,说他写写美术字,画画花鸟虫鱼,还可以勉强对付,但画毛主席是绝对不行。这事只能找田家驹。

"田家驹?就是那个疯子?"

"其实他是热心人。厨房的知仁得病住院,他一下就借出去十块钱。"

"听说他把骷髅都供到床上,神经还是不正常吧?"

"那是他研究人体解剖,对画画有帮助的。"刘力没有说出骷髅的其他好处:吓得场长不敢来查铺,根胜也不敢来枕头上偷饭票。

刘力找来田家驹的一些画稿,果然让公社干部们惊讶和心服。他们一道指令下来,场长也顶不住,只好叫疯子去公社帮工。

现在，田家驹不用天天上地了，不用在烈日下大汗淋漓头昏眼花了，更不用被这个或那个监督劳改了。他是"红海洋"运动的希望和救星，操着几枝画笔吃香喝辣，在公社机关、供销社、农机站、卫生院、粮食仓库以及大大小小的农家屋场留下作品。他被伟大领袖的崇拜者们争相邀请，争相讨好，争相赞美，好酒好肉的日子排不过来。到最后，他越画越熟练，越画越随意，可以把几种木刻图像乱涂乱抹一挥而就，让围观者看得目瞪口呆，让那些只能对付门窗桌椅的漆匠们又羡慕又嫉妒，一齐尊他为"田师傅"。他的一桶桶公费油漆还可以兼济天下，给少女们画朵花，给小孩们画支枪，给主妇们涂补一下掉漆的搪瓷杯，在汉子们的箩筐尿桶扁担上点出个红的或者黄的记号……对方都会感激不尽。

没多久，他"田师傅""田牛皮""田疯子"竟远近闻名，不管走到什么地方，都会有人叫出他的大名——只是小孩子似乎觉得城里人的绰号好笑，叫完就要笑一番，纷纷往树后躲藏。有些人大概知道他竟敢收藏骷髅，一见到他就小心退避。

有一次，李豆也来看过他的杰作，看他在墙头的一番龙飞凤舞。那是在供销社的大门外，一群采茶女子从门前走过，小豆子也挽着茶篮夹在其中。有这些叽叽喳喳的女子在场，田牛皮画得更为欢势，三下五除二，一个图像就完成了。唰唰唰唰，一条仿宋体的语录也立刻赫然在目。他恨不得在高台上表演字画芭蕾。

"小豆子，也不拿茶来孝敬田师傅！对宣传毛泽东思想一点感情也没有呵？"他把呆呆的李豆叫醒。

小豆子冲他做了鬼脸，但一旦看清他的面目，不知为什么突然笑了，扑哧一声，嘴抿得有点歪。

是自己脸上有油彩吗？田家驹往脸上抹了两把。

小豆子笑得更厉害，大概怕自己笑得难看，捂着嘴转过头去，吐匀了气，再把红红的脸庞转过来。

"你的笑最难看，一笑就是傻笑。以后不准你这么笑。"

不说还好，小豆子一听这话笑得更敞，更疯，更接不上气，还带动了其他女子的笑。在这种时候，笑声足以使她们刀枪不入。

"笑得好！笑得好！下次我请你来笑三天！"

小豆子再次捂住嘴，终究捂不住，只得咯咯咯地跑开去。

直到后来很久，田家驹还不知道她这一次是笑什么，有什么值得她傻笑。他只记得对方撑在一个砖堆上看画画的时候，胸前两只胳膊向外折，折出了一个"儿"字形，眼看就要咔嚓一声折断。他没料到小女子的骨头可以玩这种杂技，可以这样吓人，事后一个劲揉自己的臂肘，好像那个部位已有内伤。

六

门前一棵大杨梅树，长得很有力量。枝干倔强地伸展，与无形的天空搏斗，终于扭曲了，痉挛了，张皇惊惧了。繁茂的树叶层层密密深浅相叠，筛着清风，筛着月光，于是，五月杨梅的香甜也就注入了风声月影。靠流水和石堰那边的那一段分枝，像大树突然斜伸出一只巨臂，呼啸而出，要凌空揽住什么。常有孩子在这只巨臂上攀摘杨梅吧？常有孩子在这只巨臂下斗草玩泥吧？——这些大树通常都庇护过一个个童年。

现在，树叶筛落的月光，在小豆子家的地坪里模糊晃荡，像满地玉色碎萍。人置身空明之中，简直不知自己呼吸的是清风，还是明月。

田家驹在这个村子做语录墙,今天应邀上门做客,稍稍有点拘谨。走进地坪,他碰到一位黑脸汉子,忙叫"李伯伯",引起小豆子一阵笑——原来那不是她父亲,只是一位上门补锅匠。待"李伯伯"真的出现,他嘿嘿一笑,反倒忘记招呼了。

李伯伯叫李科长,田家驹开始以为他在政府机关里当科长,后来才知道"科长"二字是实名。为什么不取名处长、局长、部长呢?他心里暗想。

李科长圆脸,淡眉毛,抽烟声很响很长也很沉稳。他给田家驹敬烟,客套话是少不了的:"不是搭伴毛主席,你们城里学生怎么会到这里来?不是建设共产主义,你们如何跑到穷山沟里来受这种罪?哎哎,公社茶场那七七四十九坡,不靠你们,如何翻得转来?我们常到公社去开会,在路上都看见的。哎哎,你们真是硬邦邦响当当的革命接班人,今天吃得苦中苦,明天一定人上人……"

他说话间不时看护田家驹放在地上的茶杯。"发狗瘟的!"他厉声一吼,狗就委屈地逃远了。"发猫瘟的!"他一跺脚,猫就惊慌地逃开去。

小豆子当然很忙,新节目一个接一个:红糖茶蛋,腊肉葱花面,一大盆红鲜鲜的杨梅。她站在一边,看着田家驹一口一口吃下去。

"你怎么不吃面呀?"她提醒客人。

"我吃杨梅,这个好吃。"

"这算什么好东西?你吃了面再吃吧。面也吃,杨梅也吃,都吃都吃。"

"我要带三个肚子来才行。"

"爹爹要你吃,我才不管哩。"

她去溪边洗衣。哗哗洗衣声,从空明月色中传来。

田家驹看看这一家人,感到一种亲切和温暖。他想表现得好一些,更像个革命接班人一些,那么,既然对切菜喂猪帮不上忙,就去帮小豆子晾衣吧。

他刚提起木桶,就听到身后小豆子的大叫:"放下,你快放下!"

"帮你晾衣呵。"

"哎呀你不懂……你没有手位,又不懂规矩。男女各有各的晒衣篙,不能乱来的。你快走吧。"

妇女主任也信这一套,夺了他手中的木桶,使他只得怏怏地回到屋里。

他抬头一看,见壁上有个蜘蛛正在拉网——好,这回总算有事可做了。他取来油灯,凑上去,准备来一道火刑,用灯口火气烤焦那家伙。不料蜘蛛灵得很,一沾火气就溜,眼看着钻过门缝,溜进屋檐的茅草里。田家驹穷追不舍,把油灯越举越高。没料到茅草十分干燥,遇到灯口的火气,呼的一下燃了,爆出一片红光。

不好,起火了!田家驹大惊失色去扑火。好容易找到一个竹扫把,但扫把越扑,火势越大,连扫把也成了火把。眼看着火球向屋上蹿过去。呛人的烟火中有人的惊叫声,有油灯打破的声音,桌子掀倒的声音,有水桶碰撞的声音,还有猪叫和狗叫的声音。屋内外一片混乱。幸好火情还发现得较早,瓦缸里有足够的水,李豆一家人动作也快,几桶水泼上去,不一刻明火熄灭,只剩下缕缕青烟和茅草焦煳味。

田家驹满身水淋淋的,看着露出了半边天的茅草屋顶,有点哭笑不得:"我是想烧蜘蛛,没想到,没想到……"

李科长忙着清扫现场,"不碍事,不碍事的。新草一出来,屋顶反正就要换了。队上今年有的是糯谷草……"

"我给你们赔钱吧。"

"这是说哪里话?小豆子,把你哥哥的军装拿一套来。"

小豆子偷偷看了田家驹一眼,扑哧一笑,高兴地说:"就是要你赔,就是要你赔!"然后去了里屋,不一会从那里丢出一句话:"爹爹,你叫他来换衣吧。"

七

田家驹自知闯祸,第二天帮着科长扫地,捉猪,挑水,搭瓜棚,还强行把一个木箱刷了道油漆,刷得油光水亮鲜艳夺目。他对小豆子说:"将功补过了吧?"

"没有,还没赔够。"小豆子哼了一声。

田家驹吓了一跳,"你还要我怎么赔?"

"以后再告诉你。"

"你不能没完没了吧?"

"不一定,可能就是没完没了。"她得意地一笑。

田家驹倒抽一口冷气。作为赔偿的一部分,这一天他同小豆子上山去砍柴。一条大黑狗在前面引路。穿过杉林和竹林,甩下那个牛栏里热烘烘的草臭味,前往寂静山坳的路越来越窄了,林木蔽天之下的光线也越来越暗了。地上落叶厚积,发出丝丝腐臭。叶下是潮湿光滑的泥地,人稍不小心,就会踩着落叶滑个四肢朝天,得赶快抓住路边的灌木或茅草,才不会滑下坡去。四面一看,小丘水田里冒着咕咕咕的气泡,葛藤在石壁上悄悄地攀援,树枝在石缝中默默地挣扎。阳光,潮湿的阳光,丝丝缕缕在林中流动,送来冷冽侵肌的雀噪鸟鸣。路边有一捆捆的湿柴,那是人们在山上砍好,顺着坡度抛下来的。要等它们晒干或晾干,重量减轻了,主人才会把它们担回家去。

田家驹觉得眼前的一切很熟悉,但想不起来在哪里见过。他看见小豆子找到一块拔地高耸的柱形石头,拍了拍它说:"你看,这像不像宝塔?……你说不像?鬼,就是像,就是像!"她又敏捷地跳到另一边,指着另一块方形石头:"你看,这像不像一条大轮船?上面还有烟筒哩,还有房子哩……"

她又介绍起很多树木的知识,夹上不少科学名词,什么叶绿素,氮磷钾,光合作用……其中有些显然讲得不怎么内行。她大概想表现见识和学问,证明自己并不是个傻丫头,完全有资格同田家驹交上朋友。

田家驹只是暗笑。

前面,有一条从杂树下冒出来的小溪,发出嘀嘀嘀的流水声。溪上方有一棵横在空中的树枝。小豆子爬上去,骑在树枝上上下跃动,孩子似的大笑起来,嘴巴有张有合,但田家驹听不清她的声音。

"你说什么?我听不清。"

"你看我骑马——"绿树和石壁在她身后一会儿上,一会儿下。

"小心点,不要摔下去了。"

"跌到水潭里,你救我。"

"我要是救不起来呢?"

"那我就死了算了。"

"你家里人会哭的。"

"你哭不哭?"

"我……不哭。"

"你是个毒人。不过,我也不要你哭。"她笑了。

田家驹想看看头上的鸟,在什么地方叫。

"你今天不是带了画夹子吗?给我画像吧。"

"你不会跑了?你就不怕我眼睛里有坏事?"

"讨厌!"小豆子有点脸红,闭上了眼睛,"今天我不怕了,随你怎么画。我保证像木头一样,一动不动。"

田家驹打量了她一眼,恰巧碰到她睁眼,两人的目光直愣愣地相遇。他有点心慌,预感到自己画不好,简直没有一点信心。

"不,我今天不画。"

"为什么?"

"不想画。"

"是我……很丑吧?"

"不。你太漂亮了,真的。我……担心我画不出来。"

他发现小豆子的脸色慢慢变白,低下头,再也没说话。

八

刘力找到田家驹,告诉他一个重要消息。事情是这样,他最近被借调到县委宣传部写经验材料,一直住在县招待所。两天前,他就餐时遇到招待所另一位房客,得知对方是一位美术教授,来这个县招收大学新生。刘力马上介绍田家驹,还有田家老父亲,引起了对方的兴趣——据说对方与田老伯还有过一点交情。几次交谈下来,对方表示想看一看小田的作品。看样子,他的招收人选还无最后定案,田家驹还有一线希望。刘力喜不自禁,为此专程赶回公社来通风报信。

"我命中的贵人来啦!"田家驹一蹦三尺高,没顾得上慰问一下刘力——他没赶上班车,刚才整整走了四十多里路。

"别高兴得太早,你得认真准备。第一印象很重要,很重要呵。"

"他怎么可能对我印象不好?"

"你又牛皮了。"

"他不招我不是瞎了眼吗?"

"那可说不定。"

刘力向田家驹交代教授的房间号码,年龄,相貌特征,包括去县城每天有几班车,进招待所大门以后怎么走,甲乙丙丁全无遗漏。

田家驹当天下午就去了县城,是偷偷爬上一辆货车去的。但他差一点把事情办砸。他的一身汗臭首先就让教授不快。对方好几次开窗子,捂鼻子,要田家驹不要靠近。接下来,田家驹的夸夸其谈也没什么效果,什么八大山人,什么印象派和立体主义,根本没有让教授兴奋起来。相反,对方倒是一再指出他嘴里的错别字,"栩栩如生"不是"羽羽"如生,"饮鸩止渴"不是饮"鸠"止渴,如此等等,让田家驹好没面子。好在他脸皮厚,没有大乱阵脚。加上他的一大沓作品确实不算太赖,最终引起了教授的注意。

教授皮黑,秃顶,奇瘦,穿着一件什么工作服,像某个工厂的保管员,抽着一支廉价的纸烟,细细看着田家驹的作品,很久没有说话。直到他带田家驹去吃完饭,把他送到招待所大门口,才发出低沉的声音:"我这里绿灯,你回去争取推荐吧。"

见田家驹喜出望外,他又拉长一张脸:"你这些题材都不行。要画点新生事物,画点革命大好形势。去吧。"

田家驹觉得自己能听懂这些黑话。

剩下的，只是公社推荐这一关了。凭着田家驹对"红海洋"运动的独特贡献，凭着他给好几位公社干部画过相和拉过琴的好交情，再加上小豆子他爹，一位有身份有面子的大队干部从旁积极游说，他的在推荐中胜出还是有可能的。按当时的政策规定，只要基层组织推荐，大学愿意录取，他的入学就成定局。但要命的是他晚了一步，公社秘书告诉他：全公社唯一的名额已经给了刘力。

刘力是田家驹的哥们呵。田家驹信心十足，马不停蹄又乘车赶到县招待所。"刘哥，刘哥，帮忙帮到底，救人救到活，你那个名额让给我吧。"

"名额？"刘力吃了一惊，"什么名额？"

"读书的名额呵。"

"什么读书的名额？"

"就是推荐读大学……的名额呵。"

刘力一边听他说话，一边细细地洗衬衣，换了盆水，又洗袜子和小手帕，再换了盆水，又洗刷胶鞋，直到洗出满屋的肥皂味，久久没有说话。

"刘哥，你知道你是去读中文系。其实学文学，完全可以自学，不必进大学的。我爸爸我叔叔都说过这话。天下有哪几个作家是科班出身？但学油画，不能没有正规训练的，小聪明野路子成不了气候。你不要小气，把名额让给我吧。我这是实事求是……"

"当然……当然……我也是这么想……"

"你同意了？你真让？"

"当然……这个……"刘力支吾着。

"不，你以后可能会后悔。你得想清楚，这不是小事。"

"朋友之间么，这算不了什么……"

"不，你想清楚。你答应也行，不答应也行。要是我是你，我可能就不会答应，可能还要同你打一架。"

"我明天去找老唐……"刘力是指公社秘书，"问一问怎么来做这件事……"

"太谢谢你了。刘哥，你是我的大救星，是世界上最伟大的菩萨！我这个人不会许愿。你是知道我的。我可能一辈子也无法报恩，一辈子都是个穷鬼。但我想你不会计较这些。是吧？"

"你说到哪里去了。"

"你不要瞒我，刚才你其实有一点犹豫。"

"嗯……刚才有一点，现在好了。"

田家驹眼睛红了，扑上去抱住刘力，忍不住哇的一声哭出来。"刘哥，刘哥，我是不是……太过分呵？……你打我一顿吧，打吧。"

刘力拍拍他的背，催他去吃饭和洗澡。像往常一样，刘力照例事后帮他洗碗和洗衣，只是还没洗完衣，就听见了他在床上发出的呼呼鼾声。刘力在灯前支起一本大书，不让灯光照到他，搓搓手，继续写自己的材料。

九

大学录取通知书，沉甸甸的终于落在田家驹手上。他把通知书对地上一摆，朝它拜了三拜，在地上翻了三个筋斗。

现在，他一身轻松，要飞起来了，要飞入灿烂的未来了。但真要离开这个地方，反而生出一些惆怅和留恋。闭眼一想，青山绿水，高岭平畴，还有那些杨梅树，都浮现在眼前。熟悉又陌生，亲近又遥远。甚至那位黄条脸的场长，也显得不怎么可恶了，他经常咳嗽吐血，也有些值得同情了。

能送的衣物和农具，都分送给社员们，连两块肥皂也被强行塞给了根胜那矮汉子。田家驹想不起有什么可以送给李豆。这一段很忙，他很少见到她。有一次，好像是在供销社门前碰到她，她瞥了他一眼，就匆匆去了茶叶收购站。还有一次，他在茶场碰到她，刚刚互相招呼，他就被几个知青伙计缠着去打酒请客。待他喝得头重脚轻地出来，再也没见到她的人影。

他清理画稿的时候，看见了纸上的小豆子，看见了她脖子的一颗痣，像颗黑豆。他记得自己画这颗痣的时候笑了。小豆子当时说，痣有什么好笑呢？这是她的记号。"要是我以后丢失了，你就记住这颗黑豆子，四处打锣来找我。"

他哼着歌，心里却有点慌，不知道见到那颗黑痣时该怎么说，该说些什么。但他真正见到黑痣，才发现刚才完全估计错了。生活中没有那么多诗意，一切平平如常，什么事情也不会发生。小豆子正在烘房里值夜班。这里热气腾腾，飘着浓烈的茶香，几乎遮去了昏黄的灯光。马达皮带哒哒地响着，震动着地面，带动着十几台杀青机和揉茶机不停地旋转。男女忙碌匆匆，人影晃动。找了好半天，他才发现小豆子在灶口加煤。她穿一件旧棉袄，全身显得臃肿肥大，满手和满身都是黑黑煤灰，让人难以辨认。如果不是认出她炉火前映红的脸庞，认出她眼中金色的闪光，田家驹完全可能把她当成哪个男人。

"你来了？"她的声音有些嘶哑。"什么时候动身？"

"明天吧。"

"听说你去的那个学校很大,学校里的老师,比我们一个大队的人还多,是吗?"

"大概是吧。"

田家驹也轻松起来了,"我来帮你打煤。"

"不用,不用,不要脏了你的衣。你的行李都准备好了吗?"

"准备好了。"

"你们知识青年在这里吃了苦,你也吃了苦。"

"你比我们吃的苦多。"

"哎哟,看不出你也学会客气了。"她望着灶口,"你以后还来我们队吃杨梅吗?"

"当然会来的。"

"今年冬天我们多下些粪,明年杨梅会更多,会更甜。"她还是望着灶口。

"你们要给我留一点呵。"

"那还用说?"她也笑了。

"你们值夜班,很累吧?"

"惯了。就是那个泽仁伢子最讨厌,没洗干净的茶叶,也混在好茶叶里一起往锅里倒,懒死了。庆云老倌也是个鬼样,一晚上要来两三次,一把把茶叶往口袋里装。刚才同我还吵了一架,气得我差点同他打起来……"

田家驹发现话题更轻松了,待对方说到更多烦心事,他发现对方鄙弃人的神态,缩鼻撇嘴的样子,其实十分动人。这是他以前没有注意到的。

他看见她的棉袄上沾了些泥灰,帮她拍打了几下,算是给些关切。他隐约感到棉袄内的背部很瘦小,肩膀很尖削,腰身还有不易察觉的一颤——这是一只藏得很深的小鸟。他收回的手上留有一点异样的感觉。

闲人不宜在厂房久待。田家驹在各种机器面前转了转,同其他几个伙计闲聊了几句,回头说:"那我走了。"

"好。"她起身相送,"明天我不能来送你。"

她扛起一大筐茶叶,往大篾垫那边走去,很快就被浓浓雾气吞没。田家驹临走时抓了一撮刚出炉的新茶。叶子黑糊糊的,放进口里一嚼,味道有点苦涩。他没想到离别时谈得最多的是泽仁和庆云,没有什么特别的话。这一点有些怪。

十

田家驹十年以后已是个小有名气的画家了,在北京办过个展,在国外拿过奖,在报纸和电视上都露过脸,曾经带着画夹跋涉西藏、新疆以及内蒙古,还有大兴安岭和西双版纳。但他对自己并不满意,一看到那些笨拙无比的草图和成品,就恨不得抽自己几个耳光。这一天,他心情不太好,逃出了美术家协会的一个座谈会。他觉得那个协会的主席太丢人,就因为省里一位大人物在场,他十几分钟的致辞,竟把那大人物的名字提了二十三次——田家驹是一次一次数下来的。这还算什么美术家协会呢?是马屁协会吧?他愤愤地冲到门外,掏出自己的会员证,撕了个粉碎。

有人看见了他的这一切。消息传开去,他会得罪人的,包括得罪那位大人物,还有那位大人物可以影响到的一切机构。但得罪就得罪吧,田家驹今天就是混账,就是气不打一处来,就是想拿个什么鸟人来得罪一下!

　　他想到什么地方去写生,顺便散散心。但直到他踏入火车站广场,他还没想好自己该往哪里去。这样,他对自己开了个小小的玩笑——随意到衣袋里去抓钱,抓到多少就买多大价钱的车票。结果,在票价表前一比照,他抓的钱刚够买张火车票去某县,当年他当知青的地方。

　　也好,自己离开那里很多年,该回去看看了。一路上火车连着汽车。他发现四处变化很大。尤其是当年公社茶场的山坡上,小茶苗如今已枝繁叶茂,遮土封路,蓬蓬勃勃,多少有些老态。当年的熟土,如今有些布满茅草转为荒芜。当年的荒土,如今有些倒成了整整齐齐的新茶苗圃。奇怪,这一片黄土地,一片曲线叠着曲线连接天边的黄土地,曾经与自己有过什么关系吗?那边,有一个自己曾经席地休息的路口,现在有一些男女摆地摊叫卖,但没一张面孔是熟悉的。他们打量着一个刚下汽车的外地人,眼光像是在问:你是谁?你来干什么?在这边,供销社,肉食站,粮食仓库以及路亭,也都变得面目全非。一栋栋粗糙的红砖楼拔地而起,挤走了往日的土平房。临街的房间全成了铺面,展示着五光十色的商品,显示出一派繁荣。唯有石灰仓库侧墙上不显眼的一角,还留有语录墙的残迹,留有田家驹的一些笔触。他忍不住惊叫了一声,好像找到了自己遗失多年的珍贵信物。

　　他现在记起来了。前面有一条路,通向一条山谷,通向一座石桥,通向一片田野,通向一棵杨梅树,通向树下一个洗衣的人影……"是家驹哥哥呵?"有位青年高兴得一拍手,满脸是笑,"稀客稀客,快进来坐。"

　　这张大门里好像少了点什么,田家驹半天没有想出来,只觉得眼前这位后生很眼熟。他没想起对方的名字，只是含混了几声。

主人把客人让进屋，叫来自己的妻子，一位结实丰腴的少妇。她同样热情地笑着，在灶下抓豆子炒芝麻，烧茶待客。从墙上很多"安全用电"的招贴来看，从门后挂着的帆布电工袋来看，后生大概是个乡村电工。但他也像个农民，因为地坪里摊晒着一些新谷，麻雀和鸡仔在那里扒着和吃着。

田家驹总算想起来了，对方名叫社求。"社求，你爸爸妈妈呢？"

"他们……都已经走了。"

"对不起，我不知道。你姐姐呢？"

"她在大队猪场喂猪。"

"她住在哪里？"

"你不知道吗？住在学校呀。姐夫就在那个学校。走林子冲这边去，不算太远。"

社求有个姐夫了，这一点田家驹是知道的。姐夫就是刘力，是这个公社中学的语文教研组长。这一点田家驹也是知道的。刘力给田家驹写过信。前年田家驹父亲病重，刘力还寄过一些草药，告知过一些偏方，很管用。大概是去年某个时候，刘力信中说他与李豆结婚，但具体情况田家驹不很清楚。

田家驹去中学找刘力。刘力更显得老气了，还刚刚入冬，就缠上了围巾戴上了棉帽，背也有点驼，撑着一件过于宽大的中山装，倒茶递烟和抹桌子的动作依旧稳重沉缓。他保持着不烟不酒的好习惯，橱柜里的精烟好酒，只是专门用来待客。桌上书堆得很高，每一本照例包上了牛皮纸，盖了"刘力藏书"的印戳。很多书夹有书签和笔记卡片，看来主人读得细致入微。窗台边有作息时刻表，有座右铭，有几个大信封。

"你还经常写点什么?"

"是啊,想写一点,苦于功底不足呵。"刘力笑了笑,拿出一本作品剪样给老朋友看,上面有他在报刊上发表的一些杂谈、新闻、报告文学。

"献丑了。"他搓搓手,大概不想让朋友久看和细看,提起了新的话题,"我最近还想写一篇,就是写小豆子他爹。你知道吧?他爹真是个好党员,好干部。我以前就没少写过他的材料。他有十二指肠溃疡,还有风湿关节炎,但带着群众进山烧炭、烧石灰。有一次他饿着肚子步行几十里路……"他兴致勃勃介绍新作的主题和构思,还有情节和细节,让田家驹听着听着,放出一个哈欠。

刘力察觉到客人兴趣不大,喝了口开水,又介绍另一篇的构思。他说他采访过一个农场场长。那人可算是极"左"路线的典型代表,当年只会乱批乱斗和瞎干蛮干,上台讲话又经常错别字连篇,闹出了好多笑话……他大笑了几次,但发现田家驹只是咧了咧嘴,没怎么笑出来。

刘力有点着急,搓搓手:"这篇一定会成功的。编辑已经给我来信了,要我再改一遍,把前半部的水分再挤一挤……"

田家驹很想说,这个编辑肯定是个大笨蛋。但他想一想,没把话说出口,只是轻轻叹了口气。

语文教研组长大概看出了客人眼中的意思,"我这一篇的立意可能是不太新鲜。不过,人家批判极'左'路线,大多是写山区,写湖区我算是头一家吧。人家大多是往社会上写,我是往家庭里写。这就不一样了吧?"

"我不是这个意思。我……怎么说呢?"

"我知道你的意思。你肯定要说风骨什么的,品格什么的。这正是我的意思。我这一段可没把唐诗宋词少读,没把契诃夫和莫泊桑少读……"

田家驹已失去了信心,有点哑子面对聋子的无奈。艺术确实是一件很难谈的事,而且谈通了又如何?谈得好就能做得好吗?他同画界同行都越来越谈不拢,难道还期待同刘哥把文学这档子事谈得心心相印?让刘哥高兴吧,让刘哥自信吧,这样他倒可能做出一点成绩,至少不会有清醒后的痛苦不堪。

有个学生来向刘老师请教问题。借这个机会,田家驹看了看墙上的照片——刘力和小豆子并肩微笑容光焕发,由一个红漆木框镶嵌着爱情和憧憬。

等学生离开,他问:"刘夫人不在家?"

"真不巧,她到一个姑姑家去了,看护病人,这几天不会回来。"

"她什么时候走的?"

"她不知道你来。"

"她弟弟说给她打过电话……"田家驹没把这话说出来。

刘力有点脸红,神色不大自然,大概还是不善于说谎。他急急地出门,说是要去买肉,顺便办点公事。

晚上,学校安静下来。刘力亲自动手,很内行地做了几样菜,请老朋友喝上一杯。昏灯下热气腾腾香气扑鼻。他很能喝酒,喝多少也不脸红,只是话稍多一点。他叹眼下学生读书不用功,怨某局长对教师待遇不重视,又回忆当年茶场里的知青生活:打山鸡,偷西瓜,挖野坟等,最后问到田家驹的婚事。

田家驹笑了笑。他有过两次恋爱经历。一位女朋友是讲解员,喜欢逛街和跳舞,老是要田家驹快画多卖,挣下钱来好买组合立体音响。结果是吹了。另一位是小护士,老是责怪田家驹下流话太多,又不讲卫生,结果也不大妙,用田家驹的话来说,他们的爱情是"矛盾论"太多而"实践论"太少。

"其实……"刘哥突然有些激动,眼眶红红的,"我给你一句实话吧,她……她……以前是有心于你的。"

"谁?"

"她不想见你,也是觉得自己老了,不光鲜了。"

"你说谁?"

刘力埋下了头:"酒话酒话。"

田家驹也激动起来,眼里涌出了泪水,不知什么时候扑通一声跪下,紧紧抓住对方的手。"刘哥,我欠你太多,我欠你们太多呵……"

田家驹不再问小豆子的事。

他闲居两日,有时给学生们上上美术课,有时同农民下田干干活,有时带上照相机和画夹子出去写生。他画了那个路亭:参天古树下有古道,有流水,有野花,行人坐在光滑闪亮的石凳上,悠悠然抽着烟,谈着天气和禾苗。("我家离这里不远。顺大路,下山坡……""你家里的杨梅树呢?""杨梅树老了,死了,没有了。但它还会长出来的,你等着吧。"……)他画了那座小石桥:桥墩上有青苔,有杂草,有散乱枯藤,伴着日夜不息的哗哗流水声。桥下有一头牛在吃草,一只小鸟落在牛背上,挺胸四顾,蹦蹦跳跳,寻找着树林里的阳光。("你说过,你要是丢失了,我就记住这颗黑痣来找你。""想起来真好笑。""我现在来找你,你不见了。"……)

不知什么时候,他又走进了那片树林,震耳欲聋的蝉鸣,在阴凉的绿色深处无边无际地进行着。这里又新开出几块狭小的水田,散发出石灰和粪肥的气味。溪边有个新建的水泵房,有施工后多余的石块和砖块,有不知是谁丢下的绳头和草鞋。("小心点,不要摔下去了!""我跌进水潭了,你就来救我。""我救不起来呢?""那我就死掉算了。""你家里人会哭的。""你哭不哭?""我……不哭。""你是个毒人。不过,我也不要你哭。"……)

田家驹的呼吸越来越粗重。

他现在深深感到,这些年他已经失去了一些很好的东西,包括一颗黑痣,一双"儿"字形向外折拐的手臂,一种缩鼻撇嘴表达鄙弃时的动人表情,如此等等。只有在偶然的时候,比方在他偶然进入这个山谷的时候,他才能知道,即便他以后能跑遍全世界每一个角落,他的魂魄还可能在这里遗失,在这里沉睡。

茶场老场长听说他来了,请刘力和田家驹去吃饭。当年的定时炸弹没有爆炸,而且不记仇,不存怨,这次给他提来两瓶酒,比那个"马桶"那个"蛤蟆"还义气得多,老人当然高兴。他备了一桌好菜,一口一个"田同志"或"田干部"。"唉唉,你真不简单啦。我那时候就看出来了,你是个聪明人,两笔就画得出一个菩萨。哪个画得出?你又不信邪,把几个骷髅供在屋里好玩。哪个有这样的勇敢?来,喝酒,喝酒。你到茶园里看了没有?茶场不是先前那个样子了,现在一年的毛收入有四十多万……真是搭伴党中央改革开放的政策,全靠上级领导的亲切关怀和大力支持呵。"他说出一大堆数字,如同向检查团的两位领导汇报工作。

田家驹一直有点心不在焉,眼睛盯着烟头,被刘力碰了碰,才慌忙作出指示:"这是你们全场职工奋斗的成果。"

"你喝呀,酒根本没有动。"

"好的好的。"

"你尝尝这鱼。"

"好的好的。"

"再来点酒……"

田家驹突然眼睛一亮:"我的背包呢?"

"背包?"旁人都莫名其妙,不知他一下子想到哪里去了。

"我要画画。"

"吃了饭再说。"

"不,我现在就想画。"

田家驹一想画画,就什么也不顾了。老场长和刘哥无可奈何,只得由他去。田家驹跑到当年的制茶车间,支起了画架,调好了颜料,连抽了三支烟。但他面对着画布面色发青,大笔一直迟迟停在空中。

面对一片白,他想着什么呢?也许他想画一棵老树,一棵五月里的杨梅。树的枝干是狂怒的呼啸,树的叶片是热烈的歌唱,所有的线条和色块都在铜鼓和钢鼓的乐声中舞蹈。这棵树是他的大笑和大哭,将以浓重色彩扑向整个视野。

他很久没有这样强烈的创作冲动了,得紧紧抓住这个冲动。

1982 年 12 月

---

* 最初发表于 1983 年《人民文学》杂志,后收入小说集《飞过蓝天》。

很久以前

一

我的记忆越来越糟。我明明记得朋友就住在这个学校,住在荷塘边一列平房的最南端,我去敲门时,应门人却是一位眼生的老头。他说他痔疮出血无法排便,一听说我不是李医生,没好气地狠狠关门。

这使我惊讶不已。我在校园里来来回回至少蹿了半小时,从各个视角来核对我记忆中的印象,最终还是来到了老地方。不可能不是这口荷塘,不可能不是这列平房。我再次敲门,把老头惹火了,说你神经病呵,我要报警啦。

但我明明记得上一次自己就是在这扇门前告别朋友。朋友不甘心惨败,定要拉我再战三盘棋。他那天喝醉了酒,照例把明天说成昨天,把昨天说成明天。他结结巴巴地威胁:"你昨天要是不来你你你就不是人。"他的妻子则在他身后捂嘴一笑。

我不敢再敲门。我想打一个电话,问问另一个朋友我是否记错了地方。好容易找到了一个公用电话亭,一个汉子从亭里冲出来与我撞了个满怀。他发出见到蝎子时的尖叫。

我看见他的笑脸,才知道叫出的是喜悦。

他叫了我的名字:"你不认识我了?"

"我们……见过面么?"

"你怎么这样健忘?"

我实在想不起来。

"我是苏志达呀。"

我假笑,差不多默认了这张胖脸,这几根稀疏的胡子以及破旧眼镜。这是我认识的,是我应该认识的,对我完全拥有尖叫和拳击胸脯的权利。

"我是长坡公社的,不记得了?那时候经常到你们那里去挑种子,买秧苗,下象棋。你想想看。"

依稀有这么回事。我慢慢能记起种子和秧苗,但还是没法回忆出这张胖脸。

胖子又给了我一拳:"真是贵人多忘。"

"对不起,对不起。"

"你太对不起我啦!"他哈哈大笑,"听说你去俄罗斯至少赚了一百万,有没有这回事?放心,我不会找你借钱的。"

这年月,关于钱的谣言一造就有人信。其实我没去什么俄罗斯,更没有贵到多忘的程度。就说知青吧,我能记起李建国,他刚下乡就疯了,戴着满胸的毛主席像章去寻找花果山和水帘洞,后来被母亲接回城。据说,谁去见他他都不认识了。我还能记起徐辉幼,他年岁最大,但总是笑眯眯的可以被任何人开心,病退回城不到三年就死于癌症。我还能记起田敏,好像没记错,是叫田敏,走路像是一惊一跳的,算是回城最晚的之一。我有次看见她推着小车在街上卖咸菜。我能记得很多很多,只是记不起眼前这张脸。

按照他的揭发,我与他相当熟,为什么我没留下一丝一毫印象?我既然忘了与他下棋,是否也可能忘了借他的钱?忘了抽他的耳光?忘了与他合谋偷卖队里的牛?……他突然出现了,如同检察官在法庭上突然出示要命的铁证,使我自以为是的陈述和申辩变得不堪一击,全部动摇瓦解。

我不服气,怀疑以前并不认识这个苏什么人,他不过是拿我开心,像我一样喜欢胡说八道,在情面上先占个上风,下一步就让我请客赔礼。这家伙!

我们握手和抽烟。

他说他在等人,说他在等他的那口子。他有点羞涩地说,他那口子以前叫邢立,你们不是认识么?你们不是还很熟么?

我再次吃了一惊。我好久没见邢立,只听说过她再婚了,没想到最近落网的是眼前这一张胖脸。苏、志、达——我努力记住这个名字,努力记住现在是下午两点多,记住在这个公共电话亭边有擦皮鞋的小贩,有卖西瓜的摊子,有汽车卷起的尘浪。我记住公共电话的牌子已掉了个"共"字。我记住苏志达在这个时刻正不无焦急地把右脚一跐一跐,正等待着他的老婆,即那个人间消失多年的邢立。我得把这一切记清楚。

一个女人在菜市场那边出现了,左顾右盼注意来往的车辆,准备横过马路而来。这个身影太眼熟,尤其是她侧看什么时甩动的头发,还有尖削的下巴线条,总是散发出莫名的寒意,让你感到一阵隐隐的胃痛。

二

油菜花的灿烂金色延绵天际,曾让我心潮起伏。我后来才知道油菜花并不浪漫,它只能远看,一旦进入近距离,就意味着追肥时的粪臭烘烘,意味着收割时的腰酸背痛和血泡满掌,意味着油榨房里没完没了牛拉磨盘吱吱呀呀,还有震得脑子里一片空白的嗵嗵嗵——是大棰猛烈撞击油榨的声音,是人造地震。

尽管如此,大家还是争着去榨房,因为缺油的枯胃可以在那里大补一次。记得我当时舀了一大碗热乎乎的新油泡在饭里,迫不及待地喝下去,最后呕得天旋地转,不无幸福地栽倒在牛腿下。

我们从榨房里回到工区的时候,农场里出现了两张新面孔。一位胖,左眼斜视,走路时下身垮垮地朝前挺,大家命名她"罗太太"。其实她不姓罗,好像她模样长得该姓罗似的。另一位就是邢立,也是个母的,长得眉长眼大,扎两只羊角辫,穿一件男式军棉袄,一个被男知青们争相观看摩拳擦掌的焦点人物。

她们的来历是大家长时段的话题。时逢中央下达保护女知青的紧急文件,这些重新安置的"转点"知青,一般都有点案情。比如罗太太就差点是个喜儿,不过是自愿受害的喜儿,曾与一地主子弟私通,打过胎。事情败露后,地主崽子去蹲大狱,罗太太就来到了我们解放区。至于邢立,肯定也有过妇女的冤仇深和战士的责任重,只是她一直没有向解放区的军民倾吐过苦水,让我们有点不甘心。

我们都处在身体发育的危险阶段,正在偷偷地从农民粗痞话、母猪配种以及判刑布告中得到生理教育。何满就劲头十足地看过许多布告，对布告上言之不详处暗暗揣摩，找我共同探求一些肮脏的想象，让我有点不好意思。我们终于在新布告上看到了又一桩流氓案，其中的受害者叫邢×——不会就是新来的这盘菜吧？

"邢妹子被强奸？鬼话，她强奸别个还差不多。"一位叫小三子的农民愤愤地说。

我不理解这种愤怒。

"她生吃蛇，生吃鱼，还生吃猪肝。"小三子说。

"那是治病吧？"

"她还杀猫。不要棒子也不要刀，一只猫硬是被她活活掐死了，你看毒辣不毒辣！比日本鬼子还凶呵。"

"你们平时怎么杀猫？"

"我们从不杀猫。"

"要是饿得没办法了，硬要杀呢？"

"那我们就拿棒打。"

"差不多么。"

"怎么会是差不多？"小三子余恨未消，"要是她找了老公，哪天气不顺，不会把老公一把掐死？"

"只有你们城里人搞得下。"另一位农民表示痛恶。"下"大概是下流的简称。

小三子对邢立怒气冲冲，但一见面还是十分客气和殷勤。他在伙房里当厨工，见邢立要洗头，立刻去挑水。见邢立吃饭来得太晚，立刻打开炉火热饭和热菜。他是不是暗中加了半勺菜油，也在我们恨恨的想象之中。他只是容不得邢立借刀去剐蛤蟆，一见菜刀没有了，立刻冲到地坪里破口大骂,哪个瘟狗婆爪子痒,把菜刀偷走了呵?是剐你的爹爹还是剐你的外婆?是剁你的肝还是剁你的肺?……

邢立受不了这种词汇丰富的恶骂,更受不了大家的哄笑。有一天晚上,听到小三子又在地坪里叫骂,又在挨门挨户寻刀,她立刻紧急打扮自己。这样,当小三子推门的时候,油灯突熄,一声尖叫,一只手电光从下往上照,勾勒出白惨惨的一张鬼脸,映照出她脸上蓝墨水和红药水的五光十色,还有裹在身上的飘飘白床单。小三子果然找到了刀,不过是阴风习习的魔鬼伸出长舌,张牙舞爪地操刀而来,吓得"娘呀"一声,连滚带爬逃出门去。

他后来病了一场。

他再也不敢进那间房,还好几次忘了给菜里下盐,声称是邢妹子吓散了他的魂。他说他以前还认得百多个字,经过那一吓,现在只认得一小半了,锣鼓也敲不成点子。其他农民也证实,是这样的,是这样的。

农民差不多都不敢惹邢立,至少不敢再去她的房间偷肥皂和摸酱油。他们都说这个贼婆子太神了,动不动就骂人,就装神弄鬼——她半夜里还敢一个人到坟坡上去游荡,这样的人哪个惹得起?

……我回想起这些事,完全是因为碰到了苏志达。要不然很多事情就忘了。比方说,我差不多已经忘了,当初邢立为什么要改掉原名邢丽,为什么很少说到她的父母,为什么喜欢生吃鱼肉。有一次我随意说说,身高是可以锻炼出来的。她就追问我根据是什么。我说这是国务院规定的。她说你别开玩笑了。第二天她旧事重提,追问我这样说有什么根据,到底是在什么报上看的这种根据,如此等等——我不明白她为什么要研究这个,更不明白她为什么要研究蚂蚁的肠子,韭菜的性别，扁担挑土时的杠杆原理……都是些古怪的问题。

我也不记得，当初她夜里装鬼还吓过哪些人，为什么要吓那些人，包括用一对血糊糊的狗眼睛，吓得什么人屎尿都拉在裤裆里。如果我没记错的话，这些事都是她干的，或者说很像是她干的。

现在，她已经横过了马路，走近了。

她发现了我，好像一点也不感到意外。

她说，你好。

三

为了回忆苏志达以及他的女人，我得借助日记。

我有好几本日记，包括记录乡下生活的三本，算是我热爱写作的历史证明。另有一个红皮本的在围湖工地上丢失了。那一阵总是下雨，草棚外的淅沥沥雨雾落出了满地泥泞，也吃去了那个红皮小本，一年多生活的残迹。

我总以为那一本最为重要，是因为其他三本现在看来没多大意思，至少不宜拿给女儿看，以免损害为父的威信。有几次我都差点把它们烧掉，只是犹疑之后没动手，才有现在重新翻看的可能。

这几本尘封日记，内容大致可归纳为：

叹服和歌颂贫下中农优秀品质并一再督促自己改造世界观的，约占30%；

夸张热恋中山盟海誓呵呵呵之类的，约占15%；

崇拜和研究革命样板戏的，约占10%；

不知作何用途的格言，约占10%；

几乎是模仿初中课文里的景物描写，约占5%；

关于胃痛、打架、偷西瓜、到镇上偷肉馅等,约占5%……

这些字或是圆头圆脑,或是斜眉吊眼,根本不像是我写的。很多话更不像是我写的,几乎每页都充满"继续革命"、"资产阶级法权"、"修正主义道路"、"时代在召唤"、"退路是没有的"之类。说也奇怪,我从未打算把这些日记送到长官那里去,送到媒体编辑那里去,送到历史博物馆去,然后自己被追认什么甚至被伟大领袖题词。事实上,我从来不容许别人来偷看这些日记,就像不容许别人偷看我撒尿。这就是说,一种最为真实的自我表达,也只能真实成这个样子——令我惊讶和难堪。

我居然发现,我曾对一个当过旧警长的老头充满着仇恨。我叹号丰富地写出批判文稿,说他偷偷用豆豉蒸肉,是想恢复剥削阶级花天酒地的生活。我说他在地上倚着锄头把,一次次注意天边的飞机,眼里放射出恶毒的绿光,肯定是盼望国民党反攻大陆。直到多年以后,我才知道那个老头恢复了革命军人的身份,住进了县里的光荣院。除了有点好为人师,他其实极为和善。

我还发现,我曾经为王洪文上台激动万分。我连夜给远方的朋友写信,说工人阶级终于站到历史最前线了,一个新的时代开始了,一场新的斗争正在前头,请你们密切注意军队的动向,注意复出老官员们的动向,注意东南亚以及苏联当局的动向。我们应该随时准备集合起来向凡尔赛进军,让巴黎公社的红旗插遍全球……

我几乎不相信这就是以前的我。但它是,确实是。严格地说,这是1973年前的我。对此感到惊讶的另一个我,则发生在往后的日子里。惊讶是两种记忆之间的碰撞。如果我在1973年碰上车祸死了,就没有后一种记忆。如果这三本日记某次也在淅沥沥的雨声中丢失,就不会有前一种记忆。更进一步说，如果我现在再写日记，多年以后拿来翻看，会不会还有新的惊讶与疑惑？会不会觉得今天写的一切是如此不可思议？换句话说，到那时候，我的记忆又会出现两个或更多的版本？

记忆是不断变化的，总是被后来的阅历悄悄增减，永远没有最标准定稿。我知道，一种儿时好吃的东西，成年时再吃也许觉得不爽。一种儿时有趣的图书，成年后再看也许觉得乏味。其实呢，不一定是所吃的和所看的变了，只是吃者和看者自身不复如昨，是回忆过去的现在变了。

同样的道理，人们常常宽谅以前的仇人，常常赏玩以前的苦难，一代代老家伙（像我父亲或者以后的我）都有怀旧的感叹，甚至叫叫喊喊地希望复古。我相信决不是过去的油条更好吃过去的官僚就不贪污，而是因为人非往昔，比如说已经远远离开了过去，不再亲临其境而只是远远的看客。

历史就这样成了一笔糊涂账，让人不能不有点沮丧。1985年我参加了中国作家协会一个会，与其他作家一起被总书记胡耀邦接见。会见之前，人们三两聚谈在接见厅门外等候。一个很有名的白桦先生，也许当时知道这天的接见没有预先安排座次，大家可以随意选择位置。等接见厅大门一开，他抢步上前，第一个冲了进去，占住某张椅子后面的位置，那张椅子上有写着总书记名字的纸条。胡耀邦来了，比电视里看去要老态一些，脸色红艳得有点奇怪，似乎是一种化妆的结果。他向大家问好与握手，当然不会漏掉离他最近的白桦……摄影师的镁光灯此时唰唰唰闪成一片。

有位女作家在我身旁大不以为然，冷笑了一声："看看，这就是白桦。"

她的意思很明白，是说白桦又在抢风头，有意给自己制造新闻。这是第一种解释。第二种解释是，白桦不过是大胆表示对胡耀邦的诚心敬慕，何况他们还曾在战争年代有过一段情谊，抢先握个手，实为人之常情，完全无可指责。至于第三种解释，则是第二天西方很多媒体的激情述评。考虑到白桦是一位刚受到政治批判的敏感人物，他们说胡耀邦特别礼遇白桦，无疑是放出明显的政治信号，是大胆挑战中共领导层的主流路线，看来一场精心策划的自由化浪潮将重新席卷中国，如此等等。

到底哪一种解释是真的呢？我后来遇见一些人，包括外国记者和大使夫人。我笑他们的联想太丰富，说握手只是握手，恐怕谈不上精什么心和策什么划。但不论拥护还是反对总书记的人，都不相信我的话。尽管胡耀邦与很多作家都握过手，但他与别人握手不是新闻，与白桦握手才是新闻。新闻经媒体广为传播，受众就成了多数，就有足够的理由不相信我，就完全有资格在将来代表历史。

一位朋友对我说，你当时也是一个远观者，离总书记至少也有十米或者十多米吧？你能说你就洞悉了一切真相？

我哑口无言。

是的，任何人也是他自己的远观者，自己一切往事的远观者。多少个月或多少年以后，胡耀邦或者白桦大概也很难确定，当时在人民大会堂到底是怎么回事。就像我现在翻着尘封的日记，看着那些不知谁写下的字，无法确定自己是否认识过一个叫苏志达的人。

四

因为有老鬼的热心发动，回城知青们又在新年聚会了。事前我有点激动，准备唱一些抒情的歌，说一些亲切的话，还准备拥抱与击掌，乃至酒酣之时与大家一起低头冥想。《红莓花儿开》，《三套车》，《抬头望见北斗星》……我也许会在这样的歌声里眼潮。"南方的甘蔗林啊，南方的甘蔗林！你为什么这样香甜，又为什么那样严峻？……"这样的诗我们还能背诵一二？

但这一切都没有发生，聚会的主题只有扑克牌和笑闹。多数人回城以后混得并不太好，在小厂里拉煤，在酱食铺里卖货，如果胡子拉碴地混个电大文凭，已经算是飞黄腾达，就可以被旁人羡慕或者嫉妒。女人们尖叫着，有了皱纹的女人们尖叫着，哄孩子屙尿，骂孩子捣乱，把孩子支到室外去。吵死人呵。她们都抱怨，然后谈孩子的缺钙或者中学的收费。一位名叫金哥的老友还缠住我，一心让我知道他增收节支的韬略和伟业。桌子、沙发、大柜、床，都由他自己进料自己制作，油漆也没花钱，是从车间里那个出来的。他笑得吱吱吱的差点接不上气：你算算，我省了多少？

我不断回答几个孩子对电视画面的提问。他还是不放过我，一定要我重复他早有答案的演算。桌子，八十七。沙发，起码一百六十。大柜，六十五块只会多。还有床……他吱吱吱地押着我演算。

另一个电大毕业生被满地瓜子壳激起了豪情，宣布："我的调动必然是总公司的一次地震！"

幸好开始吃饭了。吃饭把聚会推向了实惠的高潮。如果说我来到这里没找到要找的东西，但至少找到了粉蒸肉或臭豆腐干什么的。

除掉死了的，疯了的，进了牢房的，失去联系的，还有几个老知青没有来参加聚会，其中包括邢立。这很正常。大家都做的事，她一般都不做。大家不做的事情，她反而会兴致勃勃大显身手，比方说生吃猪肝，比方说两手掐死一只猫，比方说晚上独自去坟坡上拉提琴，比方说与某个农民大打出手——她有一次路过一家农户，听见屋内有女人惨叫，有两公婆在打架，便去屋里劝解。大概是劝得很不顺，大概是她受到什么辱骂，一阵惊天动地的扑打声之后，她从大门里出来时，手里竟操着一把菜刀，吓得男主人连连后退。"你哪来的贼婆子？"男主人的嘴还硬，"老子一巴掌把你拍到塘里去！"

"你再骂，再骂呵！"邢立追上去啐了一口，"你这号畜生也配讨老婆？我今天非把你阉了不可！"

男主人已经不见踪影。如果他不害怕对方手里的菜刀，至少也害怕陌生女人的泼劲，还有围观知青们的哄堂大笑。

妇女主任前来感谢她，说她打抱不平有功，接受贫下中农再教育有成绩。没料到她哈哈大笑："你们这些贫下中农有什么用呵？就该接受我的教育！"

主任哭笑不得，只好悻悻地走了。

聚会的知青们大多记得，当初男知青对邢立都大为佩服，从此把她捧成女侠，甚至奉为太妃和太后。他们甘愿被她支使，还常去她的房间，在她面前表现文雅，互相之间也绅士，见面时你给我拍拍灰，我给你递一根烟，哈哈笑声中规中矩，有一种心照不宣的勾结感，但又暗暗较着什么劲。他们向她奉献蛤蟆肉、酸西瓜、咸萝卜以及猪油，还争相表示愿意教她游泳或拉小提琴。何满一咬牙，献上了自己珍藏多时的军帽一顶。

"太后"对此并不满足,与女友们分享供奉品以后,做一个鬼脸,说某某太讨厌了,在这里吃饭时嘴巴呱哒呱哒,猪吃潲一样。见女友们大笑,又说某某不论蓄多少胡子,还是一张娃娃脸,任何女人见了都只能产生母爱。于是女友们又笑。有一次,她还瞪大眼,说你们没见过何满刷牙吗?太有意思啦,他牙刷不动,只有脑袋来回甩。

女友们回想了一下,猛笑。

不过,她也看到了危险。据说有人半夜里来无耻地敲门。她的门栓已经非常可疑地被撬坏,一张照片和一条内裤也不翼而飞——这日子真没法过了。她用竹刺、铁钉、机油、死蛇等等为暗器,大布地雷阵,加强自己的夜间防务。

罗太太与她同住一房,很长一段时间在制茶车间值夜班。她对朋友负有责任,强烈要求改上白班,理由是她的眼睛夜盲。场长看了看她的斜视眼,觉得事实有目共睹,也就不好拒绝。

罗太太兴奋地回到房间,"成了!"

邢立问:"什么成了?"

"我不用上夜班了,晚上可以陪你。"

"好呀。"邢立应该高兴的,却不显得太高兴,好像完全忘记了以前说的话,反而发问:"你晚上睡觉不打鼾吧?"

罗太太生气地说:"我什么时候打过鼾?"

晚上,金哥那家伙来邀邢立去游泳,被邢立拒绝。又邀邢立去抓蛤蟆,也被邢立拒绝。但金哥很会吹口哨,吹得声音又长又亮,还有颤音和滑音,一曲《冰山上的来客》电影插曲,简直是上穷碧落下黄泉,两处茫茫皆不见,足以把人吹醉。邢立眉开眼笑,立马就要学,学着学着同对方出了门。罗太太立即掩门跟出。但她不过是慢了一步，就发现他们已经走远，而且两个背影在前面说笑着什么，毫无危险迹象，邢立更无寻求解救的暗示。

听到身后有脚步声，金哥很不客气，"罗太太你来做什么？还不去洗衣服？"

"洗完了呵。"

"你快回去吧。莉莉刚才正在找你。"

"我怎么没看见？"

"你斜着眼睛怎么看得见？"

"姓金的，你一张嘴巴干净点！"

邢立也猛捶金哥一拳，"讨厌！开口就流腔，讨打呵？"

事后据罗太太说，她跟是跟了一段，最后被邢立支去拿手电筒，但她返回来时，不知那两人到哪里去了。她急出了一身汗，用手电筒四处照，找遍了桐树林、篮球场以及水塘边，怎么也找不到一个人影。她只得马上去告诉干部，然后带上几个职工在工区附近拉网似的搜查。邢立——邢立——她一次次朝黑暗的前方大喊。

听她说事的人都哈哈大笑。有人说："罗太太，你缺心眼吧？人家有人家的好事，你插在中间算哪碗菜？"

罗太太瞪大眼，"是邢立要我陪她的。她晚上有点怕。"

"你脑袋上挂着猪耳朵？怎么话都不会听呢？她什么时候怕过男人？只有男人怕她吧？"

"怕她什么？"

"怕她欺侮呵。"

大家又笑。

五

邢立把口哨越吹得好，何满就越生气。照何满的说法，邢立曾叫他修整过板凳，叫他修整过门窗，还帮他管理着餐票、布票和粮票一类。一件件铁的事实俱在，怎么吹几声口哨就把老交情忘了？

何满是头超级大河马，坐垮过好几张椅子，坐塌过我的床板，一顿能往肚子塞下五钵饭，吃得痔疮流血，弄脏了我们一条条短裤。为了表示回报我们的短裤，他说他爸来信了，这次一定想办法给大家弄到招工指标，尽可能保证六个，说不定弄到八个，让弟兄们尽早脱离苦海——虽然我们听说他爸最近犯生活作风错误，已经丢官下台。但何满怒斥这是谣言，说他爸只是短期下放锻炼，还是握有实权的。

他总是抽伸手牌香烟，实在没处伸手，就从衣袋里小心地摸出一根，说那是最后一根，最后一根，实在对不起了，弟兄们。我们对他爸存有希望，希望成为他爸恩宠的六分之一或八分之一，一直容忍着他衣袋里可疑的空洞。

何满说金哥多次偷他的烟，这是我们不大相信的。他揭发金哥的其他罪恶，我们也将信将疑。他说金哥在学校里是留级生，在街上是个有名的二流子，当红卫兵那阵什么正事也没干，只是偷了老师的上海手表，偷了驻校军代表的军大衣，在派出所都是挂了号的。他为什么不同自己的同学一起插队，定要混到我们这些外校学生里？不就是想隐瞒自己的历史污点，重新混入革命队伍，骗过党和人民雪亮的眼睛吗？……何满说到这里的时候，吐出一口口唾沫，骂出些不干不净的话，刻骨仇恨溢于言表。

这一天，他终于与金哥双双丢了白手套。我在一场昏昏的午睡中惊醒，听到隔壁房间有惊天动地的响声，跑出门一看，只见何满捂着头跑出门来，半边脸都是血，只有眼睛在血光中间闪动。"我破相了，我破相了哇——"他无目的地狂跑和疯跳，如果不是流着血，那样子倒像欢呼雀跃。

从房间里飞出一块砖头，差点砸了他的脚。还飞出金哥的一声怒吼："你娘的套鞋！"

何满撞翻一只粪桶，在地坪里跑了一圈，没干什么，又血淋淋跑到原地来了。"姓金的你这个杂种哇，老子今天不撕了你就不姓何！"

金哥操着一把锄头冲上去，二话不说就挖。

幸好有几个人猛扑上前，拦住了金哥，七手八脚夺了他的锄头，缠住他的手脚，把他拉到桐树林那边去了。看到形势已经缓解，暂时打不起来，何满就两脚跳得更高，"你来呵，你来呵，你不怕死的就来！老子今天非废了你不可！你这个臭王八蛋，翻脸不认人的杂种，你不想活了你……"他骂着骂着就哭起来，一屁股坐在地上。小三子从灶里抓来一把草木灰，急急地给他涂抹伤口。

围观者也有邢立。她满脸的不屑，捡来一块砖拍在何满面前，"怎么就歇手了？去追呵，一砖拍死他。"

"你怕我不敢？"何满喷出一个鼻涕泡。

"就凭你这一身好肉，至少也要打个平手吧？"

何满没去操砖，一口恶气撒给邢立。"你少来烧阴火，我晓得你同他是一头的，合伙欺侮我。"

"我怎么欺侮你了？你想打架，我帮你呵。"

"告诉你，他是个流氓！"

"你不是流氓，但你哭鼻子，是个鼻涕虫。"

"你呢,女流氓!白骨精!美国女特务!"

旁观者发出一阵大笑,笑得邢立沉下脸,终于撒了野,手里一盆涮饭盆的浑水,带着几星菜屑,哗啦一声泼了个何满的满脸。

何满越哭越伤心。我把他扶到房间里,帮他洗了脸,包扎了伤口,还见他鼻涕泪水横流。他哇哇哇地痛恨邢立变心,哇哇哇地诅咒女人水性杨花,还哇哇哇盘点自己各种损失,包括餐票、猪油、香皂、当归——据说他不乏妇科知识,偷偷买下当归什么的,算准日子送过去,让邢立补一补身子。他只差没有给对方送上卫生巾。

我听到这里差一点要呕,"你无聊不无聊?同她的关系没深到那一步吧?"

"你鸡屎粒子懂什么?"他抹了一把泪,"我同她什么没干过?都老夫老妻啦,餐票都是伙着用的。没想到她还胆敢背叛我!"他说到邢立的手是什么手,脚是什么脚,腰是什么腰,胸是什么胸,右耳下的一颗痣是什么痣,发出的呻吟是什么呻吟……好像他是个生理课老师正讲解着标本。

我听得笑了,几乎不敢不笑,好像不笑就默认自己是什么也不懂的毛头小子。"你吹吧,好好吹吧。"

"你以为我上不了她?实话告诉你,母的就是母的。老子揉上几把,她就全身都软成一摊水……"

"还真事似的。"

"呸,别说一个她,就是蔡小婧……"他又点出几个名字,"我什么鱼没有钓过?哪个咸菜坛子没掏过?"

我听得心里嗵嗵跳。帮他去食堂打饭的时候,朝他饭盆里吐了两口唾沫,用筷子一搅,就搅到饭菜里去了。如果不是看在他一脸血迹的份上,我还会捡块狗屎搅到饭菜里去,让他好好尝一次鲜。

六

何满的伤口不久就好了,而且脸上长出更多粉刺,痔疮更多地发作,更显得堂堂男子汉。他后来招工回城,又参军去了前线,在一次边境战斗中阵亡。据说他一个人敲掉了敌人两个火力点,自己一条腿打断了,还爬行十几米,把手雷扔进了敌方的工事。战斗结束以后,战友们发现他全身已被乱枪打成蜂窝眼。

每当听到《血染的风采》一类的战争歌曲,我就会想起他,心里有些难受。我搜索自己的记忆,不知为什么只记住了他那些可笑往事。这小子怎么可能成为英雄?他不是白长了一身肉只会没出息地哭吗?不是抠门得让人痛恨吗?也许,某种成见遮住我的眼睛,使我对另一个何满熟视无睹,很多见过的、听过的、嗅过的、尝过的、触摸过的东西在记忆中流失无痕。成见甚至可以无中生有,比如何满害得蔡小婧打胎的事,事后被证明是出于金哥的捏造。说何满参军前夕还搅着大舌头,硬把罗太太拉着去油菜地动粗——这一情况也只是由罗太太提供,一面之词并不可靠。

我再一次对记忆深感困惑。

像人一样,社会也有记忆,记录在前人留下来的纪念碑、小说、电影、回忆录、历史著作乃至成语和积习那里。社会的记忆,其实差不多就是胜利者的记忆,比方有胜利种族的记忆(如征服了美洲的白种人),也有胜利阶级的记忆(如夺取政权的共产党)。清华大学的红卫兵头头蒯大富在群众集会上,耸耸肩,摊开手,宣布要准备跟着毛主席"重上井冈山",使很多红卫兵热泪盈眶。去井冈山干什么?这个问题是次要的，重要的是这一口号燃起了诗情，使大家想起了篝火、马背、传单、紧紧的握手、新女性的短发、白色恐怖下的飞行演说等等。大家不是被蒯大富蛊惑，更重要的是被革命的记忆所感染。这些从小说或电影里得来的闪闪烁烁印象，早就在培训着一代新人的美感，引导着他们的向往。

他们早就想找个机会来练一把。

毛主席并没有重上井冈山，只是用工宣队和军宣队教训了蒯大富，在那一年横扫了清华园。但青年们对革命美学的崇拜后来还是一次次表现出来，在1976年，在1978年，在1981年，在1986年，在1989年，他们情不自禁地一次次在大街上和广场上重演前人留下的记忆。这些运动的性质各个不一，但有大致相同的形象（旗帜、演说、高歌、捐款、争论、喊口号、抗议当局的血书等等），而这些形象在记忆中总是最能经久。想想看，幼儿教师都知道看图识字，这是因为图像比文字更容易记住，就像一个我这样的人，历史知识十分贫乏，对很多历史英雄的浪漫风度却决不陌生，动不动就把自己想象成刑场上的李大钊，街垒上的丹东，演说台上的列宁，流放途中的十二月党人。

有一个几乎参与了上述所有事件的人，叫孟海。我发现他至今还对游行有特殊爱好，不管是维权请愿还是抗议官倒，不管是反对洋人（他们不给签证或者倾销劣质汽车）还是拥护洋人（他们支持中国的民主自由），他都一律投入，都觉得与自己有关，眼里闪耀着兴奋的光芒，如同一只打了吗啡的山羊。他的游行史始于中学时代，每次都是带上水壶和草帽，头上勒一布条，斜挎书包里塞着折叠小马扎，装备齐全走在队伍最前头。他走起路来一肩高一肩低，指挥高唱《国际歌》时把一头长发扬过来抛过去——让我一次次觉得似曾相识。那时候有一位少女曾慕名求爱，不料一见面竟大失所望，说他的脸怎么这么白净？一条疤都没有！

少女弃之而去。她一定觉得英雄的脸上不能没有伤疤，不能没有痛苦感和沧桑感。我总算想起来了，她肯定读过曾经风靡一时的英国小说《牛虻》。

孟海在中学里比我高几届。当我还在着迷抗日斗争小故事，他已经在研究辩证唯物主义和历史唯物主义了，经常召集几个弟子，讲解什么是生产关系，讲解唯物辩证法和辩证唯物主义有何不同。有一天深夜我们打扑克，肚子饿了，上街找辣豆腐干。他突然指着街灯下的空寂广场对我们宣告："这是属于人民的，一定会回到人民手中！"我当时立刻肃然起敬，境界阔大，好像突然明白了很多人生真谛，只是得意忘言，一时说不清楚。

他下放在长坡公社，离我们农场有几十里路。我去玩过一次，冒着大雪跌跌滑滑走了一整天，才摸入他的茅草屋。我们吃了些烤红薯。他指着门外的汪汪水库说，你看那像不像贝加尔湖？

我知道贝加尔湖，知道很多俄国革命者曾在那里流放。我也听孟海背诵过很多俄国革命诗歌，大海呵大海什么的。

他坐在火塘边哆哆嗦嗦笼着袖子，破棉袄好几处开了花，肩上和头上都盖着很多轻轻欲飘的柴灰。他咳嗽，很同志式地让我大吃烤红薯。

我永远记得屋外面那俄式的风雪。

我被借到县里绘制水利规划图的时候，住在县招待所。孟海来找过我，问我能不能借些钱给他。他有一位朋友最近打算出国，承担着重要的使命,差不多就是革命的先头部队,急需得到大家的资助。我有点为难,说自己没有钱,只有一些粮票。他收下粮票以后就倒头睡了。

半夜里,服务员敲门查房,问我为什么擅留客人,为什么不去服务台登记?说着把孟海盯了一眼。

我立刻感到这一眼盯得不同寻常,史无前例的深夜查房也特别可疑。第二天一大早,我让孟海赶快走人,见他的跑鞋湿透了,让他匆匆穿走了我的皮鞋。

我去服务台补交罚钱,注意服务员的神色。还好,那女子倒也没什么,一边嗑瓜子一边与旁人笑闹,根本不看我一眼。

我暗暗松了一口气:也许纯属自己神经过敏庸人自扰?

大概两个多月以后,一位电工来我的房间检修线路,大概是嘴闲得有点慌,便东拉西扯,包括说到服务员对我的意见:鞋袜臭烘烘的,烟灰到处乱弹,前不久还害得她们一夜未眠,陪着公安局的人监视这个房间。

我吓了一跳,"哪有的事!她们肯定记错房间了,我坐得稳行得正,凭什么被公安局监视?"

"她们真是这么说的。不过,我看你也不像坏人。"

我故意哼小调而且吐痰。

我等对方一离开,立即惊慌失措地打电话,找一切可以找到孟海的人,希望他们赶快给孟海传话。我怕吓着别人,当然不能明说,只能由他们传达一种暗示。"一个叫秦纪为的朋友病重,正在找他。"这就是我编的黑话。"秦"是指情况,"纪"是谐音"急","为"是谐音"危"。情况又急又危,他能不知道下一步如何应对么?凡读过几本革命地下工作者回忆录的人，能不对这种黑话心领神会？

一位朋友在电话里告诉我，现在已没法找孟海了，因为他几天前进了笼子，听说案情特别严重，是涉嫌偷越国境。

我大出一身冷汗，立刻赶回农场焚烧材料，包括两个笔记本和一些文稿，包括孟海以及其他朋友的普通来信——信中那些情绪消沉或狂妄自大的话，在那个时代也完全可能带来麻烦。其中一封信是孟海入狱前发出的，倒也没说什么，只是谢谢我的粮票和皮鞋。我注意周围人的动静。他们吃饭的吃饭，走路的走路，打扑克的打扑克，上厕所的上厕所，没有什么反常。但他们完全可能暗中充当警察的眼线，我不会掉以轻心。

过了好些天，居然没什么事。

我算是暂时漏网了吧？

回想我和孟海被警察暗中监视的那一夜，当时我虽有不祥预感，但没想到事情有那样险恶。那一夜我幸好没说什么话，没被窃听的警察们抓到什么把柄。我一直怕孟海看不起我，本想好好展示一下理论成果，比方吐出一些俄式烟雾，谈谈林彪坠机事件，谈谈国家的政治危机和前途，谈谈我从美国和台湾广播里听到的一些紧要消息……我几乎会按照警察们所想象的那样行动，为他们的动手拘捕提供充足理由。不料我还没来得及露一手，孟海就呼呼大睡了，让我相当扫兴。

他不过喝了半杯白酒，就醉成这样，实在有点奇怪。我怀疑某乡镇工厂出产的这种酒里有鬼，就像小三子说过的，农民有时也搞下的，在谷酒里掺敌敌畏，使酒变得烈一些和香一些。

孟海像只蟑螂被点杀在地。

假如他没有醉倒，我必定夸夸其谈大放厥词，让门外的警察记录在案。然后，我将很快入狱，被判以重刑，甚至在某个重大节日的前夕饮弹伏法，都不是没有可能。我听说过，有一位少年只是无意地用硬币在墙上乱划，一不小心在伟大领袖名字上划了几个叉，后来就差一点被枪毙。

但事态进程竟被一个小小的偶然打破。敌敌畏，神奇的敌敌畏，不知何时由一位敬爱的农民老大爷掺入了谷酒，然后装瓶装箱地运输到县城，辗转曲折地经过一个个销售环节，最后出现在招待所这张小桌上，掐灭了我的话头，救了我。

我崇拜敌敌畏。

七

有一声长长的口哨。"可以进来吗？"

"当然。"

"不打搅吧？"

"我没做什么。"

"样子蛮深沉的。"

"就是发发呆。"

"发呆都深沉，不发呆怎么得了？"

我不再说话，目光投向棋盘。

她也不再说什么，撩了撩头发，把几件叠好的衣放在我床头。

自知青们一批批招工走了以后，加上很多人以病退的名义返城，场里的知青已为数不多，深不见底的寂寞弥漫在空空房间。听不到歌声与琴声，听不到球场喧哗，也听不到同学们的打架骂娘。曲终席散，人走茶凉，每一天早上在被子里睁开眼睛，我望着漏光的瓦盖，都不知道这一天该怎么过。"南方的甘蔗林啊,南方的甘蔗林!你为什么这样香甜,又为什么那样严峻?北方的青纱帐啊,北方的青纱帐!你为什么那样遥远,又为什么这样亲近?……"郭小川的诗眼下一旦读出,字字都成了冰团子。

因为与场长对骂过一次,邢立也没混进招工名单,甚至没法得到轻松点的差事,像进厨房帮工或者进车间制茶那种。她跟着男人们去担粮、锄草、挖树洞,碰到坚硬的岩层,挖得钯头直跳和火星四溅,脸上有一种要哭要骂的表情。碰到这个时候,我会走过去帮她挖一阵,把硬土层挖松,只需她轻松取土。

不知为什么,在当这种挖土骑士的时候,我们都不说话,硬要说的话,也只是"喂"一声或者"哦"一声。比如她把水壶递给我,就"喂"一下。或者她指一指土洞里半截需要斩断的老树根,我就"哦"一下,取来板锄和柴刀帮她斩掉。她当然感受到我的好意,收工以后去塘边洗衣,有时也会把我几件脏衣顺手拿去。但在取衣和还衣的时候,我们还是没有多话,"喂"一下或者"哦"一下,就算礼数周全了。

她在我衣袋里发现了孟海的信——当时孟海还没有被捕。"你怎么有那个,有那个……"她声音哆嗦,像发现了定时炸弹。

"打算去举报?"

"关我屁事,但你们也太不知死活了吧?"

"什么死呀活的?我们是提高思想觉悟,制造一些反面教材,看反革命分子到底是怎么阴谋夺权的。知己知彼,才能百战百胜。不入虎穴……"

"鬼信你那一套。"

"那你要怎么样?"

"我早就看出你鬼鬼祟祟,不是盏省油的灯。"

我不再说话,走了。

她近来没接到金哥的来信,过得有些无聊,对我的秘密突然有强烈好奇。我后来发现,我不在房间里的时候,她翻过我的箱子,擅自拿走我的藏书。在她发誓保密的前提下,我说不过她,只好说了秘密之一二,比如说到我的几个同道弟兄,说到在武汉和桂林的秘密聚会,还说到马克思的《法兰西内战》和列宁的《国家与革命》。我很快发现她搂住双膝睡着了,在水塘边月色朦胧中发出粗重呼吸。被我推醒之后,她伸出一个懒腰,还嘟哝出一句:"都是神经病!"

但有了这第一次长谈,她后来常常来到我的房间,坐在飘飘忽忽的油灯旁,补着她的衣或者鞋袜,似乎想同我说点什么,哪怕就是沉默一段,哪怕就是比着背诵两句郭小川或普希金的诗,也是寒夜中的一缕温暖。

"我今天很高兴,收到了三封信。我表姐说她最近招到交响乐团了,马上要到上海演出。前几天他们还给外宾演出……"她提到一位元首的名字,"他听了演奏大加赞赏,还送了她一个花篮哩。"

我说那家伙什么也不会干,赖在中国讨饭,是想在中国纳妾吧?你表姐居然还给他去献艺?

她被我扑得晕头转向,只好另找一个话题:"何满当司机了,知道不?听说他马上还要参军了,爬得比哪个都快。"

"你是不是现在有点后悔?"

"说什么呢?他是罗太太的骑士,差一点还是张场长的乘龙快婿。你没见过张场长的女儿吧?嘴巴蛮小的,眼睛水灵灵的。咯咯……"

"何满可不是你这样说的。"

"他说什么?"

"他要说什么,你还不知道?"我埋头去打棋谱。

她久久没有吭声。我再次抬起头时,发现她停止缝补,眼里竟然亮晶晶的一圈,不觉大吃一惊。"你哭什么?"

她用袖口擦擦眼睛,"不是被你气的吗?"

"对不起,何满没说过你什么。我刚才也就是开个玩笑。"

"哄谁呢?你相信任何人,就是不相信我。你心里那几根肠子我算是看清了。你不就是认为我贱吗?不就是认为我骚吗?还骂过小破鞋吧?你硬要这么看,那我就认。我就把这个小破鞋当到底了。"

"我没有这么说。这是你说的。"

"少来这一套!"她气冲冲地夺门而去。

第二天,大家都没有看见她上地,到她房间去查看,也没见到人。队长和场长都气得大发脾气,说没见过这么自由散漫的家伙,真把这里当菜园子呵?眼里还有没有领导?以后还要不要前途?直到第四天,她汗水淋淋地回到工区,据说是去了县城,去了邻县县城,差一点就去北京和上海散心。她没钱了就讨饭,就借宿,就爬车,据说返回农场时爬上了一辆粮车,一段助跑两腿一跃就解决问题,功夫不在铁道游击队之下。面对小三子的惊疑,她还满不在乎地夸口,这有什么了不起?没偷他们的车,算客气的啦。

她带回两个陌生的女知青,大概是邻近公社的,好好地吃了一顿,疯了一阵,才送客人离去。

她说她们成功爬上了粮车,不知是真是假。她说自己跳下粮车时没摔倒,也不知是真是假。她说自己花两块多钱玩了三天,到哪里都有吃有喝,都有朋友相助,而且从不需要她装嗲卖娇巧施美人计,更不知是真是假。就如她自己承认的,她经常一开口就有假话。只是她给我买来了一件汗衫,说我身上的那件都破成渔网,该换新的了。

八

坦白地说,我越是戒备邢立,就越证明我受到了诱惑,青春病已经防不胜防。有一段时间,附近小学有女教师生孩子,农场让邢立去代课几个月。也就是几个月吧,可我觉得那一段时间特别漫长,日子过得缺盐少油。

在常人眼里,她显然不是个好老师。她带着同学们偷学校附近的西瓜,考试前向同学们泄露试题答案,发现有些女学生被父母责令退学,就唆使男学生去开展游击战,朝这样的父母扔牛粪,扔狗粪,扔鸡粪,直到他们同意孩子复学为止。老师们都认为她太疯了。但孩子们喜欢她,在她代课结束返回工区的那天,他们找来一辆板车,让这个孩子王坐在车上,俨然是太后巡驾出宫,几十个孩子前呼后拥一路高唱猛进。女教师用旧报纸叠了些船形帽,让男孩子一人戴一顶。用红纸浸出一些红水,给女孩子每人脸上抹两块红。她自己扬起一根竹竿,像扬起一条马鞭,在车上吆喝不已。"大鞭子一呀甩呱呱地响哎……"她在车上唱得前俯后仰。

看着她前来的身影,我哈哈大笑,差一点把这个活宝贝拥抱入怀。但我没有迎上去。我得严正提醒自己,我不喜欢她太疯,不喜欢她总是零钱乱放一副有钱人的派头,不喜欢她总要在男人面前占个上风,不喜欢她动不动就谈她的提琴手表姐和当画家的叔叔,似乎自己出身名门,鼻子里哼的都是高等气息。我更不喜欢她睁大眼睛假装天真,其实手段高超,把一个个男人都逗得神魂颠倒——只可惜没人同她玩真的。她越是对我友好,我就越挑剔和刻薄。我吃饭时崩了一颗沙子,也似乎觉得她太可恶,必须对我的牙痛负完全责任。

有一天,一个叫小安子的后生告诉我,他昨晚上看见邢立同一个男人在水塘前散步,那人的身影有点像我。他后来去问过邢立,问那人是不是我。邢立当时的回答是:"可惜不是,要是就好了。"

邢立不会不知道,这话要传过来的。

我把传话者轰走了,不一会又喝令他回来,把全过程再详说一遍。"小安子你也一肚子坏水呵?想给你大哥下绊子设圈套是不?"我当然得加上这样的责骂。

我不可能不说一些邢立的坏话。据小安子后来揭发,我当时说邢立不过是残花败柳,在娘肚子里再翻两个斤斗,我也不大可能正眼瞧她。你大哥是什么人?一尘不染,坐怀不乱,特别材料造就的钢铁战士,哪是金哥和何满那种轻骨头?那娘们自以为百战百胜,其实也没什么招,充其量只会装疯卖傻,再加几滴眼泪,拿手好戏就是痛说革命家史,说她后妈如何虐待她,说她生母如何可怜……但本子没怎么编好么,每次说得情节有出入。

我同小安子下棋,连胜了他两盘。他要悔棋,被我坚决拒绝,便同我吵了一架,红着脸冲出门去,把棋子拂得满地乱滚。

第二天,队长急匆匆来找我,问我对邢立作了什么孽。"你快去看看吧。要是闹出人命,你要坐牢的哟!"

我莫明其妙去了邢立的房里,才知道小安子前一天大发脾气,竟跑到邢立那里揭发,算是对我的狠狠报复。邢立一听我那些恶语,加上揭发者夸大的恶语,禁不住两眼发直,大口吐血,要找我拼命,但刚走到门口就晕了过去。我走进房间时，一个医生刚打完针，正在给她灌药。为了阻止她的挣扎抗拒，几个人抓的抓手，按的按脚，还在她嘴里横塞竹筷，意在撬开她的嘴巴。屋里乱糟糟的，不像是闺房倒像是刑场，被子上和蚊帐上，墙上和地上，到处都有血。小三子吓得哭了，说没救了，没救了，血都吐光了吧？

我没料到事情会闹成这样。不就是几句玩笑话么，如何把她伤成这样？她平常不也是一张刀子嘴经常刻薄别人？我想向她解释几句，但她一看到我，死鱼般的眼睛再次放大，全身再次抓狂并发出尖锐长叫："呵——"

不光是在场的其他人，连我也吓得手足无措。

我只能赶紧逃出门去，找小安子他娘的算账。

直到好几天以后，见她房间没有太多动静，我才硬着头皮端上一碗鸡蛋去向她道歉。她半躺在床上，依然气呼呼的，不论听到我说什么也不给我好脸色，只是以各种命令考验我的道歉诚意。你给我扫地——你给我倒水——你给我洗脸——过来，你给我梳头，听见没有？——她只差没再生一计，要我抱着她去洗澡了。见我折腾得大汗淋淋，笨手笨脚地帮她梳头发，她苍白的脸上才浮现出得意之色。"你以为这就算道歉了？"

"你还要怎么样？我都成奴隶了。"

"你耐心点，你得负责到底，我这病不是三两天能好的。"

"奴隶也得有解放的日子吧？"

"我喉咙里痒，说不定还要吐血。"

"吹什么牛？想吐就能吐？"

"你以为我吐不了？"

"你吐痰吧。"

怪我再次失言,她触电一样,猛地弹起来,没等我看清是怎么回事,床头的杯子药罐什么的都乒乒乓乓地到了地上。她疯了似的扑打我,撕扯我,掐我,一只手还伸向桌上的鸡蛋。我惊恐地抓住那只手,于是一切就没法避免:我把她搂入怀中,两双眼睛紧紧对视,一只嘴压向另一只嘴。事情怎么会这样?连我自己都不怎么明白。我事后能记起来的,是那一刻我两脚没站稳,膝头被床沿顶着,姿势不免别别扭扭,扑倒下去时更像跛子失足,毫无美感可言。她也手忙脚乱,大概是动作太大,使床板发出断裂之声,全身突然向下坠落。她的脑袋狠狠撞了我的脑袋。她的牙齿把我的手背狠狠刮了一下。更使人扫兴的是,我们还没吻上,就带垮了蚊帐。一张大网昏天黑地罩下来,网住了两个活物——我挣扎好一阵也没找到出口。

九

我应该纠正上面的一些说法。

一,我后来才知道,邢立在吐血的那天,发现她养的一条小狗被人打死,只剩下垃圾堆里的几根狗骨头。她非常生气地四处叫骂。这是否也是她吐血的原因之一?如果是,我在她吐血的问题上是否有点枉担罪责?或者说在很大程度上是代人受过?

二,说实话,我享受了她的激情,但偶尔也有一种被俘感,只是没敢说出来。她曾经轻易治服了何满、金哥等很多男人,眼下没有多少目标了,是否也不容许我漏网?是否无法容忍我的矜持和傲慢?这种征服,通常被当作爱,但在多大意义上真正与爱有关?

三,上面关于拥吻一段其实涉嫌虚构。如果我没有记错的话,事情就要越界的那一刻，小三子送开水来了，我也就中止作案，松开了她的手，借机溜出门去。我写到上面一段时情不自禁略加发挥，无非是笔头一滑，受到许多既有小说的影响，似乎孤男寡女混在一起，都已经洗过脸了，都已经梳过头了，不再做点什么就说不过去。正是这种对通则的迎合，使我由小说逻辑挟持，在纸面上与邢立欢爱了一场。

我现在需要回到事实。

我匆匆离去的主要原因，就像我说过的，与金哥他们有关，与邢立的小狗有关，也与其他事故有关。不久前的一天，我走进工区的茅房，那种到处通风、通气、通声响的简陋棚子。我在茅房里清晰听到隔壁女人们的声音，听到她们那些响亮、复杂以及丑恶的排泄，一声声轰击我的耳鼓，令我突然惊骇和沮丧。我似乎有点可笑，有点少见多怪。这些声音不是很正常么？不论人们如何风度翩翩仪态万方光彩夺目，不都有撅着屁股的时候么？——后来读伟人传记时我也曾偷偷这样想。在很长一段时间内，我无法摆脱一种心理病态，一见到可爱的男人和女人，就立即想到他们的头皮屑和耳屎，想到他们胃里的沟纹和须毛，想到他们肠胃中混浊的泡沫和腐臭的渣滓在偷偷蠕动，如此等等。我深知文明的意义就是要略掉这一切，做文明人的意义就是要善于忘记，似乎这些东西根本不存在，生活中只有美好和灿烂，比方说只有"南方的甘蔗林"和"北方的青纱帐"。

但我做不到这一点，只能在非文明状态中离开了女舍。我想起一件事：小三子曾教我玩一种把戏，同我赌一张饭票，看谁能记住这几天每餐吃过的菜。我以为这件事太容易，但拼命回想一阵，记忆的触须顶多上溯一两天，再远的菜目就一片模糊。不过是一些最简单的菜目,也就是一些缺油少盐的南瓜冬瓜黄瓜,但就是记不起来。

这有点奇怪。人们的记忆是如此粗疏,如此挂一漏万和不负责任,那么产生于记忆的历史和文学是否还值得信任?相比之下,也许小三子更为可靠吧,至少他还能有序说出五六天之内菜目——这种历史与文学如果说不是最好的,肯定不是最糟糕的,至少是对某种记忆空白的必要填补。

对不起,我差点忘了小三子。在我零乱的记忆片断中,他依稀是孤儿,一个地主子弟。场长曾经说他是地主,让知青们吓了一跳,没料到有这么年幼的阶级敌人。后来才知道本地人看人不是一个个地看,是一窝窝地看,地主子弟都被看作地主。小三子这个"地主"当然要干最累的事,可以被任何人怠慢和戏弄,比方我也曾以脱光对方裤子相威胁,要他乖乖交出一点猪油。奇怪的是,他在这种环境里居然过得很快活,刚生过我的气,转背去切菜就"皇里个皇皇里个皇",唱些没人能听懂的歌。

后来,我看见一张陌生面孔在伙房里切菜,才想起好几天没听到"皇里个皇"。我打听小三子,听说他已经回家了。

又过了几天,还没看见小三子。别人说,告诉了你么,他回家啦。

我去小三子住过的房间,发现他的床空了,只剩一堆乱糟糟的铺草,几只鸡猖狂地扒来扒去,似乎在啄食一个人的音容,还有"皇里个皇"的余韵。我这才知道,小三子的一个姑妈是麻风,过年的时候跑出医院来看他,没想到竟使他染病,于是从我们的视野突然消失。

我们农场地处二级麻风流行区,病人一般都往县麻风院送,还有些医院收不下的,或者顽固恋家的,就被安排到偏僻山地,让病人在那里自给自足自生自灭。有一次我随几个职工外出担树,路过一个寨子。歇脚的时候,有人指着对面的山岭要我看,说那里有两个麻风户,小三子就住在那里。

小三子我认识。我想起来了,小三子原来是我们工区做饭的那个"地主"。天气正晴朗,山里的雾浪翻腾,漫下一个山坡之后,把两间孤零零的房子遗留在山坡上。那里没有炊烟,也没有任何活物的迹象,连通向外界的一条小路也被草木封死。

我冲着那里只能长喊一声:"呜呵——"

没有回答,只有越来越远退的回音。

"张舜志——"我第一次喊他的大名,还是没有听到回答。

我们走了。我听到山谷里几头牛被我们的叫声激发,此起彼伏地发出叫唤。那就是小三子的回答么?小三子是不是已经变成了牛?……我曾经亲眼见过烧麻风,一种屡禁不止的本地民俗,一种据说是灭毒的有效方式。我同几个农民在夜幕下来到一个山谷,听见对面山上麻风村里有锣声,有人的叫喊。"快看,火!"有人推推我。于是我看见火星亮起来了,一点、两点、三四点……火汇聚成一大匹金浪,跳跃和飞舞,与天边暗紫色的晚霞交相辉映。我离得这么远也无端退了两步,似乎怕被热浪灼伤。不知为什么,我还听到一阵嘀嘀嘀的声音,好像是人的喘息,但我四处寻找也没发现喘息者,只能怀疑是自己出现幻觉。

叭——叭——我听到了枪响。

肯定是有人在麻风村补枪。应该说说的是,当老弱麻风患者强烈要求自焚时,旁人补枪不算谋害,通常被本地人看作一种帮助。

那天晚上,我肯定是中了邪。直到我回到家里睡下,我还听到莫名的喘息声一直跟随着我,嘀嘀嘀地压迫我的耳鼓。我找遍了附近的房间,也没有找到声源。我用被子蒙住头也不管用。

十

我被抓起来了,一路押往公社。当时不免有些慌乱,怕他们动不动就打人,我反复提醒他们记住革命纪律:"你们不能虐待俘虏!"

我的严正立场使他们果然客气了一些。他们是乡下民兵,没有像样的枪,也没有像样的衣服,其中一位还挂着鼻涕浑身汗臭,让我有点莫名的失望。

我首先想到的问题是:谁出卖了我?不知道这一点,就不好准备口供,就不知该如何控制案情减少损失。我尤其担心孟海,他被捕已经一年多,假如他扛不住,把什么事都吐出来,那我和很多人就完了。

我心里虚虚的,但装出一副死相,企图博得审讯者的同情,其实是在暗中察言观色,紧张地分析和判断着形势。

场长有一种心满意足的表情。"我早就看出你是个现行,成天抱一本书看,还看外国书,还晓得写艺术字,思想也太复杂了吧?"

另一位主审官是公社政法委员,老谋深算得多,皮笑肉不笑的,只是要我自己坦白。我说一件,他点点头,要我再说。我又说一件,他点点头,又要我再说。他不时看看炭盆里炖着的一个瓦罐,闻闻那里冒出的肉香。直到我说出偷电线、不慎撕坏毛主席肖像、有一次把革命歌曲"万物生长靠太阳"猖狂篡改成"外婆出来晒太阳"……他仍然不动声色,只是往一罐肉里添加姜片和蒜花。

第二天,审讯没有继续,这位委员不见了,而且一连几天没看见人影。我估计他们正在广泛深入地调查取证,正在广州、桂林等地我所有的朋友那里翻阅口供,分析疑点,搜集证据,准备对我给予致命的最后一击。我的监房离公社电话室不太远。一听到电话铃响,我就觉得那电话与我大有关系。我注意到接电话的人都面色严峻并行色匆匆,相信他们在广州、桂林那边已大有斩获,套在我脖子上的绞索正越拉越紧。

大概七八天之后,委员终于回来了,指挥值班民兵从拖拉机上卸瓦,也要我这个囚犯去帮一把。我听见他对别人说,他这些天回家做屋,累死了。

我这才发现,他根本没有去调查取证,更没有一个兵强马壮的庞大专政机器在对付我。我当然松了口气,但再一次感到失望:我来干什么的?只是个来卸瓦的伙计?

我的案子久拖不决。政法委员的最后疑问是:"老实交代,你曾经想去什么地方?""我……想去北京,看毛主席呵。"

"不对,你仔细想想。"

"我想招工回城。"

"你不要避重就轻。"

我做出苦苦回忆的样子,一件件试着说。我说曾经想去县城玩耍,想去西藏和云南旅游,想去某个海港看看军舰和潜艇……委员一直在摇头,到最后,他实在不能继续老谋深算下去了:"你没想去苏联?没想叛国?"

我没听懂。

场长甩了我一耳光:"你没想去苏联?就是修正主义那里?"

我的半边脸立刻失去知觉,一手捂上去,手指触到了热烘烘的一堆。那是我的脸么？怎么突然膨胀如球？怎么安装在我的肩上？

我其实被这一巴掌打得心花怒放，因为我立刻洞察了目标：看来事情是邢立引起的。只有她看过孟海的来信，也只有那封信上提到过苏联什么的。谢天谢地，这没有什么了不起。如果事情到此为止，那么有关广州的聚会，有关私藏之后又丢弃的手枪，有关胎死腹中的地下筹备建党……更可怕的是那些炸弹都摘除了引线。但我必须掩盖自己眼下的喜悦，两手发抖和结结巴巴，拿出走投无路坐以待毙的样子，继续把审讯引向误区。

"有是有……这么回事……但我是想去解放苏联人民，让他们摆脱修正主义的黑暗统治呵。"

"不要狡辩！你只说，哪些人同你一起去？"

"人？没什么人。"

"骗得了谁？干这么大的事没有同伙？你以为是去上街赶集？"

"联系人倒是有，我不敢说……"

"那好，你明天就到公安局去说，尝尝无产阶级专政的滋味！"

"我说我说，他们是外国人……"

"外国人？果然是里通外国了，狗胆还不小哇！"

我再次结结巴巴目无定珠，深呼吸两三次，似乎经过激烈思想斗争，才真正认清了眼下的形势，终于痛下决心回头是岸。我说到一些人名，都是些很反革命的那种人名，第一是普希金，第二是托尔斯泰，第三是果戈理，接下来还有肖洛霍夫和柯切托夫……我还得加上不厌其烦和颠三倒四的情节，看他们脑袋大不大，看他们眼睛花不花，看他们舌头转不转筋。我要用一个无比复杂的故事把这些乡下人彻底拖垮。

"普什么?你慢点说,那个人姓普吗?⋯⋯"委员果然开始皱眉和冒汗了,一只手正在发抖,往笔记本艰难地下笔。

"就是普志高的普。你知道普志高吗?"

十一

男女交往时,双方都容易弱智。不过男人的弱智是没主意,女人的弱智是太有主意。邢立一口认定我对她"那个"了,还认定我的冷淡、躲避甚至恶语诽谤都不过是掩饰。我越是这样掩饰,越证明我已经情火如焚——她对这一点几乎洞若观火。

这种蛮不讲理真是让人生气。

我得承认,我对她并非心静如水,有时走在月夜的土路上,走在秋天稻草的气息里,我的裸臂与她的裸臂无意间相撞,心里便有咯噔一下的异样,以至于在往后很多日子里,我还会在心头掠过月夜里凉凉的这一撞。

但这说明不了什么,至少不能说明她魅力无穷。我没法忍受她洋洋得意的思想拷问,哪怕搬出刑讯的辣椒水和老虎凳,我也不能承认无中生有的一切:我给她倒水时目光颤抖了吗?我给她洗脸时血压上升了吗?我给她梳头时呼吸粗重了吗?全身都在放电吗?捋着她的一头长发在故意拖延时间吗?手指一次次摸向她的脖子和肩膀吗?目光偷偷向她领口里钻吗?似乎不经意掉了梳子然后手指借机碰触她身体的某个部位吗?⋯⋯她不是我肚子里的蛔虫,怎么能知道我借口帮助病人,故意赖在她的房间里,一心向往着在她身边蹭来蹭去甚至把她抱到水桶边去洗澡?

"你的联想也太丰富了吧?"我冷冷一笑。

"别不老实！你不要以为我是瞎子。"

"说实话，你的自以为是，真是让我讨厌。"

"你脸红什么？"

"金哥是我朋友。朋友妻，不可欺，我怎么会重色轻友？"

"少来这一套。我再向你说一遍，你不要跟我提他。"

"好吧，就算你让我也心猿意马，也没什么了不起呵。举目无亲，穷乡僻壤，日子这样单调和苦闷，看见一头老母猪，也会当作大美人的。"

"你混蛋！"

"我压根就不想同你鬼混……"

"呸，你才鬼混！"

"好，就算是恋爱吧，就算我们海誓山盟了，你以为可以当真？说句实话吧，你同金哥、何满他们也就是鬼混，穷极无聊，找点刺激而已。"

"我再说一遍，不准你提……"

"好，我不说了。"

"没想到你这么世故！"她的脸色已经变白。

"世故的同义词就是成熟。"

"成熟的同义词是虚伪！"

"没错，我虚伪。这下对了吧？"

"你还愚蠢！"

这样拷问过几次以后，她没有太多收获，结果不是生气冲走就是洒几滴猫尿。我劝她不要哭，有一次她大概是哭累了，哭得没趣了，脸上掠过一丝苦笑。"女人不哭一哭，其实也没什么事好干。"

我最后约她赌棋，赌注是我的诚信：如果我输了，我所说的都不算数，一切都算她说得有理。我不过是用下棋取代争吵，而且相信这是毫无悬念的较量，就凭她那一手臭棋，我即使退掉一半车马炮，也足以杀她个片甲不留。但事情偏偏这么怪，这一天她紧咬嘴唇，目不转睛，全神贯注盯住棋盘，竟有超常态的发挥。不是笨中有谋，就是乱中有计，虽然走得毫无章法，但冷不防就杀气腾腾步步紧逼，似乎巨大的仇恨使她换了个人，脑子突然充满着深不可测的奇思妙想。女人是能创造奇迹的。我在满头大汗应付将军时想到了这一点。

我终于输了。但我执意悔棋，坚决毁约，装出健忘的样子。"你记错了吧？我怎么会打这种赌？"

她气得整个脸变了形，哗的一下抽来一把镰刀。

"砍呵，朝这里砍。"我笑一笑，朝她亮出自己脖子。

"臭流氓！"她脚一跺，一刀钉在桌面上。

我的被抓就发生在这件事以后。一个多月过去了，我的案子不了了之，虽说还在等待继续调查，但政法委员不甘心我天天白吃饭，责令我先回农场劳动，下一步再看着办。我回到工区的第一天，邢立就来找我，给我蒸了一碗肉，还带来两大瓶白糖，看来是想补偿什么。"对不起对不起，我当时太气了……"她看一看我的脸色，一进门就忙着打扫卫生，"谁想到事情闹得这么大？以为他们就是开个批斗会……你不要生气，我只是想不让你再欺侮我。"

"没什么，我得谢谢你。休息了个把月，身上都发福了。"

"真的没生气吧？"

"生哪门子气？我住在公社里都乐不思蜀。"

"这事会不会影响你的前途？听说又要招工了……"

"你放心,我再怎么倒霉,也比你的前途要好。凭我的劳动力,凭我这聪明脑袋,凭我家老爷子平反昭雪,我肯定要走在你前面。"

"那不一定。"

"除非你再去告。就算你把女叛徒的全套手段都使出来,罗织罪名,造谣中伤,也伤不了我半根毫毛。"

"那也是你自作自受!"

"我欠了你什么?"

"你还没欠我?你差点要了我的命,你没良心的!"

"你活该!"

她一耳光扇在我脸上,见我没回手,突然坐下去,捂住脸大哭,哭得长发垂落下来随着哭声一吊一吊。不知道她是什么时候走的,只记得她最后一句话是:"你等着,你等着……你要死在我手里的!"我再也没有见过她。工友们也不知她去了哪里,说她没同任何人打招呼,看来也没带走任何东西,变戏法一样,说没就没了。该不会投河自绝吧?我还记得她临走前夕的那个夜晚,她房里熄了灯,但一直没关门,因为我一直熟悉她的关门声:一张变了形的木门,被门框挤得嘎一声,然后是长长一声吱——如果在晚上,这关门声就更为响亮。等到伙房里的劈柴声没有了,老场长奋力咳痰的声音没有了,狗吠声或蛙鸣声渐渐平息,一般来说,那间房就会传来大家耳熟的嘎吱——

但那一夜一直没有这样的声音,使夜晚没法真正降临,一个日子没法真正结束。我注意到隐隐哭声还在传来,注意到她在我桌子上留下一个饭盆,大概想给我留一个去她房间的借口。我如果不敢去劝她,至少得去送还饭盆,省得她明天一早就抓瞎。

这个饭盆该不该还?

我心里怦怦跳。

我发现夜里原来有这么多声音。有虫鸣,有风声,有一条鱼哗啦跳出水面,有山林间几乎无声的叶落,有远处几个捉蛤蟆者不时的窃窃私语,听不太清楚。我还听到隔壁房间里一位工友的磨牙,像一种恨恨的咬牙切齿。

终于,快到鸡叫的时分,嘎吱——关门声传来了,让我听得清清楚楚。

十二

孟海出狱的时候,我已经回城好几年,虽然工资不算高,但也存了几个小钱。我立即约朋友给孟海摆酒接风,也算是答谢他的义气——要不是他在局子里一直守口如瓶,我们都一定搭进去了。

他没有白读俄国革命诗歌,真是条汉子。他为此付出了代价——腰被打得严重内伤,至今还要经常敷草药。他的一条腿也坏了,是几年前为了争取保外就医,自己给自己的小腿静脉偷偷打煤油针打坏的。很多犯人都这么干过。

他走路一拐一拐,更是一肩高一肩低了。我想起他以前走路差不多就是这样子,是不是那时候就已经命数昭然?就已经注定有煤油针在前面等着他?他的脸上也有了伤疤。当年希望他脸上有伤疤的那位姑娘,现在是否满意了?是否还会来献上爱心?应该说,他精神还很好,哈哈朗笑,说坐牢也是上大学么,他这几年算是从铁窗大学生存系毕业,不光学会了打煤油针以骗取疾病证明,还学会了用一根蜡烛和一个罐头盒烧出三菜一汤,学会了用麻绳和木头来钻木取火。你们都不会吧?

他说他还给难友们上过数学课——可惜一位最得意的弟子后来被枪毙了，那人上刑场的前夕，没有剃刀，就用一块碎瓷片刮脸，刮出脸上一道道血痕，但胡须还没刮干净，自己摸来摸去十分遗憾。其实那人也是冤死，在"文革"武斗中忘了自己的枪借给谁，结果几桩破不了的枪杀案，就挂在他的名下。

孟海说，幸好后来公安局里的造反派重新上台，把这个冤案平反了，而且大抓司法系统的改革开放，把孟海这样的造反派都放了。

我对这一结论疑疑惑惑：造反派与改革开放有什么关系？

他未婚妻打断他的话："放了是放了，八年牢也坐了，人家在外面的该玩就玩，该吃就吃，什么也没耽误，你以为还占了什么便宜？"

孟海肯定注意到我们的难堪，沉下脸，"你这是什么话？"

"什么话？就是这话，当说的还是要说。这些年你充好汉，什么事一个人揽了。你那些亲密战友呢？到哪里去了？也去担点责任没有？送了两碗牢饭没有？"

孟海大喝："你晓得什么！"

"我是不晓得，但我不会去犯法。"

"你看你那样子，一条花短裤也敢上席，简直有辱斯文，一点教养都没有！"

对方红了脸，"天气热呵。"

"你还说！"

"我偏要说！嘴是我自己的，你管得着吗？"

孟海猛拍桌子："滚——"

女人眼一红，跑进另一间房，抽抽泣泣，摔东打西，弄得我们都六神无主。我劝孟海："何必呢？她等你这些年，也实在不容易。事情只怪我们，让你一个人顶着。她有些想法也在情理之中。"

另一朋友也劝："是呵是呵，天气热，穿短裤有什么要紧？现在街上的超短裙比短裤还短，你不能太封建。"

孟海气呼呼地抽烟，手哆哆嗦嗦，粗声说："吃吧吃吧，别管她。"

孟海的女人原是他一邻居，一个木匠的女儿，没读多少书。她以前就对我们没有多少好脸色，今天还算是高兴的，没去邻居那里打牌，还破例给我们上了茶。她说的那些气话，其实也没大错。她虽然穿着花短裤，但确实比我们义气得多，一等六七年，完全有权利在这里指东骂西算老账。

孟海后来与她结婚，但没有维持多长时间又离婚。她说孟海没有用，还靠她来养活。她丢下一个刚出生不久的儿子，跟着一个什么布贩子跑了。我怕孟海难过，上门去安慰他。孟海说没什么，没什么，她一家人在"文革"那几年都是保守派，同他本就没有共同思想基础。

我对这个结论同样疑疑惑惑：保守派？什么意思？

孟海没有找到正式工作，就摆了个豆腐摊，几个月下来总是亏损。他要带养儿子，还要参加各种业余政治活动，没法管好自己的豆腐。熟悉他的人都知道，他对朋友特别热情，重返社会以后仍然是公共的老大哥。谁要修房子，谁要办丧事，谁要写状纸，谁大逆不道辱骂顶撞了父母，他都会很快出现在现场，忙得非常认真，忙得满头大汗和喉干舌燥，以至于他的一辆自行车和一串串钥匙，不幸在忙乱中丢失。

我经常去买他的豆腐，但没法使全体人民都成为他的铁杆顾客，而且买来豆腐通常不是太粗就是发酸，没法吃，只能倒进厕所。我老婆为此经常生气。更可气的是，孟兄常来我家串门，屁股沉得很，一坐就到大半夜，尤其是有政治新闻的时候，还常常带来一些我认识或不认识的人，共同关心着国家大事。他那小崽子则关心我家的每一个抽屉，进门不到十分钟，抽屉里所有的东西都会被他翻出来，遭到他粗暴的折磨。刚捡走他打烂的碗，他又撕了一本书。我老婆只好跟着他转，平定家里一次次动乱。

　　孟海说，改革开放没什么新鲜的，我们早就是这么干了。反官倒，不就是铲除特权阶层么？要民主，不就是号召人民造反么？他说最近形势越来越好，化工局发展知识分子入党，一下子发展了三个造反派。化工局因此有希望，只有林业局和团省委还不行。他甚至把他的豆腐摊也看成了"文革"斗争的继续，说工商局要吊销他的执照，其中有一个人他认识，就是原来保守派的头头。那人的背景是某某副省长，是反对给右派平反和反对农村联产承包制的那一伙，是反对胡耀邦和邓小平的那一伙。他们哪是要吊销执照？分明是反攻倒算顽固阻挡历史潮流！

　　我觉得他这些看法很奇怪，担心他要是再一次丢了钥匙，也会将其看作政治事件，看作两条路线斗争的新动向，说不定还由此查出一大串可耻的这个派或那个派，一直查到国务院甚至联合国去。

　　没有什么政治新闻的时候，我们就只好回忆点往事。我没想到他的记忆力惊人：××年×月×日他在红旗电影院地下室会见过清华大学红卫兵头头蒯大富，在场的还有××，××，×××。××年×月×日，他目睹了群众占领军区抢走枪支的全过程。××年×月×日下午三时左右，他参加了有周总理联络员在场的停战协议签字，签字的还有×××，××，×××，×××……他差不多总是说"文革"的事，也只能说"文革"的事，而且有关时间必精确到天，精确到时甚至分钟。我问他如何有这等了得的记忆力。他说这是在牢里练出来的。他在牢里不是经常需要写交代材料么？警察问出的每个问题，他都至少回答和交代过一百多遍，写材料的用纸至少也有几十公斤。有了这样一段经历，什么样的往事不能在他嘴里倒背如流？

他说累了就咳嗽，面如纸白，手不由自主地哆嗦，像要发热病。他的咳嗽总是一朵朵开放在一九七二年（他被捕入狱的那一年）前的日子里。

十三

我想让他散散心，拉他去听歌。他在歌厅里坐立不安，扫一眼红男绿女，最后骂了一句"颓风败俗"，就一跛一跛地坚决要求回家。

我只好约他去旅游，让他那没娘的儿子也高兴一回。我特地请了假，把女儿骗到她娘那里去——我的钱不够带她。我兴冲冲到了孟海家，没料到他脸色发白，说不想去了。他的儿子看来刚挨过打，坐在地上大哭大闹，脚一蹬，一只鞋子滑出老远。

我问为什么。

孟海闷闷地说，今天早上把钱丢了，大概是买菜时丢的。

我给小崽子擦鼻涕，洗脸，穿衣服，掏一包鱿鱼干哄着他去看小人书。"你怎么老是丢东西呢？仔细想想，会不会忘在家里的什么地方了？有多少钱？"

"我什么地方都找过了。"

"菜场里不会有什么小偷吧？"

孟海冷笑一声："丢了就是丢了，我没丢还会说丢？"

"不一定。你找一找再说么。"

"你放心，没有钱不去就是了，我不会找你借钱。"

我发现有点不对味，这才记起来刚才他的一声冷笑。"不不，我不是这个意思。我不是说你要怎么……我带了足够的钱，完全可以借给你，完全……"我有点说不清。

"我再穷也不会借钱去玩。"

"我不是这个意思。"

"你的意思别人看不出，我还看不出？"

"借钱也没什么问题呵。我们之间还言借？"

"是没问题。我以前借钱给你从来不当回事。"

我有点吃惊，记不起他借钱给我的事，不得不问一句："什么时候？你是说……"

他更加生气："只说在县招待所那次。二十还是三十？"

我完全没有印象了。只记得那次他拿走了我的一些粮票，还穿走了一双皮鞋，是翻毛的工作皮鞋那种。但我没敢把这些说出来。

我的沉默大概有点不认账的嫌疑，使他必须认真到底。"忘记了？那次你还穿走我一双皮鞋，也忘记了？"

皮鞋成了他的？那次明明是我住在招待所绘图，他来了，喝了点酒，睡在我床上。第二天他要走，发现湿透了的鞋子还没干，就穿走了我的皮鞋……这事绝对不会错的，怎么可能错？

"海哥，对不起，皮鞋的事你不说，我都差点忘了。既然要说，恐怕就得说清楚，你仔细想想，是不是你刚好记反了？是不是你当时穿走了……"

"你怎么能这样？怎么能这样呢？"他怒气冲冲，跛着脚在房里走来走去，脸上的伤疤涨得又红又亮。

"如果真是你的，我完全可以还，也应该还。"

"无聊，无聊！不说了！"他气呼呼地去看报。小崽子发现家里气氛不对，跑过去，把我刚才洗净的脑袋埋进父亲怀抱，不时又探出头，投来同仇敌忾的目光，朝我喷出稀稀的涎水星子。"打你！打你！"

"孟海。"

他头也不回。

"孟海，说这些是很无聊，不说了吧。但我今天确实没有怀疑你要揩油。我是真心想让你们高兴，玩个痛快。你看我买了多少东西。你看看，橘子、苹果、烧鸡、酒、钓鱼竿，还有你胖它最喜欢吃的鱿鱼干。我知道你腿不好，我准备背你的儿子，所以没让我的女儿来添乱。她在家里还哭得一塌糊涂哩……"

他冷冷地说："多谢了。要我如何报答你？"

小崽子则对我更加愤怒地高喊："打！"

我突然发现自己实在太傻。我可怜巴巴地想打动谁呢？他对往事的记忆可以精确到年月日乃至时刻，是不会相信自己记错的。我即使买来一个食品公司又能改变他的记忆吗？我今天结结巴巴语无伦次，是打算说服这位老同学核查和确认我的一份份情义吗？

我抽了一支烟，终于平静下来。"对不起，很对不起。我慢慢想起来了，海哥，是我记错了，是我穿了你的皮鞋，是我借过你的钱，在乡下那次是三十。还有一次买车票，好像是十五吧？……"

孟海瞟我一眼。

"我有时确实打小算盘,以为你忘了,也就装装蒜。还有那次在你舅妈家,我还拿了你一条烟,你也毫无印象,是不是?"

"我是经常忘事。"

我掏出钱来,数数,放在桌上。"我今天还清。今天不还,说不定我哪天没钱了,又会耍赖的。"

"你要同我公事公办?"

"是的是的,是我要还的。"

"要了清就了清吧,我收了。"他嚓嚓两下把钞票撕碎,朝我劈面摔过来,勃然大怒使他的眼睛有点斜视,还有点散光。"你不就是读了个大学?不就是写了两篇屁小说吗?有什么了不起?没想到你这等下作!"

碎片纷纷飘落。我像个偷偷摸摸来行贿的小人,惨遭失败,无地自容,一句话也说不出来。

我晕晕地不知该去哪里,走进一家小铺子买了瓶酒,胡乱灌进肠胃,灌得自己天旋地转。天啦,我怎么也说不清了,跳进黄河也洗不清了。二十多年的交情就在这碗酒里了,要喝完了。我发现自己流出了眼泪,怀疑自己确实欠了孟海很多。我盯着桌上的苍蝇决心相信皮鞋确实是他的。我盯着桌上的苍蝇决心相信他从没有拿走我的粮票。我盯着桌上的苍蝇努力相信自己还欠过他的钱、车票以及更多的一切。我盯着桌上的苍蝇努力相信我不曾为他担心为他奔波为他拔刀相助并且义买他的馊豆腐。我一定要相信我今天兴冲冲找他是彻头彻尾的虚情假意是圈套是下流——我必须相信。我看见苍蝇优雅地飞绕一圈然后飞向了白晃晃的窗外。

我东倒西偏地骑着自行车回家。一辆辆汽车在我面前忸怩作态或东藏西躲，一位妇女在我面前突然激动地手舞足蹈，一个烟贩子的烟卷突然在我面前腾空而起，红红绿绿地迸散天空，像节日的礼花停驻空中。最后，一根水泥电线杆不怀好意地游动着和摇晃着，迅速壮大而来——

我向电线杆扑吻过去。

十四

医院化验室在三楼，只有一个小小窗口，碉堡枪眼那么大。窗口内外的双方一般只能看见对方的手。大概化验师们厌恶排泄物，延及排泄物的提供者，拒绝与病人堂皇见面。

我把化验单与一只塑料样杯递进窗口，见一只手把它们接过去了，但久久没有动静。

我压低脑袋往窗口里看，一只白口罩上面，一双眼睛有长长的睫毛。"你的胃病还没有好？"白口罩说。

"不不，我是新来的。"

口罩摘下来，原来是——我大吃一惊。

我没料到邢立会在这里冒出来，更没料到自己会这样狼狈地与她重逢。多少年以后的今天，我肠胃炎发作，虚汗淋淋，腹痛难当，肯定还面色惨白双目无神。我急匆匆来医院急诊，可怜巴巴呈上一个脏兮兮的样杯，就是要让她从显微镜里考察我的病菌、虫卵以及一切腐臭之物？考察我几年来大小便一样的别后生涯？

我匆匆逃走，庆幸窗口小得恰到好处。但她不容我逃走，很快追来诊室，给我一纸化验结果，拉着我去见另外一个医生，据说是更有经验的老医生。她在老头面前低声说了些什么，在谈到我的病史和病状时，好像成了我的代言人，几乎不用我开口，就知根知底地揭发我好酒、好烟、嗜辣、贪咸、不洗手、不吃早饭一类坏习惯。老头教训我的时候，她望了我一眼，嘴角有一丝得意的暗笑。

她当然可以得意了。看见我送上门来丢人现眼，毫无反抗能力地任她宰割，她心里不知该有多开心。说不定要心花怒放地哼出小调和走出舞步吧？她熟门熟道地去划价、交费、取药、安排打针和输液，指挥我坐在这里，指挥我站到那里，指挥我搂起上衣或退掉裤子，暴露我窝窝囊囊充满汗臭的一切。在帮助护士给我扎针的时候，她抓住大好时机扮演了一个两肋插刀无微不至的拯救者。不，我不承认这种演出，不接受这种角色安排，更无法容忍她心花怒放的权利——但我实在挺不住。强忍腹痛去注射室的时候，我气喘吁吁，由她从旁尽力搀着，整个身子几乎是挂在她身上。我闻到了她的发香，感觉到她手的冰凉，还有白大褂里瘦削身体透出的惊人力量。

窗外是哗哗大雨，还有无声的闪电。玻璃窗上不断下泄水帘，使窗外的高楼和树丛变得模糊不清。

"今天谢谢你了。"

"不用谢。"

"你回去吧。不都换班了？"

她看了看输液瓶，低头剥着自己的指甲，"再等等。只有半瓶了。"

"欢迎你以后到我家里来玩。"

"有空会来的。"

"你还没有问我住在哪里，也没问我的电话号码。"我看了她一眼。

她想了想，淡淡一笑，"你觉得真有这个必要？"

我有点狼狈："也对，我有点多事。"

停了停，她说："你戒烟吧。"

"我会努力。"

"酒要少喝。"

"我会注意。"

"早餐一定要吃。"

"我知道。"

"饭前一定要洗手。"

"……"

> 南方的甘蔗林啊，南方的甘蔗林！
> 你为什么这样香甜，又为什么那样严峻？
> 北方的青纱帐啊，北方的青纱帐！
> 你为什么那样遥远，又为什么这样亲近？……

不知道她此刻是否想起了这首诗。窗外的雨声更汹涌了。在空荡荡的输液室里，我感觉到她的一只手伸过来，抓住了我的手——只是我对这一记忆没法完全确定。

十五

你好。

你好。

现在，她已经横过了马路，来到了我的面前。

又是好几年过去了,她已有了中年人的暗淡,虽然形体线条还没完全解散,但类似旧货和古籍的某种气息,正从肌肤里透出来,淹没了她往日的鲜明。

她旁边还有一个高高瘦瘦的男人,我差点没注意到。她说这是她的儿子,让我几乎吓了一跳。据说她后来在云南生过一个孩子,想必就是他了,想必就是这生猛的胡须、喉结以及宽宽的肩膀了。

他一只脚尖在地上旋转,冲着母亲娇娇地嘟哝,说要去买拳击手套。苏志达有点讨好地说,好好好,我支持你买,我带你去!苏志达扶着他的肩要走,他却把肩膀从继父怀里滑了出来,快步朝前走去。

我们等着他们,必须说说话。不知为什么,我们好像没有久别之感,不过是在院子里遇到邻居,在走道里遇到同事,如此而已。"今天像要下雨,你看这闷的。"我说。她看看天,接着说:"老天是不是睡着了?整整一个月没下雨了。"我说:"是有点怪。昨天降了点温度,但雨没落下来。也就是玩点形式主义。"她笑着说:"你没看天气云图?台风还没上岸就不走了,好像是迷路了,不玩了。"

我们的说笑为什么不能这样轻松?几十年已经过去了,生活的谜底一个个解开,所有的底牌都已经见光,彼此间的好奇变成彼此间的会意,很多话不必再说,激动更显得多余。即使是往日的恩恩怨怨,也可以进入今天的笑谑,让我们笑得有点没肝没肺。我捶了她一拳:"你那时简直是乱党乱国呵,有一次只是扔我一石头,就让我激动了好几天,还以为是接到绣球了。"

她哈哈大笑:"那一天正是我生日。你不知道么?你要是回赠我点什么,我脚一跺,还不就私订终身了?"

"可惜,当时不善于体会领导意图么。"

"后悔了吧?"她捂住嘴,"时光一去不复返呵。你要是早下毒手,我后来也不会孤苦伶仃跑什么云南。"

"谁信呢?你眼角里从来都没我。什么石头不石头,刚才我随口一说,你还真事似的。"

"你看你看,你这人就是赖,辜负了本大姐当年一片芳心,还不当回事。好险呐,我当年要是真跟了你,还不知道要倒多少霉。"

直到苏志达父子回来,我们还在开心地斗嘴,计较着她当年送给我的一件汗衫。到底是优质品还是劣质处理品。儿子戴上了拳击手套,兴奋地手舞足蹈在母亲背上试拳,打得母亲皱着眉头,连连躲避。她耳边一根白发十分触目地晃荡,让我有瞬间的无语。

他们请我去他们家玩玩。我去了,吃西瓜,喝茶水,听音乐,看他们儿女的两大册照片。那里显得有点乱,桌上有散乱扑克没有收拾,杯子里还积着酱色的剩茶,一大堆衣服胡乱地扔在床上,一只长毛大狗蹿来蹿去。苏志达系着围兜要下厨,被邢晓兰拦住——这是邢立的新名字,也许标志着她新的生活。

苏胖子笑着说:"你不会招待我们又吃饼干吧?"

邢晓兰撇撇嘴,"那可不一定。"

我与苏志达在客厅里说古道今,听他老婆一直在厨房里忙碌,一会儿是抽油烟机嘀嘀响着,一会儿是自来水哗哗响着,一会儿是煎锅噼哩叭啦地冒出鱼香——她一扎进厨房就没再露面,但忙了好半天也没个眉目,让我们饿得慌。

苏胖子说,你以后要多来玩。

我说,一定来。

你记住这个地方了吧?

记住了，记住了。

其实我心里暗想，我不会再来了。

因为我不愿意再遭遇谜团。我家中抽屉里确有一块石头，如天然的一方水墨山水。但这块黑石头难道不是女儿从外面捡来的？怎么与邢立的生日有了关系？她是否真送过我一块石头？而这块石头是否在我的遗忘中消失？

除了黑石头，家里至少还有下列谜团需要破解：

汽车票——一张发黄的旧车票，夹在日记本里。票面上没有起点和终点的记录，只有票价十二元六角。是谁坐了这趟车？为什么车票会留在我这里？

奇怪数字——我的一本日记封面上赫然记录下一个数字：八二二二八。像是电话号码，也像是日期。如果是日期，那是一个什么日子？有什么特别的意义？

卷曲癖——我老是手闲不住，随手抓到一片树叶或纸条，就不由自主地把它卷成棍棍，有时候连钞票都被我卷破了，卷丢了。这种恶习来源不明。

月光恐惧——我不喜欢月光，甚至害怕月光，特别是在秋天，一见到月光我就会哆嗦和冒冷汗。这种生理反应无人可解。

幻听——我常常在晚上产生蛙鸣的幻听，听到屋后或窗台上有青蛙的叫声。这种幻觉在我迁居海南岛以后才稍有所减弱。

以上等等，像一些证据在法庭上出示多年但无人指认，眼看就要废弃。但是，如果邢立能够指认其中一块石头，那么是不是还有更多的人，将来也能出面指认其他？然后让我的生活里重新充满惊讶？

我最近读到一本犹太作家写的书。书中写到他一位朋友也有月光恐惧症，因为那位朋友曾经在月夜里逃走，从尸体堆里爬出，爬过他妻子的尸体，他女儿的尸体，他父亲的尸体，还有一条条没主的腿或胳膊。他从此以后一见到月光就呕吐，就情不自禁地要往地上爬。这与我的症状多少有些相似。

1993 年 6 月

---

* 最初发表于 1995 年《小说界》杂志，后收入小说集《北门口预言》，已译成日文。

余　烬

当时政府禁山育林，设了很多卡子拦截竹木。福庄和其他买客们只能偷运，白天空着手进山去，寻到某个寨子，与卖主私下交易，等日头落水，贼一样把竹木挑出山来。这一路昏天黑地，一是必须夜行，二是必须急行。碰到卡子，怕人家放狗、敲锣甚至开枪，还得绕小道，有时候也少不了打架动武落下伤来，回家吃草药。

福庄是跟着庆子去的。照当地习惯，成年男子都被叫做什么"子"，比如元庆就是庆子，见孔就是孔子，福庄就是庄子，如此等等。

庆子看不起庄子的一身泡肉，让庄子很生气。"庆子，我要是比你少挑一两，就去拱猪栏！"他愤然劈了一个竹筒。

当地人很看重起誓，一看福庄劈了竹筒，庆子就不说什么了。

孔子沉默了很久才想出一句话："带个秀才去也好，万一被抓住了，有人写检讨。"

他们一共五人,带了一袋糙米,每人三角钱菜金,还有福庄贡献的一小瓶酱油拌干椒,算是路上两天两夜的伙食。那还是酱油很稀罕的时候,乡下人只看见城里人吃过这种东西,觉得有些神秘。所以庆子吃得额头冒汗时就幸福地抹嘴巴:"毛主席一个月三斤酱油怕是要吃的?"

吃完了饭,太阳落到山后去了,峡谷里突然变暗,雾气弥漫,溪流的嘀嘀声寒气侵骨。有一只乌鸦开始慌慌叫唤。这是该下山的时候了。庄子不想被庆子那双鼠眼小看,刚才挑竹子时,怎么也不听庆子的劝告,偏偏选了两根大竹,扎成 A 字形,一挂秤,八十多斤。他满不在乎的样子,一甩长腿冲在最前面。为了表示体力还有富余,他没事找事似的,把挑子当举重杠铃往上推举,一二一,复习以前学校里的体育课。他的嘴也闲得慌,需要发出点声音:

亚——非拉——人民要解放——

孔子听见庄子在前面唱,说:"这洋戏不好听,没有调的。"

庆子说:"现在做马叫,等下就要做牛叫。"

果然,下了一个岭,就再也听不到福庄唱歌了,也很难看见他了。他总是落在后面很远,需要别人一次次来等待。在淡淡月色里,大家等呵等,好容易等到他跌跌撞撞跟上来,只见他弓着腰,五官乱成一团,汗津津的背上映出月光,扁担被肩头与脑袋吃力地夹住,就忍不住笑。

"我崽,你还唱呵。"庆子冷笑。

庄子哼哼哟哟,没工夫回嘴。

"你裹了脚么?照你这样走,就要在这里过年了。"

"这么远呵?我……我都走得脱肛了。"

"嘿嘿,你来月经了吧?"

"庆痞子,我这裤子太紧,勒裆。"

"你那也叫裤子,妇女的骑马带子一样,要它做甚?"元庆终于抓住机会把读书人的球裤糟践了一番。

福庄眼下没有办法嘴硬。他对脱肛有些羞愧,粗腿被紧紧的裤边磨出了血,火燎燎地痛,只好横下一条心干脆脱了裤子。好在山里人稀,即便碰到女人,黑暗里谁也看不清谁。

他的大腿间凉爽多了,但还是觉得竹挑子越来越沉,怎么也跟不上队伍,走着走着就听不见前面的脚步声。他仔细听了听,嚓嚓声还是无影无踪。他走错了路吧?前面是个菜园,还有一口井,路已经消失。他两眼一黑,绝望地想起刚才的一个岔路口——肯定是当时自己选错路了。可恨庆子他们既不等他,也不在那里留个什么标记。

"喂——"

一片陌生群山里,他的声音孤零零的。

"你们在哪里——"

远处有狗吠。不一会,路上有了庆子那种左脚略有些轻的脚步声。"你喊什么喊?怕卡子上的人睡着了是不是?"

"你们也不等我。"

"要你跟紧点。"

"这到什么地方了?"

"才走了二十几里地,到了汉沙坪。"

福庄全身都软了,差点哭出来。

"起来，快起来！"庆子见庄子平躺在地上，就对他的屁股猛踢，"你这个没用的货，老子剜了你的卵子！"

"我就喘口气，只喘口气，求你了。"

"哪个耐烦等你？"

福庄只得挣扎，只得捶腿和揉腿，只得咬紧牙关站起来。他全身汗如水洗，往脸上抹了一把，竟抹出一手的蚂蚁。

幸好下雨了，他们不得不停下来歇脚。庆子路熟，带着他们躲进了一个窑棚。这里没有人，但留有一口锅。算一算，快过小年了，窑棚主人可能已经回家。他们搬来两捆烧窑的柴，燃了一堆火，烘烤刚才雨中淋湿的衣。他们互相看到男人的裸体，看到阳物在火光中晃来荡去，觉得很开心。孔子对庆子笑嘻嘻地说，听说你的家伙可以挂得两颗窑砖，是不是真的？庆子哼了一声，似乎不以为然，说当后生那时候岂止挂两颗！现在是老了，还挨了一刀——他是指在政府的动员之下，做了计划生育的结扎手术。

孔子看看自己，又看看庄子，觉得庄子也不可思议，你的怎么那么小？大蒜子一样！我看你一天到晚勒着三角裤，也就是藏了个这样的宝物呵？福庄自我解嘲：天冷么。

收了汗，确实有些冷，正好湿衣已经烤干，大家就穿上衣，还找些柴草来围堵自己遮挡风寒。庆子说睡就睡，一点也不耽误时间。先放出几声鼾，接着又哇哇哇地跳，原来是他一不小心把脚伸进了火堆，一只草鞋烧得冒烟。他把睡着了的一一踢醒，说睡不得，睡不得，这样睡会冻坏人的。

他又说，这雨看样子一时半刻停不了，我们得先搞点吃的再说。他四下查看，找到一个破筐，里面只有几只陶钵，有半碗盐，此外什么也没有。他吩咐庄子烧一锅水,自己出去了,不一会拿着几颗沾泥带土的白菜回来,大概是从附近住户那里偷来的。

雨还在下。可以清楚地听见满山的雨声,随着风一层层地由远而近。甚至可以听清楚每一滴雨,落在对面山上的某一片叶子上,某一块石头上,或者某一个稻草人的斗笠上。静夜使人的耳膜变得极其敏锐,可以捕捉到这个世界任何一丝微弱的动静。即便有千万种声音,它们也都被静夜一一过滤出来,洗刷得干干净净,面目各别,纤毫毕现,绝不会互相混淆。庆子说,他听到了麂子,一大一小,就在岭上跑。

庄子听了听,好像确实听到山那边轻微的蹄声,甚至听到了鼻息的声音,树叶在嘴中咀嚼的声音,还有后腿滑了一下的声音。他还听到了别的什么,听到了山里的所有重大奥秘,只是没法说。一说,那些声音就没有了。

庆子断定,那只大的足有二十斤,一身好膘。

孔子说,打到它就好。

庆子说,再养肥点,下次来吃。

你下次还碰得到?福庄有些惊讶。

庆子笑了笑,舔舔嘴巴,只是吸烟。他的笑里透出一种自信,似乎山里的野物都是他养的,都是他碗中的食,吃不吃,什么时候吃,一切由他从容安排。

锅里冒出了白汽。一锅没油没荤的白菜汤也香味扑鼻。他们没找到筷子,各自找一根树枝,一折为二,凑合着去锅里搅捞。可惜锅里没有米,庆子不容许庄子下米,一定要把几斤米留到曹家洞再吃。

庆子吹着热汤,突然手举在空中,目光凝定:"有人来了。"

孔子也听见了什么："是有人来了。"他朝黑洞洞的外面看了一眼，大叫一声："妇女！"听到这两个字，有个裤子还没烤干的后生，立刻手忙脚乱往暗处躲藏。

一盏马灯已经晃在门口，门外确有女人的声音："请问一声，李福庄在这里么？"

"李福庄？呵呵。"福庄奇怪有人来找他。

"总算找到你了——"一条影子从门外跌进来，冲着福庄倒地就拜，吓得他连退了两步。这是一张中年妇人的脸，面色发白，目光慌乱，挂了一只铜耳环，全身水淋淋的。"李局长，救人一命，胜造七级浮屠。今天你一定要大慈大悲，帮助我家过了这个铁门槛。我们将来给你打鞭炮，烧高香，贡三牲，一辈子感激不尽……"

"慢点慢点，你找错了人吧？"

"你是不是李福庄？"

"是呵。"

"那就对了。求你同意给我们出一趟车。"

"什么车？"福庄越听越糊涂。

"就是你的专车呀。司机说，要经过你批准。李局长，我们也是没法子，我儿媳难产，接生婆没办法了，得赶快送医院。母子两条命呵……"

福庄哈哈大笑，"你看我是个坐专车的人么？我连牛车都没有，哪来什么汽车？要是有汽车，我自己还想坐一坐哩。"

妇人把他全身看了一眼，也觉得有些疑惑："你不是李福庄？十八子的李，幸福的福，村庄的庄？"

"我是呵。"

"那你如何见死不救?"妇人扑通一声跪下,紧紧抱住福庄的双腿,"你做做好事,做做好事吧。你要是不同意,我今天就死在这里……"说着说着就号啕大哭。

福庄没法吃白菜了,哭笑不得地望着同伴。庆子走上前去,拍拍妇人的肩:"喂,疯婆子你快走,这些人都是土匪,你不晓得呵?他们扇起耳巴子来铁重的。"

"你们打吧,打死我算了!我空手回去反正也是一个死。可怜我那媳妇和我那孙儿呵,可怜我那命苦的儿呵……"

这婆娘看来疯得不轻。庄子与同伴们交换了眼色,只能硬的改软的,哄哄她算了。庄子笑着说:"好好好,本局长同意了。别说是汽车,就是要飞机,你看中哪一架就给哪一架。谁让我们是人民好公仆呢?一心急人民之所急呢?"见妇人破涕为笑喜出望外,又应对方要求,摸出一截铅笔头,铺开一个纸烟盒,给对方写下一纸同意调车的手令——铅笔头本来是准备写检讨书用的。

妇人把手令塞入襟怀贴身藏好,千恩万谢,对在场人一一鞠躬,提着马灯匆匆跑了。他们忍不住追到门口,哈哈哈送疯婆子远去。"大婶,你慢点走呵——"他们没有听到回答,只听到哗哗雨声,还有远处寨子里的狗吠。

庄子继续喝他的白菜汤。他喝白菜汤的时候怎么也不会想到,他会永远记住这汤,记住这汤的美味,后来还与自己的儿子说过多次。当时他儿子把蛋糕或者肉包子扔在地上,就是不好好吃。他差点一巴掌扇到龟儿子的脸上。

他更没想到,他多年以后还会来到这一片熟悉的山区。转眼又是初冬,有家公司在山里发现了一处好水源,计划生产矿泉水,急需申请一笔贷款。福庄是主管局的局长,邀一位银行副行长来考察项目,替公司争取支持。车驶出省城,进入了这个县的地界,他就再也睡不着了。大团大团的灰黄色涌入车窗,是秋后寂寞的农田,是随处可见的干草垛,还有远远的枯草山坡,将要抛甩到地球那一边的山坡。他想找到自己以前熟悉的房子、熟悉的道路、熟悉的面孔和口音,但是找不到。目不暇接的新楼房阻挡着记忆。一些风情女子站在路边店门口,对他们招手和微笑,介绍着身后的小店。补胎。饭菜。补胎。饭菜。饭菜。补胎。这些大字刷在粉墙上,木板上,篾席上,接连不断撞击他的目光。他的全部过去似乎只能用这四个字来表示欢迎和问候。

矿泉水厂选址在汉沙坪。眼下还只有几间破旧的瓦房,有几个乡下女子守着一根从山上接下来的水管,懒懒散散地接水装瓶,如此而已,其余什么还没有。筹备建厂的张厂长是本地人。他听说福庄以前在这里当过知青,喜不自禁,眉开眼笑,口口声声叫他"庄子",说亲不亲,故乡人,美不美,矿泉水,这笔项目不上马实在天理不容。福庄倒一直没松口。他担心矿泉水只有夏天几个月的旺销,还希望公司方面提出淡季的生产方案,比如能不能生产芦笋罐头或者糯米酒?

张厂长说什么也要领导们多住两天。吃了石蛙和果子狸不算,还要邀客人去钓鱼,去打猎,去看一座什么神庙。他瞪大眼睛鼓动客人们胡作非为:"天高皇帝远,出了县城三公里就没有王法了,你们可以把自己想象成日本鬼子,想怎么乐就怎么乐!我去找些花姑娘来跳舞吧?"

福庄带来的周科长爱跳舞,一听此话就说自己今天晕车,胸口很闷,确实不能再走了。他动员一行人都在这里住下。

入夜，周科长左等右等，西装皮鞋一直没舍得脱，但没看见什么花姑娘来，只是有人骑着脚踏车送来两筐橘子和猕猴桃，说是张总让送的。眼看着入夜已经多时，周科长气得大骂张厂长是个大骗子。

福庄觉得老周太可笑，但他也不大喜欢那个姓张的，对他特地为客人选定的旅馆，也觉得哭笑不得。这家旅馆属于财政所，电热水器是进口的，但电压低，根本不出热水。新式马桶也是有的，但下水道不通，脏水从卫生间一直漫流出来。地毯有地图般的花纹，墙纸到处起泡，都透出阴沉的霉味，似乎这些城市的器官一旦移植此地就只能腐烂，房客只能在腐烂器官的围困中度日。这一切使福庄感到陌生，无法与他记忆中的往事发生任何联系，连橘子也完全吃不出当年的味道。

电话倒是有一台，串线的电话一再闯入房间："姓曹的，你的满崽是要留左腿还是留右腿？"

"你说什么？你找谁？这里没有姓曹的……"

"少装蒜，你九爷的刀子不认人！"

叭嗒，对方把电话摔了。

谁是九爷？这个九爷与什么人结了仇？……福庄还没明白电话是怎么回事，又再次感到腰间剧痒。肯定是有虱子和臭虫。他满身抓挠，脱下衣服寻找，实在没法安睡，忍不住敲击司机的门，想连夜打道逃回省城。

门里面没有声音。

他敲另一张门。

"小王到哪里去了？"

"不是去县城了么？"

"干什么去了?"

"不是你要他去的么?"周科长醉醺醺开了门。

"我什么时候要他去县里?这家伙,不会是去拉私货了?"局长知道这里的茶油和猕猴桃特别便宜,司机们总爱往这边跑。

周科长瞪大眼:"你忘了,你亲自写的条子呵。"

他返回房里找出一张纸条,说大约是熄灯前不久,一个妇人拿了纸条来,说李局长同意派车送一位难产的妇女去县城急救,小王这才紧急出车的。

"根本不可能!你说些什么呢?"福庄今天没见过什么妇人,没听说过什么难产不难产,更没批过什么字条。

"你仔细看看,字倒是有点像你的字。"

福庄打开手里一张烟盒纸,这才吃了一惊。盒纸上确有他的签名,字迹也非他莫属,只是有些模糊和潦草,像年轻时代写的字,就是自己当年摹习魏碑时的那种。

"怪了!"

"局长,这不是你写的?"

"不是……"

"坏了坏了,我们上当了。这事只怪我,没回来问你一下……"

"也不是什么上当。只是……这什么时候写的呵?"

福庄毛发倒竖,依稀想起很多年前的某个雨夜,想起自己在某个破窑棚里遭遇的一幕。这就是当年那张纸条么?他怎么也无法相信,事隔二十多年,这两件事怎么可能连接起来?他猛拍自己一耳光,看能不能把自己从梦中打醒。

周科长见他脸色大变,吓得赶快摸他的额头,摸他的脉跳,给他打开水和找药瓶,小心地查问原因。听他说完来由,忍不住大笑:"局长,你今天没喝多少么,怎么就酒话连篇?我喝了八两白干,还可以玩游戏机。"

"信不信由你,这事实在是太奇怪。你想想,什么人可以拿出我二十多年前的字条?你看看,烟盒纸上是红橘牌。现在哪里还有这种牌子的烟?"

"那婆娘一定是个鬼!"

"我同你说正经的。"

"只能是鬼么。局长,她在二十多年前就看出你会当局长,就提前向你开口借汽车,不是个鬼又是什么?"老周又哈哈大笑,拍拍福庄的肩膀。

月亮已经移出云端。刚下过雨,溪里的水大声宏。从窗子里看出去,对面的山壁在月色里显得突然膨大了许多,逼近了许多,压得让人有点吐不过气来。黑森森山岭的剪影,嵌入当年的天空,与记忆中的曲线仍是严丝密缝地吻合,对于福庄来说十分眼熟。好了,有了这条聚焦清晰的山脊曲线,就有了通向回忆的一条线索,足以分解混沌的往事。牛粪的气味,腿上的血痂,大路上嚓嚓嚓的脚步声,还有远处山脚下若明若暗的一粒灯火,都一齐扑面而来。

这附近肯定有一两个窑棚。他记得更清楚了,他曾在那里躲雨歇脚。那是他第一次进山,来去二百多里路程,累得人死过几遍似的。他当时被同行人叫做"庄子",担着A字形的竹挑子,总是跟不上队伍。他还记得,他曾经用钓鱼线钩系上虫饵,在一个寨子附近钓了一只鸡,带到僻静处再把鸡头扭下。要不是庆子怕遭报应,他本来还可以偷得更多。但就是那天晚上,他下山的时候一脚踩空,摔在深深的水沟里，嘴里咸咸的，一摸，竟有一颗牙齿滚落手中——真的遭到报应啦。后来，同伴总算找到了他。他们在天亮前赶到一个小镇，见店铺都没开门，只得和衣睡在檐下，直到天亮时才被冻醒，发现破棉袄上已经披霜，甚至冻出了喳喳作响的冰凌。他们没有几个钱，吃不上肉和酒，只能用大米在饭店里换来几碗白饭，一个个蹲在街边狼吞虎咽……

他走出了旅馆，看到路边有一座旧戏台，粗大的木柱布满了虫眼，还有交错密集的划痕，就像重新披上了粗糙树皮，甚至有绿苔暗暗地爬上来。他走上一个坡，看见坡上有排排砖坯，有一个人字形茅棚，一如他记忆中的窑棚。他打亮手电筒，让光柱射进棚里，照亮那里的大堆柴草，其中有几捆已经摊散，是有人在那里睡过的样子。在窑棚的正中央，几口砖架起一口锅。锅里的残汤还冒着热气，锅沿还沾贴着一片白菜。看看锅下，柴灰似乎很新鲜，风吹过的时候，有暗红色的余火一闪一闪。

这里显然刚刚有人离开。他突然心头一动：刚才上坡的时候，不是与几个人影擦肩而过么？大概有五六个人，发出嚓嚓嚓的脚步声，很像进山来担运竹木的买客。靠水库中一片月光的反衬，他看见那几个人鱼贯而行，背脊弯曲，脚步晃荡，A字型的竹挑子在肩头轻柔地一跃一跃。其中走在最后面的一个，两腿尽量向外撇开，走得有些别扭，好像裤裆里有什么伤。

"喂——"他突然一惊，追出去大喊，在群山里放出孤零零的声音。

"庆子，你们站住，等一下我——"

远处只有几声狗吠。他希望听到大路那边有应答，有脚步声返回来，然后有庆痞子的大骂和数落……但是庆痞子没有出现，最终也没有出现。眼前只有一片银月的光雾，行者的脚步声已深深落入雾海不知去向，没法打捞上来了。

"庆痞子——"他气喘吁吁，不知怎样才能追上去。

"贼养的！"

前面有喝骂声。一个黑影挡在路上，走近才可以看清楚，那不是庆子而是一个老头，手里操一根木棍。

"你们这些过山贼，搞下的呵？烧了窑棚里的柴，吃了窑棚里的菜，抹抹嘴巴就想跑？我一听见狗叫就知道没好事。"

"对不起，这事与我没关系。"

"没关系？那你喊什么喊？我看你们就是一伙。"

"真的没关系。我刚才只是好奇，想看看那些人是谁。"

"你是干什么的？"

"我从省城里来，考察你们这里的矿泉水……"

"矿泉水？"老头用手电筒把他上下都照照，"那也不是好事。牛也吃猪也吃的水，装个瓶子就卖肉价钱。这也是本分人做的事？难怪名字也叫得无聊：诳钱水。一诳就来钱了是不？你们以后不吃谷只吃水是不？"

"您就是那个窑场的主人？"

"黄老板拜托我守棚子。"

老人不让福庄离开，押着他返回窑棚，用手电筒照一照现场，更是气不打一处来："搞下的，搞下的，臊尿到处屙，钵子也打烂，何不把锅也吃了？"

"这样吧，我替他们赔钱。"

福庄掏掏口袋，发现自己没带钱，皮包留在旅馆里了。"你跟我到旅馆里去拿钱？"他又说。

"你知道现在一担柴多少钱？两捆柴，一只钵子，不收你多了，八块吧。白菜就算了。"

"好吧，八块就八块。"

两个往坡下走。天地转暗，月亮被云遮去了。他们走到半途遇到阵雨，便在路边屋檐下躲躲。这一阵风雨来得急，吹得树弯了腰，落叶飞上天，还吹出树枝噼噼叭叭断裂的声响。山上涌动着一种轰轰隆隆的声浪，大概是林木的呼啸。

"这声音好吓人，好像是人叫。"

"这算什么。"老头隐在黑暗里，只有烟头红了一下。"你要是到春上四月，碰上这样的风雨，在这里还可以听得到锣鼓声，号角声，刀枪过招的声。上百上千的人喊杀，也听得清清楚楚。这事一点都不假，要不这里怎么叫做喊杀坪呢？"

"这里不是叫做汉沙坪么？"

"汉沙就是喊杀。怕吓了外地人，就改个斯文的名字么。"

雨还在下。老头就说得更多。据他说，这里原来出了一个天子，是一个铁匠老婆与一条神犬配的种。天子一生下来就可以说话，七步之内可以成诗，用他的尿研墨写状子，没有打不赢的官司。朝廷晓得了，怕他篡位，发了十万军队前来攻打。没料到军队一进山，满山的竹子都炸，满山的石头都跳，都是帮助天子的兵，把官军杀得血流成河。不过寡不敌众，天子还是被朝廷拿去用油锅炸了。喊杀坪的杀声就是那时留下来的。

老头的结论更有意思：要是那次真让天子登基了，中国哪还会现在这样子？莫说竹木不会砍光，起码平价化肥和薄膜是尽量供应的，要走什么后门？

福庄忍不住大笑。

天亮之后，周科长出了房门，看见局长正在门口擦皮鞋，便问对方昨晚到哪里去了，怎么搞得满鞋都是泥。福庄只顾上擦鞋，没顾得上回答。

局长的奥迪牌轿车已经开回来，停在旅馆门口。福庄吃过早餐，推开司机小王的房门，把对方轻轻拍醒："你昨晚辛苦。送到医院了？"

"送到了。"司机揉揉眼皮。

"生了么？"

"生了。"

"男的还是女的？"

"男的，还是双胞胎。母子都平安。你放心吧。"

"那一家姓什么？"

"我忘了，好像是姓林，又好像是姓王……"

局长其实也没打算问清楚，就算问清楚了，也记不住的。"时间不早了，起来吃点东西吧。我们要走了，趁天晴好赶路。"

1993 年 10 月

---

* 最初发表于 1993 年《上海文学》，获当年上海文学奖，后收入小说集《北门口预言》，已译成法文。

山上的声音

山上有声音。

笃,笃,笃,像有人在那里砍树,越是夜深越听得清楚。

这很奇怪,什么人这个时候还在岭上?好几天都是这样。月出东山,山上的声音就出现了。黄毛狗朝山上大吠,没吠出个结果,就喉头挤出一缕呜咽,夹着尾巴不安地逃窜,一次次被门后的一角黑暗吓得掉头就跑。地坪里有什么轰然倒地,好像是晒萝卜干的那一张大门板。不知是狗绊倒的,是风吹倒的,还是出于别的什么原因。两个女知青很害怕,关紧房门,一个劲地叫"全保""全保"。全保便和卫克来敲我的门,手里有手电筒和梭镖,邀我一起上山看看。

全保说,肯定有人偷树。

我有点害怕,问怎么天天都有人来偷树,不会是有鬼吧?不会是野兽吧?不会是外星人吧?

也可能是台湾特务来了。全保把路边一个破筐踢得很响亮，嗓门也雄壮地一连喊七八个走字，却没有真正往前走。"场长说，前几天台湾飞来的气球到处丢传单。"

卫克笑着说："可惜一张也没有看到。听说传单上尽是美女。还有饼干，恐怕都让干部收上去吃了。"

"快走快走，去抓两个特务看看！"我也不能显得胆太小，得吼出点声音给女人们听听。她们的门紧闭，窗纸透出一团飘飘忽忽的灯光。

我们带着黄毛狗从谷仓后面上山，一路上蹑手蹑脚，没在乎谁在前谁在后，似乎也暗中在乎这种不在乎。白天看惯了的一切，山塘，水沟，田埂，林中小道，一截烂牛绳，都从黑暗中浮现出来，给人陌生异样的感觉，似乎它们都是一个人刚才来过这里的物证。

全保大叫一声，原来是发现了一头牛，不知是谁忘了牵回家的，正在山坡上甩着尾巴，散发出汗和粪的酸臊气。我能听到牛蝇嗡嗡的声音一哄而起。

全保又跳起来，把我的脚狠狠踩了一下。他说刚才看到一条蛇，足有扁担长，五光十色地在草丛中一闪，游到水田里去了。

我们总算勇敢地爬上坡，经过一片密密的树林，已经接近山顶，来到奇怪声音的大致来处。我们已经可以看见山那边另一个村寨，还有山下若隐若现的河湾。不知为什么，声音此时已经消失，就像什么事情也不曾发生。这就是说，没有人偷树，没有人盗墓，没有马熊或野猪的痕迹，更没有什么来自台湾的特务。连一个树干上的新斧痕也没有发现。风小些了，林子不再呼啸，蛐蛐声消散在腐叶气味里，消失在我脸上毛虫蜇出的奇痒之中。我只发现雾水开始在枝叶凝积，还发现了月光，潮湿而且毛茸茸的那种，似乎从河湾爬上山来，镀亮千山万水，渗入树木、草叶、岩石、泥土以及我们的肌肤，使一切都变得熠熠透明。我伸出手，差不多可以看见自己两手的血脉和骨骼，看到手臂里月光的流动。这是一个惊人的发现。我从此相信，月光是夜晚最大的事件。

月光也是夜晚一切事件最大的原因。我相信，月光可以使人心慌，使人无措或者失常。如果有女人在这个夜里突然尖叫，肯定没有什么别的原因，就是因为月光。如果有人在这个夜晚一刀结果了另一个人的性命，那同样不会有什么别的原因，还是因为月光。这些念头在我脑子里挥之不去。

我们放心地下了山，经过北坡那边的小庙。庙已经作为封建迷信被政府拆毁，只剩下几条麻石墙基和蔓延的野草。也许最近什么人家有了难，居然还有人来此供上长明灯，在残墙上贴几条红纸。纸上歪歪扭扭的一些字，大概是香客的祈愿。

全保把油灯嗅了嗅，说是茶油，可以带回去炒菜。我们早就缺油了，当然为之兴奋，找到一个较大的灯壶，把所有的灯油囊括一尽，也算今晚没有白跑一趟。

只有黄毛狗仍是惶惶，从前面往后面跑，又从后面往前面窜，溜出一串沙沙沙的急跑声，几次挤撞我的小腿。我不知道它在搜寻什么，要提醒我们什么。

后来的一天，我从镇上背了满满一篓薯种回来，路过石砒寨的一座桥——其实不算什么桥，只是横跨深涧上的两根大木。因为走的人少，桥面爬满了青苔，甚至还长出苦蕨。桥下是寒气升腾的哗哗水声，还有掩盖溪谷的杂树，鸟雀这一下那一下的鸣叫。一个小石子丢下去，很久才能听到闷闷的落地之声，有时候甚至什么也听不到，小石子被沉重的寂静吞没了一般。

我在这个桥上来去过多次，没把它当回事，有时还在桥上大吼大唱，唱草原红卫兵来到天安门什么的。但这一天有些奇怪，刚刚上桥不久，一种可能失足身亡的念头无端袭来，突然抓住了我。这个念头如此顽固和强大，顿时使我双膝僵硬，已经不像是自己的，怎么也没法探出步子。我伸出手想抓住什么，比方说抓住脚下的木头，但腰弯不下来，抓了好一阵还差几寸。我趔趄了一下，顿时两眼一黑。

事后想起来，这一天的风可能比较大，把我的喘息和自语都迅速吹远，变成我身后另一个陌生者的声音。盖满溪谷的树林在摇晃，似乎已经杀机毕露，眼看着就要呼啦啦向我扑来。我知道，这个时候任何一个不当的动作，任何一口粗鲁的呼吸，都可能造成强大的反推力从而把我轻而易举抹下桥去。但我不知道哪一棵树或者哪一块石头将是我的末日。

我一定是发出了惊叫。

桥对面有一个人。

这个人早就在桥那边，静静地蹲着，大概在等我先过桥。我曾隔桥看见他脸上白花花的疮痂，显然是个麻风佬，是从附近麻风村跑出来的。他蜷缩身子如一尊息翅的老雕，只有一双锐利的眼睛不时闪动，显出他还是一个活物，在暗暗捕捉眼前的动静。我不知道他什么时候已经上桥，朝我递来一只手。确切地说，这不是手，充其量是根肉棒，披着疮痂的细小肉棒，因为除了拇指以外，其余的指头都已经没有了。

我没有工夫恶心，也没有任何选择，只能不顾一切地扑上去紧紧抓住生命的希望。在这一瞬间，我万分惊讶那只手的力量，透着硬，透着重，透着狠和倔强，透出一种在地上生了根的稳定感，并且像电一样立刻贯通我的全身。我感到它足以挂住我的全部重量，即使我用全身气力去摇撼，即使再加上五六个人用全身气力去摇撼，也无法使它动摇丝毫。我从没有接触过这样的钢蹄铁爪。

我被这只手接引过桥，一脚踏到了厚重的土地。直到这个时候，身上全部毛孔才突然齐刷刷张开，顷刻就有大汗湿了衬衣。几乎被恐惧消灭的心跳，此时也才咚咚地恢复。

他往桥那边走去。

"多谢了，请问大叔贵姓？"

他给了我一脸疮痂，没有什么表情。

"你……抽烟？"我急急地举起红橘牌烟盒。

他犹豫了一下，走过来，伸出刚才那只肉棒，靠残留的拇指夹住香烟。

我给他点火。他不要，只是把香烟插进衣袋。

"你是唐家湾那个麻风村的么？"

他喉头发出呲呲的一道尖音，走了。

回到林场。天已近黑。我的第一件事情当然是赶快洗手，用肥皂，用敌敌畏，用碘酒和盐，恨不能把手刨去一层皮。全保和卫克听说我接触了麻风，也立即宣布戒严措施，大喊大叫，不准我碰他们的脸盆水桶以及任何东西，要我赶快去医院检查。场长哈佬的经验当然多一些，说麻风最毒在尿，不沾风尿就不碍事。他要我去镇上买一种三蛇祛风酒来喝，又要我站在伙房里，关闭门窗，烧了一把柴火。他不知从哪里弄来一把土硝投到火中，然后借着火光仔细看我。这种小游戏的结果是，他宣布我的脸色如常，没有蓝光，大可放心。

我后来才知道,这是本地人检查风虫的方法。

哈佬还向我打听过桥的麻风佬是什么模样,待我细细说完,若有所思地点点头:"是二老倌呵。"

"二老倌是谁?"

"你不认识的。"

"是唐家湾的?"

"莫是,二老倌就是这个村的,死了——哎哟,死了上十年吧?"

"死人?"我吓了一跳。

"你们明日早上到蛇坡上挖杉树坑,一人挖两个就回来吃早饭。我不来喊了,听见没有?"哈佬披着袱子准备回家。

我不让他走,不容许他这样吓唬我,这样搞乱我的思想和制造我的噩梦。他凭什么把一个大活人说成是死人?

他显得有点不耐烦了:"我屋里桂蓉都要放人家了,我屋里的雪梅都做了娘,我还会同你打诳?莫是别人,定局就是他。他走起路来左脚有点跛是不是?"

我回忆不起了,好像是,又好像不是。

这已经让哈佬把鼻涕抹得更加自信:"他镶了一个金牙是不是?"

我这次回忆起来一点印象,那个上唇完全溃烂的嘴上,确实有过金光一闪。

哈佬高兴了,一口咬定:就是二老倌么。他还说,前几天听到夜里的山上有声音,他就猜想是二老倌飘魂,只是当时没给我们交底。

这是一种让人心惊肉跳的说法。两个女知青闻之变色,吵吵嚷嚷就要哈佬批假,让她们回城里去。我当然半是害怕半是好笑,不想把农民的迷信当一回事。我和全保、卫克强烈要求哈佬说下去,让我们知道二老倌是个怎样的人，是怎么死的，怎么可能飘魂。世界上还真有飘魂这回事么？

哈佬朝猪场那边张望一下："莫什么好说的。回家卧南风去呵——"说完就走了。

他的躲闪是一个谜，更加引起了我们的好奇。我后来又问过其他人。这些本地人不觉得飘魂有什么奇怪，倒觉得我们的奇怪很奇怪。你们怎么认为世界上没有鬼呢？如果没有鬼的话，这人死了就到哪里去了呢？如果没有鬼的话，这做了善事或恶事的人如何得到报应？岂不是两腿一伸都赖了账？这天下还有什么公平可言？如果没有鬼的话，有的人活到八十岁，有的只活到十八岁，有的天天吃肉，有的天天吃糠，这一切不平之事如何解释？如何让人心服口服？

这一天，哈佬扛一杆秤来称猪，走到塘坝上不慎摔了一跤，秤砣滚落到水塘里。他不会水，央求我们下水帮他寻找。我乘机胁迫，一定要他说出二老倌的故事，不然我就不下水。他没有办法，只好从实招来。

他说得没头没脑，东一句西一句的。我费力地去粗取精，才从他的话里总结出这么几条：

（一）二老倌就是他侄儿，从小不大务正业，心里不明亮，性子又烈又横，喜欢到外面打架惹祸，有一次还被人家打得自己的左腿骨折。

（二）二老倌被小镇上的一个麻风女惑住了。那麻风女面若桃花，搔首弄姿，围裙里经常藏着菱角和米糖，用来勾引过往少年。照老班子的说法，男风不能卖于女，女风可以卖于男，一卖风虫就可以给自己消灾，所以麻风女常用这个办法转嫁恶疾。

（三）二老倌的死是因为他作恶，有一次调戏一位小寡妇，还打劫人家的金镯子，一失手竟把人家推下山，尸体后来被一个挖药的人发现。这样的暴行自然引起公愤，寨子里的人只好给他"开款"。

我后来才知道，开款就是动家法杀人，是民国以来政府明令禁止的族规。当然，是否真正存在过这种规矩，说法也是各各不一。我见到的一位地方志专家就断然否认有这回事，说开款同放蛊一样，同"白马会"一样，都是以讹传讹，纯属历史伪造。专家还说，二老倌的故事更不足为凭，不过是长辈人编个故事进行道德训诫，吓吓人而已。

我不知道哈佬是否伪造历史。从他叙说的模样来看，他倒是说得有眉有眼活灵活现的：每一次秘密开款，全村男子都得参加。每人持铁钯一把，在开款前先将铁钯钉在树干，表示各自的决心和誓约。他们烧一堆大火，在冲天火光中由最长者唱款，也就是宣布族规家法。然后由伏法者的父母和全部嫡亲行款，就是动手杀人。他们用火烧或者用刀砍，一边杀自己的亲人，一边还必须大叫：杀得好！杀得好！不杀不平民愤！不杀天理不容！诸如此类。他们必须大碗喝酒，高声大叫，扎脚勒手地在场上冲进冲出，拿出一种大义凛然威武豪壮的劲头。如果他们不这样，如果他们有任何一丝悲戚或迟疑，他们就会受到宗亲各户的鄙视，比如说他们的红白喜事都不会有人来喝酒，他们盖房子不会有人来帮工——以后就永远抬不起头，做不起人了。

二老倌就是这样死的。

我对这个介绍颇感意外，因为我在石砬碰到的那个人没有半点凶顽迹象。

"这就对了。"哈佬认真地说，"开款才能开出好人来，这就叫归款。你懂么？这样的孽种，阳世时做了一件恶事，阴世里就要做七十七件善事来补过。阎王老子办事公道，规是规矩是矩，不是明求那号货。"

他是指大队的一个喜欢弄权的会计。

哈佬得到了他的秤砣，走了。他当场长只有一年，大概被上面认为工作不力，就免职回家了。他后来打米或打红薯浆，还路过林场的小土屋，一见面就模仿我们用省城官话骂娘，学着我们大喊"全保鳖""卫克鳖"，以示朋友间的亲热。但实际上，他还是越来越生疏了。我们请他进房里坐一坐，他只是嘿嘿笑，朝屋里一看，并不跨进门槛。

我们几个知青也很快散了。我的女朋友调去当民办教师，去了很远的学校。另一个女知青老是叉着腰，办了个腰骨损伤的病退证明，把户口迁回城了。卫克主管林场的代销点那半年，凡是干部来打酒或打酱油，他总是收半斤钱给七八两货，还加两颗纸包糖，把干部一个个都拍得眉开眼笑，终于被党支部推荐去读大学。惨一点的是全保，他年纪最大，做功夫又最卖力，还有一副唱歌的好嗓子，但因为父亲坐过牢，几次招工招生都没让他过政审关。他后来也是办病退才回城的。那一天晚上我帮他挑了一部分行李，送他到镇上。从镇上回来，我突然发现林场的小土屋里只剩下我一个人形影相吊。这张床是空的，那张床是空的，另一张床还是空的。这间房是我的，那间房是我的，另一间房还是我的。我望着窗外投进来的一角月光，心里有些空空的难受。

我不知道拿什么来度过今后的夜晚，那些好长的夜晚，好长好长的夜晚，好长好长好长的夜晚。那些夜晚里不再有朋友的笑闹和梦话,死一般的寂静里,只有山上不知来历的声音。我感觉到那种声音是专为我发出的,我是它的唯一听众。月出东山,它就及时地出现,笃,笃,笃,顺风漂流和飞扬,在我门前的地坪里旋绕,从我的窗子木栅间潜入,在我某本读过几十遍的破小说上跳荡,在我的床下或墙角悄悄囤积。

我认识了一个复员军人,住在一个叫棉花畲的村寨。他邀我去他家下象棋,让我少些寂寞。我去了,玩得太晚也就宿在他家。他家境不错,厚大被子有新棉的气息。但我光光的眼睛怎么也睡不着。主人以为我忌生床,我说不是。主人掌着灯要为我拍蚊子,我说不用。我后来总算想到,这里的月夜缺少我耳熟的声音,也就缺少了我必不可少的催眠曲。我已经不习惯窗外的山影一声不响。

我后来被招入县文化馆,最初一段也出现过这样的失眠。我不得不在睡觉前猛喝一大口白酒,把自己灌得天旋地转,才可勉强入睡。

我重返这个山寨,是十多年之后,熟人们一见,都哎呀呀大为惊喜,都说我"过得旧",意思是没忘掉穷地方和穷朋友。他们知道我是作家,却不知道我写的小说。说实话,我以前写的小说很多都取材于此地,如果被他们读到,不知某些原型人物有何看法——他们不会责怪我过于刻薄和丑化吧?我后来才知道,他们并不知道我在小说里写到他们。他们只是一口咬定我在《人民日报》上的征联十分了得,三年之内居然无人可以对出下联。我大吃一惊,问这是听谁说的。他们说是中学的胡老师说的。我问那上联是什么。一个后生想了片刻,才想出来:童子打桐子桐子落童子乐。

我差点笑翻。

"你真是个化学脑壳,怎么读得进那么多书呢?出的上联怎么那样难对呢？听说科学院开了三天会，也没人对得出下联。"有个后生还是瞪大惊羡的双眼。

"哪有这样的事？胡老师怎么能造出这种谣言？"

我的大笑并不能纠正他们的误传。相反。我越是否认，他们越是觉得我谦虚，不过是低调做人，免得树大招风和引人攀附。我这才明白，传说比真实的力量要大得多。

我没有见到哈佬。听说他儿子去城里打爆米花，他插完早禾就给儿子帮忙去了。我去找另外一个熟人，顺便到岭上走一走。我想到了当年山上的声音，想起当年关于飘魂的奇怪故事。我看见岭上已有了几户新的瓦房。其中一户的门前，一位后生正在修理手扶拖拉机，两手油污污的。他给我让了座，筛上茶，说这岭上从没有什么奇怪声音呵。我仔细描述了那种声音。他想了想，哦了一声，说是懂鸡婆吧。他说懂鸡婆叫起来就像是砍树，要不就是岩蛙——岩蛙叫起来也是惊天动地，几里路以外都可以听到。

我下了山，走在一条泥路上，不时跨过深深的车辙。我想起那时候哈佬带着我们来修路迁坟，其中就有二老倌的一座——是哈佬指认的。我们砍去茅草和杂树，刨去草根错结的土层，撬开拱砖中的一块，一股热气立刻从缺口里冒出，吓得我们纷纷回避。女知青更是捂住口鼻逃得老远。我从逐渐扩大的缺口里，看见了黑暗洞穴里面已有很多落土，还有依稀可见的朽木和白骨。我们已经挖过很多坟，发现所有白骨都一样，无法辨别贵贱，甚至无法辨别老少，二老倌的当然也没什么特别。他只是有一颗金牙，已经蒙上泥垢和污水，被哈佬擦一擦，才有微弱的一粒闪光。

我最为惊异的是，我在这座老坟里，看见了比较新鲜的板栗壳和包谷粒,据哈佬说,这就是他飘魂出土的证明,是他吃剩的东西。在坟前的一棵歪脖子桐树旁,我还发现了一根红橘牌香烟,虽沾有雨渍和泥沙,但基本上完整无损,商标隐约可辨。

我捡起来看了看。

可能是出自我的烟盒,也可能是陌生过路人无意间的遗落。

那支烟,永远留在山里面了,也许我眼下还能找得到。

1994 年 11 月

---

* 最初发表于 1995 年《作家》,后收入小说集《北门口预言》,已译成法文。

兄　弟

一

进入小学后不久，我炫耀父亲一张身着军装的照片，在同学中吹嘘他的英雄事迹，当然少不了一枪干掉两个狗汉奸之类的惊险故事。方强来我家里做课外作业，看着我爸出门去的身影，也深信不疑地说："你爸爸看报纸的样子好威武，吃茶的样子也好威武，肯定当过师长！"

我含糊其辞地表示，也就是带一两万兵吧。

"参加过淮海战役吧？"

"岂止是淮海战役，东海战役、南海战役都不在话下。"

"同敌人拼过刺刀吧？"

"你太无知了吧？我老爸在指挥所，哪有工夫拼刺刀？"

方强更激动了："你爸爸是坦克师师长？是138师

吧?要不就是217师的?"他喜欢信口编排出一些想象中的部队番号,"肯定是!肯定!"然后圆鼓着两腮发出嘟嘟的马达轰鸣,横架起双臂做坦克状,一边不停地颤抖一边在屋里兜圈子,把自己向往成一辆战无不胜无坚不摧的伟大坦克。

这家伙到三年级还穿开裆裤,帮着我把牛皮越吹越大了,最后竟说我爸是指挥过淮海战役的副总司令。后来,秦老师宣布免掉我班长职务,声称这次免职与个人表现无关,不过是学校贯彻阶级路线的必要举措。我不大清楚"阶级"是什么意思,只知道这是关系到父母,关系到我是否有戴臂章的权利。因此秦老师的宣布无异于当众一耳光,揭穿了我以前那些关于战斗英雄和坦克大战的无耻谎言,让我永远成为笑料。

我紧紧盯着地面,不敢看任何人,感觉到汗点在脑门渗出,相信他们都在对我大惊失色交头接耳。而且从这一刻起,我不爱说话了,更没心思笑了,一放学就夹着书包飞快溜走,情愿绕道也要包抄那些僻静的小巷,不愿面对任何熟人的目光。我觉得那条空无一人的麻石街小巷是我的天堂,最为安全也最为亲切。

秦老师对我失去笑脸,后来我才知道,原因在于她丈夫是一个右派,正蹲在牢房里,努力地谋求减刑。她不得不在脸上表现出更多的政治觉悟,包括不得不故意多扣掉一些我的考试分数。方强和小虎也不到我家里来了,因为他们家也栽在"阶级"问题上,父母不是小土地出租,就是小业主一类,反正是电影里对地主老财点头哈腰满脸媚笑的那些人,是革命战斗中缩头缩脑贪生怕死的那些人。他们的父母肯定也自惭形秽,肯定同我的父母一样,瞪着眼睛大声呵斥,只允许我们去工农子弟的家,只能交工农子弟为友——这都是一些让我半懂不懂的烦心事。

在这一段比较清冷的日子里，只有疤队长还常到我家来玩耍。

疤队长叫罗汉军，右眼下一个疤痕，使他有了这个小名。他个头矮小，脸上经常没洗干净，放出的屁很臭，学习成绩更好不到哪里去，只有画画身手不凡，比方说刚开学不久他就把所有作业本都画完了，把课本上所有空白处也画满了，气得老师总是冲着他大拍桌子，拍得他低下头去咬紧牙关翻白眼。他画出美国的、俄国的、德国的、中国的各种英武军官给我看，显示出他对各国肩章、领章以及军阶具有丰富知识。他还特别喜欢画马，在我看来比墙上徐悲鸿的那些马还要画得好，因为这些马无论大小肥瘦，无论立着还是跑着，都夹着两条后腿间一个粗大把戏，让我们看得非常开心。

但他画出这些大家伙时毫无邪意，一点也不笑，完全是严肃认真地追求艺术真实。

他穿一双大得出奇的套鞋，比较像个工人阶级的儿子，因此把课本画得再乱也被秦老师视为革命后代，把题目答得再错也被秦老师视为可靠人才，比我血统高贵一些。但他觉得我的古代武将画得不错，对我高看一眼，愿意同我交流艺术经验，也愿意与我一起喂喂兔子看看鸟。在我家的小院里，我们常常不怎么说话，各画各的，画完了互相看一看，直到他一声不吭地回家。我们骑在门槛上各自画画的情景，在蝉鸣声中有清风吹拂的情景，多少年后总是一次次浮上我心头。

他也邀我去他家玩过几次。他家住在北区三公里那一片棚户区，一条阴暗而潮湿的小巷子里，准确地址是戥子桥五号——这一点我记得很清楚。他家门号牌有红色框边，上面还有一个大大的红五星，据说是他弟弟画的。他家没有收音机,没有画报,没有脚踏车,其实没什么好玩。几间房子都矮小,墙上糊着旧报纸,地面有的潮湿得冒水,白天也常常需要开电灯才能有足够的光线,让我看到镜框里的几张旧照片。

每次走进这个家,汉军看到椅子左偏右倒,或是看到床上的帐子垮了,就要冲着门外大喊一声:"罗汉民——"

这是他弟弟的名字。

"你皮痒了是不?讨打是不?"

"我在站岗呢……"

"老子挖死你!还不快回来?"

正在门外挎着木枪站岗的汉民,立即跑来收拾乱局,怯生生地看我们一眼,翻出大眼睛的闪闪光亮。

与弟弟对骂差不多是汉军的每日功课。有一次,我们刚推开房门,一道红光闪过,一只屁股上带着红缨须的小刀已经扎在门上,算是给我一个惊心动魄的见面礼。

"老子剥你的皮!"疤队长没有平时的沉静,对弟弟凶狠无比。

"报告上校,这是神刀,绝对不会扎到人的。"

"讨厌,滚!"

"是!上校!"

"不准说上校!"

"是!002!"

"不准说002!"

"是!老货!老鳖!"

汉军一掌煽过去,被弟弟躲过了。对方嘻嘻一笑,扬起两根指头往额上一架,算是刷出一个军礼,然后逃入另一间房子。在那扇关紧的门后,有过片刻的安静,但很快又传来他的高喊:中——中——中——每一喊声里,都有神刀扎在木器上的声音。

直到他的上校哥哥再一次怒不可遏:"小杂种,你要拆屋吧?"那里面的声音才最终平息下去。

二

罗汉军有个哥哥叫汉国,很少在家里露面,在我看来是个神秘人物,是个印象中模模糊糊的假冒长辈。

他的房门总是关着,有一次好容易开了一条缝,让我得以朝里面瞥一眼,发现那里竟是别有风光让人惊异。窗上挂了漂亮的纱帘,桌上有钩花台布,房间里还有棚户区少见的西式床以及床头柜,只是还没有做油漆。床头柜上有一盏旧台灯,虽然支架被布条包扎,但毕竟是一盏有模有样的台灯。墙角的手风琴也赫然在目,虽然如汉军揭发的那样已塌了几个琴键,但毕竟是一架有模有样的手风琴。屋里还贴了很多大小不等的自励自戒性标语:知识就是力量!少壮不努力老大徒伤悲!8+6=24??? 罗汉国,你的敌人就是你自己!……

我后来知道,这间房子在他们家也是个非请莫入的禁区,平时总是锁着门。因为汉国的数学成绩曾经名列前茅,因为他曾经代表学校参加全市性俄文朗诵比赛,因为罗家三兄弟中唯有他能拿回光彩耀眼的奖状,所以父母授予他特权,容许他独占一室并且使文明和进步自成一体。汉军对哥哥似乎不以为然,对数学和俄文似乎也不以为然,见大哥回家也不怎么理睬。"嫖客一样。"他有时会嘟哝一句,好像知道嫖客是怎么回事。

那位头发油亮的青年对弟弟的一切都没什么兴趣,冷冷地看我一眼,就钻到他的文明禁区里去了,砰的一声随手把门关上。

有一次,听到里面有叽叽咕咕的读书声,确认他已经回家,我敲开门请他解释一道算术题。他只把门打开一条缝,三言两语就完事,好像严防我顺着这条门缝得寸进尺。

我借机看清了他:一个眉目清秀的青年,像某个电影里的明星。

我没有见过汉军的父亲,印象中只见过他的一张空床,还有桌上一个大得出奇的搪瓷茶杯。据说他是一个老建筑工,劳动模范,戴过不少大红花,平时不大管家里的事,经常在工地上加班加点,直到带着满口酒气深夜回家,一进门就倒床呼呼大睡。看到儿子们吵架或者打架,他一般来说是视而不见,要是被闹烦了,根本不论冲突双方的是非曲直,抄起一根扁担劈头盖脑地扑打,把小崽子们统统打出门去,算是对整个事件的权威性总结。他需要这个家,只是需要劳累以后的安静睡觉。

汉军他母亲对这一点大概已经习惯,下班回家后总是捧着一个水烟筒咕噜咕噜抽闷烟,不大说话。汉军说,她在三个儿子中最宠汉民,一看汉民喊救命就会出面袒护,总是把闯祸的责任赖给两个哥哥,甚至不惜与丈夫动手对打。但她的宠爱也多是恶声恶气,比如摸出一角钱往汉民手里一塞,"哭死哭死,有什么好哭?老子一耳光扇得你贴在墙上当画看啊?还不快去买槟榔,吃你的冤枉!"

或者说:"老子还没死,你哭丧啊?你包子也吃了,油渣子也吃了,你那张鳖嘴巴还塞不住?"

汉民就在母亲这把保护伞下活得更加惊天动地。我亲眼看到他吃过包子或油渣子以后,展开对木器的科学研究,让家具无一得到幸免，都被他五马分尸大卸八块，最后重新凑拢来，不是桌腿被锯得高低不齐，永远也摆不平，就是柜门被刮去一块油漆，留下永远的伤痕。但他的研究只有三分钟热度，才过了几天，他把斧子刨子一丢，又突然生出养蚕的兴趣，于是家里的桌上和床上到处爬满蚕虫，被子里也有蚕粪，饭锅和套鞋成为囤积桑叶的容具。有一次，汉军发现自己的画作被弟弟撕破了，成了装蚕蛹的纸袋，一气之下把弟弟追打到巷子口，好久都不敢回来。

汉军回头气喘吁吁地发表预言："这个神经病，将来肯定要祸国殃民，不是判无期就是要吃枪毙！"

母亲露出一颗大金牙开骂："你打死他吧，拿菜刀剁了他的手，剐了他的皮，打死他你就安心了是吧？"

"就是要打死他，给国家节约粮食。"

"妈妈的，老子打死你呢。他喂几条虫子碍了你的哪根肠子哪块肺？……"

我是遵照父亲教导来工人阶级家庭学习的，可我除了钦佩汉国那些标语口号，找来找去没有找到更多优秀事迹，倒常常在打骂声中感到不安和害怕。我在他家里没法把关云长或武松画得更好，后来就不大去他家了。

三

小学毕业后，我与汉军算是友军暂别分头进击，进入了不同的中学，后来又各自随着中学同学上山下乡。从他的来信得知，他下乡不到一年就被某国营石油公司招工，当然是享受了革命家庭的优势。好在他所在工厂与我的插队地隔山为邻，不算太远，他偶尔会翻过山来，送给我一些粮票或者猪油，与我继续交流艺术经验。说实话，他的画没有太多进步，还是那些军官和武将，还是夹着鸡巴的奔马一类，没有什么新鲜。他也不大有青年人的活跃，既不能用小提琴拉出整本整本五线谱，也不能一跃而起轻松攀住篮球架上的铁框，甚至不会讲鬼故事和痞故事。寡言少语的习惯，使他不大容易结交新朋友，不大容易合群。他只是与我在大树下坐一坐，直到他一声不吭地离去，以至于我的知青朋友发现猪油吃光了，就会说："你那个哑巴朋友呢？怎么不来了？"

但我还是感谢他沉闷的来访，感谢他沉闷的有情有义，包括他偷来哥哥的破手风琴，让我玩了几个月。他的粮票使我度过了一次最严重的饥荒。

每次回城过年探亲，我的第一件事都是去戥子桥找他。几年下来，我发现他家一步步在发生变化：先是院墙已经粉刷，然后是两间板房改成了砖房，大门刷上了绿油漆，门上还装了个罕见的电铃……想必这一切都是汉国的手笔？作为劳模子弟，他享受政策优待，没有下农村当知青，进了一家国营工厂，算是父母身边可留一人的安排。他跨上了上海产的自行车，穿上了折线挺括的毛料裤，还勤奋地改变着家居面貌并且与现代文明逐步接轨。他母亲有次吮着铜烟筒告诉我：还是汉国懂事，家里这些事，就是他操心多，出力多。

有一次，我在街上等公交车时无意中碰到汉民。这位已经长大了的小弟，嘴上多出一圈浅浅的茸毛，两手插在裤兜里，有只脚一跶一跶的。

"请！"他掏出一包烟，指头一弹，熟练地弹出一支。

"你学会了抽烟？"

"玩么。"

"你现在干什么?"

"你问我,我问天。我在干什么?玩么。"

"你哪来的钱买烟?"

"报告领导,在下在基建队当了两个月土夫子,搞来了担把水。"他是指百来元钱,"还有味。去衡山玩了两天,看南天门,可惜没有钱去桂林和阳朔了。只怪我老娘生了三兄弟,我就是下乡的苦命,没办法。但我在农村实在吃不消,饿得眼睛珠子都绿了。我懒得出工,米吃完了就去偷点,油吃完了就去偷点,队干部怕了我们,只好请我们回城里来玩,根本不管我们了。"

"只做了这么些坏事?"

"爷哎,我表现这么好,汉军那个老鳖还把我当劳改犯,我还能做什么坏事?他一付卖煮蚕豆的样子,比爷老子还像爷老子,说话好大的口气呵,对我订了四大纪律,比毛主席还多订一条。一不准抽烟,二不准喝酒,三不准偷东西,四不准同妹子往来。要是我不听,他就抡皮砣。"他是指用拳头打人。

他说这些的时候,旁边有一位瘦小女子捂嘴暗笑,让我察觉到女子与他有什么关系。"你也不介绍介绍,这是谁呵?"

"报告领导,她是神经婆。"话未落音,被那女子擂了一拳。

公交车来了,我得赶上这一班,匆匆向他们告别。他抓住最后的机会问我:"对了,你说一个人周游世界至少要带什么东西?"

你是说一个人?一个人周游世界?我对这一问题毫无准备,说大概……可能……至少……要带一个指南针和一把好刀吧?

"不要放大镜?"

"放大镜做什么？用太阳光取火？"

"对呵。"

"那就加个放大镜吧。"

"这三样就够了？"

"我也没试过，哪知道呢？"

他还想说什么，但我已上了车。被乘客们挤得东偏西倒，挤到一个角落去了。越过一些乘客的肩膀，我看见他在人行道上追赶汽车，圆睁双眼冲着我大嘴张合，继续他莫明其妙的提问。

我没法听见了，没法回答了。我不知道他为什么要研究这个，不知道他小脑袋里又冒出了什么荒唐主意。莫非他正准备周游世界？或者正在什么历险游记里入了迷？但我没料到的是，公交车走到下一站时，我听到车窗外有人大声叫我，原来是气喘吁吁的汉民用自行车搭着神经婆又赶上了我。他冲着车窗大喊："要不要带地图？……"

我回答要，当然要。

但不知道他听见了没有。

四

汉民回到城里以后，偶尔打打工，更多的时间里是胡作非为，包括用弹弓打碎人家的玻璃窗，给人家的自行车轮胎放气，在电影院里抢人家头上的军帽，把肉食店里一个比他大两个型号的汉子打得哇哇直哭。父母不怎么管他，汉国身为兄弟之中的老大，是不能不管的。但那一段汉国带着小提琴参加了厂里的文艺宣传队，成天忙着排节目，分不开身，只好把弟弟托付给一位当中学教师的朋友。

这位中学教师外号肖眼镜，下棋是霸主，游泳是高手，还有满肚子的历史、地理以及军事知识，无论汉民问什么刁钻古怪问题，总是有问必答，每答必详，镇得汉民一愣一愣的。苏联的坦克已经换过哪几代，美国的最新轰炸机巡航速度是多少……这些闻所未闻的专业资讯，更是让汉民五体投地。才几个月，不仅是汉国，就是汉民他娘，也觉得小崽子真是浪子回头了。他不再偷偷抽烟，不再去巷子口打架，连衣服鞋袜也勤于换洗，洗得家里经常有肥皂泡气味。他夹着一些书本，当然是从肖眼镜那里借来的书，在家里进进出出，甚至还不知从哪里弄来一副平光眼镜，戴在自己圆乎乎的娃娃脸上，想必也是模仿心目中某位学者的形象。

他母亲高兴得偷偷去乡下祖坟地烧香谢恩，不知罗家祖上积了什么阴德，让汉民这一次碰上贵人。她还要汉国前面引路，提着半篮鸡蛋去面谢肖贵人。

她只希望小崽子把初中功课补上来，以后去考一个技校。

补课当然不成问题，不过母亲的宏愿只能让汉民冷笑，却不说话，不知道他心里想着什么。有一天，汉国回家，发现地上有血滴，顺着一线血迹找去，发现汉民在水缸边洗手，一只胳膊上缠着透血的纱布。汉国大吃一惊，问弟弟这是怎么回事。弟弟开始不说，直到汉国一再逼问，直到汉国找到了带血的锥子，汉民才吞吞吐吐地交代，说他扎了自己几锥子，磨炼一下自己的革命意志。

"你神经病呵——"汉国已经气歪了脸，"你以为你是谁？你能把鼻涕擦干净就不错了，流几滴鸡血给谁看呵？"

"你以为以后就不需要流血了？就没有渣滓洞的辣椒水和老虎凳了？世界革命就大功告成了？"

"你什么意思？"

"没什么意思。"

"蛤蟆打哈欠，好大的口气呵！"

汉国觉得弟弟脸上那种沉默和傲慢十分陌生，也大为费解。这家伙不拿家具搞实验了，就拿自己的胳膊来搞开发，天知道是中了什么邪！该不会再玩一把辣椒水和老虎凳吧？不会在自己肚皮上割一刀，把肠子也掏出来玩玩吧？这也叫革命？他晓得什么是革命？乘汉民出门的机会，大哥在家里展开紧急清查。还好，没发现弟弟的枕头下藏有匕首或者黄色照片，也没发现来历不明的金钱，倒是发现了大量的理论书，比如《共产党宣言》、《联共（布）党史》以及整套的《列宁选集》，是货真价实的革命经典，让人挑不出什么毛病。不过，最大的毛病就是没毛病，就像一团狗屎突然不臭了，反而生香了，只能让汉国更为生疑。尤其是那些外国书，存心不让人读懂似的，一个人名就啰啰嗦嗦占去大半行，放在嘴里死嚼硬咬，还是难以下咽，只能把人呛出病来。这种天书有什么好读？也是小杂种可以读懂的？汉军取来一本俄国车什么人的《怎么办》翻了几页，读得头昏脑涨哈欠滚滚，才知道那是小说而不是工具书，实在没什么用处。

"这些书是哪里来的？是不是偷来的？"等弟弟回家以后，他怒气冲冲地问。

汉民横了他一眼，不愿意搭理。

"你说，是不是肖眼镜要你看这些书的？"

"什么肖眼镜？肖大师！"

"你晓得什么大师不大师？你怎么不好好向他学数学？"

"大爷，做做好事吧，我给你说了，你也听不懂。"

"我看这本书就像黄色小说。"

"黄在哪里？你指给我看看。"

汉国没读过这本书，"这个车，车什么……"

"车尔尼雪夫斯基。"汉民替哥哥念出作者姓名，念得太顺溜了。

汉国红了脸，"名字一听就不是个好家伙，肯定是个资产阶级学术权威，专门毒害青少年的。"

"你读过没有？你读了再发言好不好？别以为你什么都懂。你知道什么叫做十二月党人？什么叫做召回派？你连这些都不懂，有什么好谈？"

"小杂种，你像人了是吧？你卵毛长齐了是吧？你脱了裤子自己看看！老子过的桥比你走的路多，晓得什么书应该读，什么书不应该读。"

弟弟转过背去翻书，嘟哝一句："道不同，不相为谋。"

"你口气不小呵？还没学会走，就想跑，就想飞。《共产党宣言》也轮得上你来读？我都没读过，你未必读得懂？别装像了，你在娘肚子里再翻两个跟头，看来世有没有可能。"

"愚昧！"

"你说什么？"

"我说你愚昧，愚昧！"

大哥的拳头已经挥过去，但汉民眼明腿快，一闪身出了门，还在门外留下一句愤怒呼号："打倒斯托雷平！"

多年后汉国才闹明白，那是指旧时俄国专制政府的一个头子。

汉国恼羞成怒，发誓要把弟弟的邪书一把火烧掉。但母亲冲上前来，不由分说在他头上锄了一丁公："读书比打架好吧？读书比偷东西好吧？你这个臭鳖不让他读，要让他去街上杀人放火呵？……"

这样，汉国非但没有治服弟弟，自己头上还冒出一个大包。

五

初夏的一天，汉国想给自己做一个乐谱架，到处找刨子和凿子，最后撬开了汉民那扇紧锁的房门。他在弟弟房间里还是没有发现木工工具，但拉开柜门，心惊肉跳地发现了油印机、纸张以及油墨，还有一叠署名为"共产主义人民党"的传单。

早些天他就听说了，最近冒出一个反动组织，就是叫这个名称，在很多公共场所张贴传单，恶毒攻击文化大革命，恶毒攻击毛主席和党中央，甚至猖狂要求为彭德怀和刘少奇翻案……传单还涉及妇女、知青、临时工、用电短缺等社会问题，几乎无所不包又七拼八凑，引来全市警察倾巢出动，到处搜查和察访，闹得满城风雨人心惶惶。汉国排完文艺节目回家，登上公交车不久，就发现警察和军人拦车检查，几乎把乘客的全身都查了个遍。冲锋枪黑洞洞的枪口好几次指向他，吓得他心惊肉跳。

现在，他脑子里轰的一声炸开——没想到反动组织远在天边近在眼前，就在与自己一墙之隔的房间里！天呐，他还在这里做乐谱架，在这里修自行车、刷油漆、洗衣服、吹头发而且吹口哨，竟然不知道一颗巨型定时炸弹就在身边，而且引线在嗞嗞嗞地燃烧！

他第一个念头就是去找汉民，找那个不知死活的畜生畜生畜生呵——他非把对方撕成碎片不可。但他刚跑到巷子口，又觉得首先应该去报告父母，看这一场晴天霹雳般的灾祸该如何应对。说不定应该严加隐瞒，悄悄除痕灭迹？实际上，他已经走不动了，朝父亲所在工厂方向刚走了几步，就蹲下去，靠着墙，捂着脸呜呜哭起来。

父亲和母亲知道这事以后,当然也脸色大变,完全说不出话来。停了好一阵,父亲操起一根铁棍就往家赶,但哪里也找不到汉民的人影。

两天以后,不知死活的定时炸弹回家了,一路上还哼着小调,回味着自己去其他城市分发传单的豪举。他一进巷子口就发现情况有异,但事情已经来不及了,唰唰唰一阵旋风之下,几个身高体壮的警察从潜伏位置猛扑过去,把他按倒在地,双手反剪,完全是老鹰抓小鸡一般轻而易举。他这才发现小巷杀机突现,军人和警察呼啦啦出现在墙头和窗口,出现在四面八方。连高层建筑上也冒出了机关枪、望远镜以及无线电步话机。一个警官操着电喇叭在那里指挥:"目标已经制服,目标已经制服。三组、四组收队,第二方案取消……"以前只在电影里见到的荷枪实弹大军压境,吓得整个巷子里的老百姓都缩头缩脑,也吓坏了汉民。

"你们抓错人了?"汉民挣扎着还想狡辩。

他父亲赶过来,伸手就在他脸上扇了两耳光,然后对警察赔笑脸:"这家伙交给你们了,由你们好好教育。你们要骂就骂,要打就打,我没有半点意见。"

他还向警察一一敬烟,"我早就说了,你们何必这么辛苦?你看这太阳毒的!一阵太阳一阵雨,你们一等两天两夜,就不怕熬出病来?我早说过了,这小杂种肯定跑不了。只要他一回来,我就会送他来投案自首。他舅子、他满姑、他大哥这两天都在到处找他。我罗家都布下天罗地网,还怕他飞了不成?……"

一个警察走过来,与他热情握手,"罗大叔,谢谢你了。"

"哪里的话?你们是谁?我是谁?你们是人民政府,我得过那么多镜框子，还不同人民政府一条心么？"

汉民就这样被押走了。他登上警车的时候，回头看见围观者越来越多，还看见人群中母亲眼里的泪水，还有大哥的一脸苍白。

汉军也请假回到了家里。几天来家里没做饭，甚至没烧开水，死气沉沉就像一个墓穴。汉军骂父亲报官是愚蠢如猪。父亲骂汉军胆大包天，知情不报，竟敢对政府不忠。父亲又骂两个当哥的没带好小弟，更骂老婆是狗婆子，惯来惯去，给他家惯出一个反革命，让列祖列宗的脸面往哪里放？他们互相责骂，差一点就要打起来。

汉国与汉军出去摸一摸案情。他们到拘留所探视，遭到拒绝。找到几个脚路较宽的朋友或亲戚，但对方一听这事就连连摆手，吓得话都不敢说，还能帮什么忙？最后，他们只好来到市公安局，经过久久地排队，领到一张接见卡，受到了一位警察的接待。没料到的是，那位警察满面笑容，端茶送水，还引来了一位副局长。"我们要给你们家送一面大锦旗。"副局长热情与他们握手，"如果没有你们家属的大力支持和协助，如果没有你们这样高的政治觉悟，这个震动全国的'6·13'大案怎么可能在这么短的时间内侦破？这么多案犯怎么可能在两天之内全部落网？我要代表党和人民，好好地感谢你们。"

汉军支支吾吾，说他弟弟早就同意投案自首，只是警察动手早了一步。请政府在审判量刑时考虑这一点……

"你父亲已经说过了，你母亲也说过了，这些情况我们都了解，你们放心吧。"

"他还只有十七岁，完全是不懂事，是受人蒙骗和利用……"

"当然，他太年轻嘛，不是首犯，也算不上什么主犯，党和政府在这方面是有明确政策界限的。何况他还是工人阶级的后代，怎么可能真正走上反革命道路呢?"

"我老娘身体很不好,这几天吐血,发烧,水米不沾,一直卧床不起……"

"看了医生没有?吃了药没有……她老人家一定要保重,一定要保重。我们过几天就去看她。我说过了,我们还要给你们送一面大锦旗。我们和你们的心是相通的,目标是一致的么。你们的亲人,也是我们的亲人。我怎样对待我的小孩,也会怎样对待你家的小孩。你们回去告诉家长,让他们放心吧。"

汉军眼睛一热,突然跪了下去,脑袋在地上砸出三声巨响。

"你这是干什么?起来,快起来。"副局长拉住他。

他顾不了那么多,看见窗台边还有一个打着字的女警察,也冲过去扑通一声倒地,砸了三个响头,担心自己的礼数不够周全。

"不要这样么,同志。"副局长掏出手帕给他擦泪,"你弟弟是你弟弟,你是你。你们虽然是罪犯的家属,但你们没有罪。非但没有罪,你们全家还有功。是不是?来来,你们喝茶,你们不要激动。"

六

汉军来到知青点的时候说了上面这些情况,再一次回味副局长有力的握手,回味他家里那面鲜红的锦旗——是一群警察和几位街道居委会干部敲锣打鼓送来的,上面有"大义爱国高风亮节"八个金光闪闪的大字。

汉军说,等他弟弟出来以后,他就要把弟弟送到我这里来,让我好好教育他。他甚至做好了退职的准备,带着弟弟一起下乡,好好管束他,再不能让小杂种胡来。

我问他，汉民什么时候可以出来？

他说，不知道。

他口气里透出某种乐观，这是因为有副局长的握手和微笑，有家里那一面大锦旗。但他对这种乐观似乎又不大有把握，才抓住休息日跑到我这里来，要同我说一说，也就是说一说而已。没有买到汽车票，他就步行了四十多公里路，走到半夜才摸进了我所在的村子。他说只能在这里停一停，顶多停四五个小时，因为他还得赶回厂里去上班——他眼下已沦为反革命案犯的亲属，不得不格外注意遵守纪律。

我不能留他，也没找到面条和鸡蛋给他做点吃的，只在衣袋里揣上两个生红薯，陪他上路夜行。我们走进寂黑的夜晚，走在隐约可见的沙石路面上，听脚下嚓嚓嚓的脚步声特别响亮，不时惊跑了路边的青蛙，或者招来附近农家一片狗吠。黑森森的山峦在我们身边有时慢慢地升起来，有时又慢慢地落下去，像一片黑色巨浪要把我们吞没在浪谷。

走得冒汗，我们索性脱了上衣，光着膀子赶路。

"都是那个小杂种害的，"汉军发现自己两脚都已经出现水泡，"等他出来，老子有他的好看。"

"他挨了这一烙铁，应该会有教训了。"

"他差点害得我们家破人亡呵。你想想，要是这畜生真被判个七年八年，我老娘一条命不就送到他手上？全家人的反革命家属不就当定了？国鳖也是个忘八蛋，守在他面前也是个瞎子。传单就在他隔壁印，他只会梳头发，照镜子，嫖客一样，不闻不问。我老娘也是个猪，把他从小惯到大……"

我想宽宽他的心，说了好几个听来的轻判案件，还说到我自己的哥哥：他原来属于省城最激进的红卫兵派别，下乡时去了一个遥远的山区小县，在那里与同队知青组织了一个学习小组，白天干农活，晚上在油灯下读书和讨论，规划着心目中的世界革命。有一次，一个邻队知青来借粮食，顺手借走了他们的讨论记录本，并且一借就没有归还。后来才知道，记录本作为反革命罪证上交到公社，并且一直惊动了县、地、省各级有关官员。毛泽东南巡时，省委书记在汇报中还提到这事。毛的指示不得其详。后来据一位身处官场的朋友透露，传达下来的只有一句话："二十年以后再看。"这句话有点费解：二十年以后再看？是要放长线钓大鱼？还是领袖相信革命形势会越来越好于是小逆贼们会不战自降？……反正就是因为有这句话，因为有这一个神秘莫测的"二十年"，那一伙遭到举报的知青竟然有惊无险，没有任何人被捕。腊月寒天，他们试探着去公社里请假探亲，干部们的脸上也没有任何阴谋，想都没想，就开出路条，放他们远走高飞了……

听到这里，汉军果然轻松了一些。"就是么，青年人怎么会反革命呢？不都是想爱国吗？不都在学马克思主义吗？说实话，汉军那小杂种讨厌是讨厌，但他思想比我进步得多，成天就想着国家和世界，都走火入魔了。"

"政府肯定要想到这一点的吧？不会不考虑他们良好动机吧？"

"至少也得给我老爸一点面子。不然以后哪个还敢大义灭亲？"

"当然，当然。"

我们说得高兴了，把话题转到画画，转到汉军最近迷上的油画。我与他约定，等这件事过去了，他带着油画颜料来，与我一起去写生。

我把红薯递给他。

"你吃。"

"你吃。我不饿,一点都不饿。"

我们终于看见了渐渐放明的东方天空。

七

我给汉军去了一封信,久久没有接到回信,不知是为什么。这一天队长带着人从供销社买回石灰,怕石灰从竹筐里泄露,用一些报纸给竹筐垫底。我扯了一角报纸去了茅房,在这一角皱巴巴的旧报纸上读到了几则迟到的新闻:样板戏演出、全省夏粮丰收、某三结合小组又实现了科技攻关,如此等等。

一个熟悉的字眼闯入我的眼睛:罗汉民。我大吃一惊,发现这是一则刑事判决公告:……为了保卫史无前例的无产阶级文化大革命,狠狠打击一小撮反革命分子的嚣张气焰,经省高级人民法院军管会最终审核批准,所谓"共产主义人民党"的反革命组织首犯肖寿青、主犯罗汉民,昨日已被押赴刑场伏法……

轰的一声,我眼前一片黑星四溅。

我从头冷到脚,一口气把这句话来回看了几遍:已经伏法已经伏法已经伏法——我不能相信它是真的,疑心是不是有别的罗汉民。当这种愿望和假设一步步消失的时候,我感觉自己体内已成了一个大空洞,空洞中心的强大吸力正抽干我的血肉和思绪,正在每一个毛孔里发出尖啸。怎么可能呢?怎么可能呢?人们不是说可能会判有期徒刑、监外执行乃至教育释放吗?不是说副局长的微笑很慈祥和致谢的锦旗很鲜艳吗?事情怎么能这样?一个生命,一个曾经向我打听指南针和放大镜的生命,一个曾经射出飞刀并且叫我上校的生命,就这样消失了?从此在我生活的每一天和世界的每一角落都没有了吗?……

已经伏法。没错,就是这几个字,就是这个"已"字,这个"经"字,这个"伏"字以及这个"法"字。我听到了旧报纸里透出的枪声,感到那黑洞洞的枪口就隐在我身后,对准了我的后脑勺,然后钢铁的子弹嗖嗖嗖飞来,一举击破了我的头盖骨,使碎骨和脑浆四处飞溅,在茅厕前面那片泥土上播开一片雨状的腥秽物质,把我推入突如其来的无边黑暗。我在黑暗中看不到任何东西,听不到任何东西,摸不到任何东西,就像一团透明的空气静静飘散。

"出工呵,都到猫公冲打石灰!"

"走走走,还磨蹭什么?"

"懒牛懒马屎尿多,你在茅厕里过年吧?"

……

队长一个劲叫我。他事后肯定发现我面无人色地坐倒在茅房门前,但他肯定没注意到我的死亡,没注意到我后脑勺无形的弹孔。

我赶快回到城里,直扑戳子桥。但罗家的门紧闭,不论你怎样捶打,也没有任何应答。门口只是贴了一张纸条,写着两行字:"坚决拥护人民政府!无产阶级文化大革命胜利万岁!"我找罗家的邻居们打听,去一些老同学家里打听,但谁也不知道这一家人去了哪里,只知道自从街上到处贴有判刑布告以后,就没见罗家人出门买过菜或倒过垃圾。

> 我将永远记得我的家——北区戳子桥五号,北区戳子桥五号,北区戳子桥五号,北区戳子桥五号,北区戳子桥五号……

多少年以后,我看到了一纸判决书上罗汉民的签名,也就是想象中我的签名,还有空白处上的这些话,一直写到无处可写时才中断的誓词。

在另一个纸片上,他还写出了以下这些话:

> 妈妈,我没有做错什么。妈妈,宣判的时候,我本想朝您站的那个方向跪拜,感谢您的养育之恩,但当时肖眼镜找我讲话,使我忘记了这个动作。这是我终生的遗憾。
>
> 妈妈,你们不来看我,不要我了,但我还是你们的儿子。

没有其他纸片了。

但汉民一定还说过很多话,需要我在寂静中聆听,不是吗?在铁窗里,在刑场上,在他最后看过一眼的天空,我不是还能听到他这些话吗?

妈妈,很对不起,我忘了给你下跪,来不及给你下跪,这是我终生的遗憾。

爸爸,我一点也不责怪你。为了做一个守法公民,你当然要举报我,当然要把我绳之以法。为了表示拥护正义的判决,与反革命罪犯彻底划清界限,你也不让全家来刑场给你儿子送行——既然已经声明脱离关系,就不宜有这些拖泥带水和藕断丝连。这我完全理解。你们不但不去刑场,还关起门来学习了一天的毛主席语录,高声诵读出劳模家庭的崇高品质和凛凛正气,让周围的人没法对你们找岔子和做手脚。这也是我的希望。

爸爸妈妈,儿子未能尽孝,一直给你们闯祸。但是我告诉你们,我的亲人:我不是一个坏人,没干过什么坏事。我不过是为真理而死,不过是长大成人了,要为社会做一点有意义的事情。请你们相信,一个黑暗的时代不可以万世永存。在我挂着大牌子走向刑场的时候,当我五花大绑度过最后的时光,我心里没有什么惭愧,更没有什么惧怕。我知道你们不会来,但还是忍不住东张西望,在围观人群中寻找熟悉的面孔,放不下最后一丝微不足道的希望。我只是希望把你们看一眼,一眼也就足够。我只希望向你们说一句话,一句也就足够。不,我其实并不想再看,也并不想再说,更不奢望你们的拥抱。说来也好笑,我只是不知道自己的目光在这一刻该在哪里停靠,不知道天地这么阔大,自己的最后一眼该投向什么地方。我的亲人!

"真正的马克思主义万岁!"

"全世界无产者联合起来!"

你们听到了我的呼喊了吗?

我没喊出第三句口号,因为早已套在脖子上的一条毛巾突然勒紧,肯定是身后的军人及时行动,因此我两眼发黑,发不出任何声音。这些经验丰富的军人没有提前切断我的喉管,已是他们的客气和关照。

与我同案处决的还有肖大哥,使我一路走得并不孤单,你们放心吧。不过说实话,他有点让我失望。不就是脑袋掉了碗大个疤吗?不就是我们以前常说的"人生自古谁无死"吗?前人把渣滓洞和白公馆都熬过来了,我们这又算得了什么?但他供出了所有的同志,到头来还是没有保住自己的小命。可怜的他,甚至没有在刑车上唱出《国际歌》,连两条腿也一直没站稳过,成了两根棉花条,得靠两个军人架起来拖着走。

我其实想帮他一把,其实想帮他擦一把泪,但我一身绑得无法动弹爱莫能助,只能眼睁睁地看着他的脚镣在水泥地上拖出了火星乱跳,看着他的鼻涕洒成一线。

他也是冤死的。他留下一个不到周岁的儿子,比我死得更惨,因为我毕竟还有兄弟,还可以拜托他们尽孝父母。因为其他同案犯多少还留下了一条命,将来还可能有申冤和报仇的机会。想到这一点,我不忍心怨他,只是想帮帮他,让他在枪口前站稳一点,不要让行刑者们嘲笑。

再见了,我走了。

再见了,我会常常托梦回家。

再见了,你们就当我周游世界去了吧,去了很远很远的地方。

八

"文革"宣布结束以后,很多冤假错案都得到平反,连我的父亲一案也重见天日。那一天,一辆闪闪发亮的黑色小轿车驶进我们街区,几个陌生人走下车,四处打听,最后来到我们家里,向我母亲微笑和打招呼。

他们进入低矮昏暗的小屋,发现这里没有足够的椅子让他们安坐,也没有足够的茶杯给他们泡茶,便说不用客气了,坐在床上说说就行。这么多陌生人突然光临,真是把我的母亲吓坏了,使她一直躲在墙角,屁股一挪再挪,拼命地挤向床头架,完全是手足无措而且答非所问。客人说你丈夫是一位优秀的革命军人和革命干部,我母亲就说儿子昨天刚回家探亲。客人说你丈夫的所谓历史问题已被完全否定,我母亲就说儿女现在工作得都非常好。客人问你们还有什么困难,还有什么要求,都可以向组织上提出来,我母亲就说楼板上哗哗响的是老鼠,怎么打也打不尽,实在太讨厌,你们要注意盖好你们的茶杯……

她似乎一直没明白客人们是来干什么的,更不习惯握手这种礼节。待客人走后,她摸着自己刚刚脱险的右手大为生气:"搞什么鬼呢?吃了饭也不干正事,男男女女这里一蹿那里一游,吊儿郎当,无事生非,还差点踩死了我的鸡,耽误了我买豆腐……"

我向她解释好一阵,才让她明白这些客人来访的意义。

直到半年以后我们搬入宽敞明亮的宿舍,她才摸着久违的窗台和阳台,相信了一个新时代正在开始。

是的,一个新时代正在开始。以前疏远我的一些亲人和朋友重新登门,在我家聚谈和吃喝,发出爽朗的笑声。方强甚至为他家的房产退还百思不解,说他家的铺面明明卖了一半捐了一半,怎么现在统统都发还给他家?卖了的也可以无偿退还?是不是房管局的档案乱了套,大家重新洗牌随便摸呵?要是这样,再打一个报告,说方强家那年被红卫兵抄走了十个金戒指,看政府信不信讹,说不定又讹成了呢?……他笑出了很贪婪无耻的模样。

我和方强也说起了汉民的案子,兴冲冲地去找汉军。他此时已调回省城,在一个工厂食堂当厨工。妻子又高又大,穿着大红的丝绸袄子正押着小儿子画马,见儿子稍一走神,就用钩衣针在小脑袋上敲打一下。

汉军把母子支到另一间房里去了,让我们围炉取暖,给我们一一发烟。

"你弟弟的案子也翻了吧?"

他没有吭声。

"还没动静么?你们当亲属的也不去跑一跑?"

他还是没有吭声,转身去找烟灰缸。

方强有点不明白了,"是不是上面还有阻力?要不要我们帮着找找什么人?我有个堂兄,最近刚好调进省检察院。"

汉军听我们大谈平反的理由,还有巨款赔偿的可能,追认英雄的可能。关于要不要立一个纪念碑,也进入了我们的思考。但他一直沉着脸翻了一下白眼,弹了一下烟灰,把诸多准备动作做足了,还是一个闷罐子。"你以为公安局和法院就是你们办的?"他最后嘟哝出一句。

我吃了一惊,不知他为何如此无精打采。后来我才知道,他的犹豫不是完全没有道理,比如政治问题夹杂着刑事问题就是一大难点:当时"共人党"不是缺少经费么?汉民就曾经去盗卖过铁路器材,还胆大包天在银行门前打劫储户,往对方脸上突然撒一把沙土,然后强行夺包,只是作案两次,都没成功而已。

我劝他不必多虑:"现在天下大赦,不会拘泥于细节和枝节的。抢钱固然不对,但不是没造成后果么?就算有错,也罪不至死吧?"

"事情没有你们说的那么容易吧?"

"也没有你想的那么难吧?刘少奇,彭德怀,这样的大案都翻了。"

"他们是什么人?你拿起篮盆比天?"

"这个案子也不小。"

"你们这是屎不臭要挑起臭。"

"什么意思?就是要把你们头上的屎盆子摘下来呵。"

"我戴着什么盆子，关你们什么事？不谈了，不谈了。"疤队长突然生气了，翻了个白眼，走到窗前朝窗外狠狠啐了一口。

他的态度让我吃惊，好像是吃错了药，把人家的好心当成驴肝肺吧？哪有这样不识好歹混账透顶的家伙？我与方强对视一眼，只好悻悻地告辞。

几天以后，方强才告诉我实情。其实，汉军不是不想给弟弟平反，问题在于，不管怎么平反，他弟弟还能再活一次吗？如果不能，那么得到一个空名的后果，却是活活要他老爹的一条命。想想吧，当初汉民是由他父亲举报的，伏法也是他父亲表态拥护的。汉军当然得考虑一下：如果汉民是个罪犯，他父亲不过是大义灭亲，还可心安理得地聊度晚年；如果说儿子成了英雄，他父亲就是卖子求荣，舍家附逆，到头来鸡飞蛋打，甚至成了双手沾满鲜血的凶手，至少也是暴政的同谋和帮凶，将被押上道德舆论的审判台。在这种情况下，平反对于他们家有什么意义？死者既不能复活，活人却要从此负罪。再想想吧，那些平反之后声势浩大甚至家喻户晓的鲜花、哀乐、眼泪、赞词、补偿以及新闻报导，那些闲话者的指指点点和叽叽喳喳，岂不是把老父亲的一颗心千刀万剐？

毕竟，汉民当年是公安局束手无策之时由他爹主动送上门去的——听方强这么一说，我什么话也说不出来。

我知道，汉民他妈已经成了墙上一张遗像，而罗伯已年迈退休，因身上风湿病严重，常常卧床不起，四肢关节肿大，痛得他全身冷汗如洗。这样一个老人，眼下架着那副缠满胶布的老花眼镜，浑身冒出酒精气味，经常嘀嘀嘀地喘息，涎水滴在胸襟也不自知。他儿子若有在天之灵，大概也不忍心对他再捅一刀吧？

那么我们该怎么办？是不是要阻止冤案的平反？至少也要向老人瞒着冤案的平反？比方说帮着汉军夸大他弟弟的过失，使老人相信那兔崽子当年确实罪有应得，甚至相信他效忠的"文化大革命"还在全国胜利推进？……

九

我接过一张名片，这才让认出了眼前这个卷发美男："汉国！"

他拍拍我的肩，"你也来开会？"

"你呢，哪个组的？"我注意到他的金边眼镜和大围巾，还有胸前的出席证以及大会统一发放的黑皮文件包。两个记者模样的人跟在他后面，似乎正急争等待他接受采访，把他当作这次政协大会的新闻热点之一。

我后来才知道，他现在是一个音像公司的老总，还当上了这个理事那个委员，事业如日中天。我们同桌就餐的时候，他一会儿去接北京来的电话，一会儿去接香港来的电话，但这并不妨碍他在见面的十分钟之内，让我知道他的种种好事，比如他刚刚出国回来。他照顾着身边一位身着皮短裙的红唇少女，据说是某局长的千金，抢先给她夹了很多菜，夹得她满碗色彩灿烂，都要堆不下了。他笑出了一串串金属共鸣之声，向皮短裙说了个什么事，我没有听清，只记得他嘴里冒出"佛罗伦萨"一词颇有意大利韵味。

皮短裙没有胃口，无精打采地挑了几筷子，说这里的饭菜就是不好吃，然后拿出小皮包离席。汉国也就放下碗筷跟在她屁股后头离去。

下午是小组讨论，汉国身边还坐着这位身份不明的皮短裙，一会儿给自己补妆，一会儿戴上耳机听音乐磁带，闭着眼摇来晃去的，让几位高龄委员交换着目光，脸色颇有些不快。但这种不快很快一扫而光，因为汉国的发言实在太精彩。他首先说了两条北京最新消息，让大家情绪振奋，又提到几个大人物的名字，使听众对他的身份和背景充满好奇。

"全国各地都在大力纠正冤假错案，为什么我们这里就是阻力重重？那么多罪恶累累的人为什么还不忏悔？那么多冤屈者为什么还得不到昭雪？我们这里不会是台湾吧？党的政策一到这里就打了折扣，下次我碰到耀邦同志的秘书，我该怎么向他说？……"他目光炯炯环视四周，接着说到了当年的"共产主义人民党"，即共人党案件和他的弟弟，一个惨遭杀害的少年英雄，一个抵制"文化大革命"十年浩劫的忠贞烈士，一个勇敢保卫刘少奇、彭德怀及众多革命老干部的党外布尔什维克，并且为此献出了年仅十七岁的生命！十七岁呀同志们！青春岁月呀同志们！花季少年呀同志们！谁家没有儿女？谁家没有父母？每一个有良知的中国人岂能忍心……

在座几位女委员已经不忍心地抽泣，一些老同志也眼眶红红的。

汉国继续说，这个案子在社会各界关注之下虽已名义上获得平反，但纯粹是"高空作业"和"文字杂技"，有关政策并未落到实处。烈士的母亲，当年因悲痛而死，可至今拿到了一分钱的抚恤费吗？烈士的其他亲人，多少年来因冤案而失去了政治前途，不能入党，不能上大学，不能得到提拔重用，可有关方面至今做出了什么补偿吗？……

他哽咽得有些说不下去。

"罗委员，我们愿意联名上书，向中央反映你这个问题！"

"罗委员,你不要太难过,我们都是支持你的!"

"小罗同志,你不是同耀邦同志很熟吗?你向他提提呵。"

……

会场上气氛十分热烈。

汉国又出示两张照片,分别是两位老干部与他的合影。一位是刘少奇的夫人,另一位是某退休老将军。据他说,这些首长都感激他弟弟当年的义举,一直与他保持着密切联系。

他还拿出一首诗,说是某著名诗人被他弟弟的事迹感动得彻夜未眠,连夜写下了这首长诗以表慰问和崇敬:

你比我们都要嫩弱
但你用肩头担当了所有责任
你比我们都要年轻
但你眼睛里收藏了所有历史
你在刑场上回过头来原谅我们的缺席
一声枪响,令多少人今后长夜难尽
……

汉国朗诵诗的时候,泪水奔涌而出,尤其是当他朗诵到"请让我燃烧"的关节处,节奏一路急板冲向了最高潮然后戛然而止,他的嗓音已经沙哑,伸向空中的一只手已经定格。他的头甩出黑发的波浪,然后低下去,长时间不再发出声音。

人们像醒了过来,报以哗哗哗的鼓掌。

看着他的身体造型,我像看着一尊佛罗伦萨的大理石雕塑,只能从他垂发的剧烈抖动,才发现他还是个活人,才知道他正在设法掩藏着自己的失声痛哭。我忍不住心头一紧,鼻子也跟着发酸,不知道该如何去安慰他。他刚才发言时的某种夸张,还有饭桌边的某些小动作,在这一刻都显得微不足道。

我看见皮短裙少女也在眼泪汪汪,看见更多听众走上前去,把汉国扶回座位,给他倒了一杯水,让他控制一下情绪。一位出版界的委员愤怒谴责政府有关部门的行政效率。一位戏剧界的委员当场愿意捐款。还有一位满头白发的老干部,上前握住汉国的手,说你一定要节哀,一定要节哀,你的兄弟就是我们大家的兄弟,你的苦水就是我们大家的苦水,你哭吧,大声哭出来,心里会好受些。我就是豁出这把老骨头也一定要把你说的这些过问到底,一定要让九泉之下的英魂……老人说到这里已面色惨白,目光发直,偏偏欲倒。随着一位秘书模样的人大喊救心丸,大喊氧气袋,大家七手八脚把老人扶到沙发里躺下。

我看见汉国发出一声惊叫,扑到沙发前,背脊在老干部脑前一起一伏,直到医生带着担架赶来。

这天晚上,一个大学的学生会请几位社会名人演讲,把汉国也请去了。前来聆听演讲的学生太多,组织者只好把会场从小教室改成大教室,又从大教室改成灯光球场,一晚上折腾了好几次。于是,汉国那一头漂亮的波浪型卷发在白炽聚光灯的照射之下,再次不期而遇撞入我的视野——我是来会一位教师朋友的。面对黑压压的青年学子,他再一次说到了烈士,再一次朗诵著名诗人相赠的长诗,再一次声情并茂抑扬顿挫地赢得了灯光球场上的鸦雀无声。稍稍令我惊讶的是,当朗诵到"请让我燃烧"的关节处,他还是节奏一路急板冲向高潮然后戛然而止,他的嗓音照例沙哑,伸向空中的一只手照例定格。他的头照例甩出黑发波浪,然后低下去,长时间不再发出声音。

我是应该鼻子发酸的,事实上也差不多要酸了,但我发现台上古典雕塑的失声痛哭,来得太精确了,太规范了,太雷同了,完全是设计动作的如期实现,使我的鼻子欲酸又止,反有一丝惊愕。

也许,正是这一个扫兴的夜晚,正是他后来在公众面前一次次雷同的激情失声,使我觉得他的一切所为都有点设计感。连他的一个惊讶,一个微笑,一个耸耸肩的动作,似乎都出自台后的排练。报上发表了罗汉民少年烈士当年的日记,让我读出了汉国却没读出汉民的口气,怎么读也有太多的虚构感。报上又发表汉国回忆英雄弟弟的文章,让我总觉得有些离奇不实,比方他说弟弟曾经为抢救农民的山林,差点被山火烧死——有过这种事吗?我怎么从来没听说过?有一次他还打来电话,问到我的哥哥:他是否愿意写一写他们当年的知青学习小组?他说台湾某出版社要出版一套丛书,其中有一本专门介绍"文革"时期的中国地下组织,实在是一个青史留名的好机会。

我想都没想,就说这不可能。

他不知道我的火气如何这样大,"你同太太拌嘴了?"

"没有呵。"

"那是为什么?是不是担心报酬太低?"他说写这些文章确实报酬甚微,只是尽社会责任感而已。他说台湾方面虽然拿一点编辑费,但他要寻找选题、搜集资料、联络协调、加上审稿,加上国内外数以百计和千计的电话,得让他倒贴好多钱呢,但有什么办法呢?社会责任感呵。

"汉国兄,不是什么钱的问题。只是我哥这一段太忙,何况陈谷子烂芝麻的,有什么好说的?说得太多了,是不是有炫耀之嫌?"

他没有听出我的话中有话,电话中不时插进一些礼貌抱歉:"对不起,我要换一个磁带了,请你等我二十五秒钟。"或者是:"对不起,我要给太太递一下袜子,请你等我七秒钟。"或者是:"实在对不起,我要关一下空调了,室温实在太凉了,请你再等我十三秒钟。"诸如此类。他把每一个举动的时间预估精确,而且说到做到。

直到最终放弃说服,他也不失佛罗伦萨式的风度:"周末愉快,bye!"

他后来果真去了美国和欧洲,可能圆了他的佛罗伦萨之梦。他的照片出现在一本朋友寄来的英文杂志,是一张背靠沧桑老墙的满脸沉思之照,眼里透出无穷苦难和非凡忍受,完全是一个受难的东方耶稣,只是新近拉出的一道双眼皮让我陌生,让我看了好一阵才确认是他。这张明星照旁边有一篇文章:《地火在中国》,是一名记者对他的采访。应该说,他的自我吹嘘不会使我惊讶,只是他内外有别的说话技巧让我刮目相看。就是说,他知道到什么山上该唱什么歌,在什么分寸上要悄悄带住,在什么情况下又可以大大越位,不经意之中把每句话往某些人心窝子里说,往某些人最想听的方面说。比方他现在是面对西方记者,弟弟的故事便在他的嘴里有了微妙改写:弟弟是一个叫"人民党"的地下组织的领袖("共产主义"的限定语已经隐去);这个组织是为了反对中国的专制,是为了争取民主和自由("保护老干部"、"忠于党的事业"等一类国内版标签已及时摘除);有 millions(数百万)中国人因这一案件受到迫害(估计中国人大多不懂英文而且读不到这个杂志,不妨在数字后面随便加几个零);这个组织是中国一九四九年以后第一个遭到镇压的异己人士团体(完全是欺侮一般西方人不懂中国当代历史)……最后,他还自称该组织领导人之一,当年虎口脱险,曾在中国南部大山的原始丛林里过了好些年逃亡生活,这一次不过是来欧洲募集国际社会的捐款,为众多受害者及其家属提供援助。

接下来的一些辛酸故事,是那些可以让三流记者摩拳擦掌然后可以让很多家庭妇女大动悲情的情节。比如他说到《圣经》——他举起手中一本《圣经》,放在嘴边吻了一下,称那是弟弟的唯一遗物,因此他现在不论到哪里都枕着它,以表对弟弟的怀念。

他在哪个货摊上买来这个小道具?——我读到这里时真想笑。

记者的采访还在继续:关于肖寿青,关于肖的妻子和孩子,还有汉民当年在银行门前打劫的事。

"完全是圈套,相当于希特勒当年制造的国会纵火案。后来有铁的事实证明,那家银行在警察指令下设计了这一事件,然后嫁祸于我弟弟!"

记者很满意:"我们估计的也正是这样。"

这种说法我是第一次听到,不免有些吃惊。我也痛恨当年的警察,但警察竟然狡猾到这种程度,实在出乎我的意料。我想找到汉国,查证一下他说话的依据。不过眼下他是大红人和大忙人,找他实在太难了。电话打到他的公司,对方说他已经调往出版局。电话再打到出版局,还是一次次扑空。第一次,女秘书说他已经去参加优秀共产党员表彰大会。第二次,女秘书说他陪北京来的某首长去看望老战友。第三次,女秘书反复查问我的姓名和事由,见我不说出什么事由,就说罗副局长今天不接电话,她只能代为转达。

他还算念旧情,听女秘书汇报以后,把电话打了回来,问我有何贵干。

"我看了英国记者对你的采访……"我听到他的沉默,"关于银行门前打劫那件事闻所未闻,让我觉得很有意思……"

"什么银行?"

"就是你说的呵。"

他又有一段沉默,接着在电话里发出大笑:"老弟呵老弟,西方媒体的话你也相信?他们能拿出我谈话的录音吗?跟你这样说吧,我最近还要找律师,起诉《纽约时报》和台湾的《新新闻报》,他们也造了我很多谣,造成了很不好的影响。怎么能这样搞呢?太不像话了么。只是我最近工作太忙,没顾得上这件事。"

他把电话挂了。

我无话可说。他做什么都滴水不漏无懈可击,让我最终说不出什么,也让其他任何人都说不出什么。也许,他眼下正冲着镜子做鬼脸,吻一下自己的英俊形象,憋不住自己的得意微笑吧?

十

春节长假通常是老同学们见面的机会。方强多次邀我去他家玩,但我每次进他家那张门,都发现他粘在牌桌边没法起身,只是遥遥招呼一声,指着桌上的香烟或者茶叶,要我自己招待自己。

有一次我没有预约闯上门去,看他有没有不打牌的时候。他不在家,在电话里对我说,他马上就回来,要我一定等他。但我等了一个钟头,两个钟头,直到出门时才看见他的满头大汗。走什么走?他抓住我不放,还让我看看他手里的一瓶好酒。知道我确实要去车站接客人,他才无可奈何把酒瓶交给他老婆。"那我们一起走吧,我还得到回厂里去,那里正是报仇雪恨的关键时刻!"

他当然是重返牌桌,连家门也无暇跨进了。

疤队长倒是从不打麻将也从不摸扑克,还能在同学聚会时陪陪我。但他现在更不怎么说话了,总是笼着袖子,给这个添添水,给那个倒倒烟灰缸,有时还去厨房里帮着洗菜或破鱼,忙得一声不响的。他脸黑多皱,过早地戴上一顶呢帽,像他爹当年模样的翻版。只有一次,不知是谁说起了马克思主义,他一时兴起竟打开话匣子,直说得面红耳赤两眼翻白,像要投入什么争论。他居然大谈辩证唯物主义,谈这个主义与形而上学不同,有三个基本定律,一是对立统一定律,一是量变与质变定律,一是否定之否定定律。知道不?三个定律之后还有十二个范畴,知道不?现在报纸上那些鸟人对这些完全不懂,只会做一些自己不懂别人更不懂的猫叫狗叫,完全是搞诈骗!

他激动得口舌结巴,见我并没多少响应和拥护,便把深奥理论继续说得深一脚浅一脚的跌跌撞撞,在迷阵里好容易探出头,还没喘上一口气,又一脚踏入新的迷阵,苦苦摸索而长途无尽。我很惊讶他还深藏着这一身功夫,不知道他什么时候熟悉了并且记牢了这样复杂的理论。

可惜的是,他的听众太少,除了我以外只有某位老同学的胖公子。"我们老师不是你这样讲的。"胖公子对他的教导不以为然。

"你们老师晓得个卵!他读过侯晋华的书吗?"汉军提到一个陌生名字,大概是他印象深刻的一位学者。

我自信读书不少但从未听说这个名字,胖公子更被这个大名镇得不敢吱声。

"他晓得斯托雷平是哪一个?晓得召回派是什么?"

胖公子更加傻眼。

"我们像你这么大的时候，字根本不会写得像鬼爪子蹽的一样。出个墙报，办个展览，又是国画又是粉画，那都是专业水平。"

我这才记起他当年的图画。

正在这时，屋里有一桌牌和了，爆发出笑骂声，把胖公子也吸引了过去。汉军只好再次笼起袖子，一声不吭地把目光移向电视机，在以后的一段时间里不再说话。

我有些奇怪的是，他的声音越来越尖细，好几次让我误以为是女人在说话，不知是什么原因。

这种女人声音从不谈及他的父亲。我知道，他父亲被自己的烈士家属身份害惨了。尽管家人向他隐瞒了法院的平反通知书，隐瞒了报纸、广播和电视节目的有关宣传，也阻拦了所有记者对老人家的采访，但没有不透风的墙，老人家还是从邻居那里听到了什么。他曾经投河，被别人救了起来。他曾经上吊，被别人及时发现砍断了绳子。有一次，不过是夜里一次普通的停电。老人家表现出从未有过的狂怒，跑出门去大叫大骂，骂累了就去推邻居家的门，发现推不开，拾起一块砖头就砸门，吓得邻居以为来了江洋大盗。汉军赶到现场拉扯他，才发现他已经不认识家门了，也不认识儿子和邻居了。"这是我的家，你们这些畜生，为什么不让我进去？为什么不让我睡觉？你们拿手电筒来吓得住谁？……"

他全身颤抖不已。

在医院里躺了一两个月以后，他慢慢恢复了正常，能够重新与邻居打牌了，能够重新上街买菜了，能够重新在巷子里扫地并且与老朋友一起去钓鱼了。一场大病只留下了两个不太严重的后遗症：一是戒了酒，转而爱上可口可乐，一见儿子和媳妇就要钱，一有钱就去巷子口那个杂货店，转眼间就把钱变成可口可乐的空罐子，一个或者两个或者三个，丢在墙角或路边。二是喜欢宣传毛主席著作和党报的最新社论，包括赞颂中国女排和开展党风教育的各种要文。他找来纸和笔墨，把这些文章的段落抄写成小字报，拿到外面四处张贴，贴在电线杆上或者墙头，贴在那些性病广告或招工广告的旁边。

城管队见这些乱七八糟的小广告就撕，撕得老人家十分愤怒："你们胆敢阻挡我宣传毛泽东思想，小心人民砸烂你们的狗头！"他揪住一个大盖帽不放。

"老人家，你贴这些东西有谁看呢？有这些工夫，还不如去搓一把麻将。"

"你怎么知道没人看？无产阶级革命派心最红，眼最亮，永远忠于毛主席！"

"你以为还在搞文化大革命？"

"文化大革命怎么了？文化大革命有什么不好？你贪污一包烟，就贴你的大字报。你偷了一袋米，就揪你上批斗台。哪个敢乱说乱动？无产阶级革命派就是要把一切敌人打翻在地，再踏上一只脚，把文化大革命进行到底！"

"老鳖，你思想还蛮反动呵？"一个青年大盖帽想吓唬他。

"你这个杂种才反动哩。"老人家上前就是一巴掌，打掉对方的大盖帽："你们这些假共产党，老子同你们拼了……"

混乱之时，一个比较知情的老干部赶来，劝开了冲突的双方，把老人家引到巷子口细说，还给他买了一瓶可口可乐。不过，等老人回家，墙上他那些招贴文章已不翼而飞，气得他呼吸粗重，满脸涨红，连连跺脚。"毛主席交给我一个重要任务,我没有完成,没有完成呵……"他老泪纵横,回到家里就要找绳子或者老鼠药。

汉军接到老婆的电话,赶回家来对自杀未遂的老人大发其火,转身又去偷偷求城管队网开一面,对那些小字报手下留情。他知道老爹破坏了市容,但他愿意为此承担罚款,或者出钱买下墙上的位置,就算让他爹贴贴小广告,不行吗?

有钱好办事,老人的革命宣传后来果然得到关照,可以保留三天或更长的时间。

老人比较高兴,抄写毛主席著作更有欢势了,经常背着手在巷子里走来走去,见到熟人就高声招呼,还偷偷地告诉汉军,好多人都来看他的小字报,好多人都看得眉开眼笑的。东风吹,战鼓擂,这个世界上谁怕谁?毛泽东思想越来越深入人心哩。

汉军守着父亲近二十年,没过上什么轻松的日子。自从他所在的那个工厂倒闭,他拿着一份救济金,间或找熟人接点画广告或者搞装修的业务,手头还是越来越紧。连买包烟也只能冲着最廉价的牌子去了。他曾经与两个同伙做一笔油生意,不料卷入一桩假冒伪劣案,被警察抓进局子里关了几天,要不是一个警察知道他弟弟的故事,要不是方强托人搭救,他可能一脚踏进去就得好几年。

父亲的药费不能不付,城管队那里的墙租费也不得不交,衣袋里的票子越来越不经掏。这一天,汉军实在掏不出什么了,只得把家里一个进口电饭锅偷偷提到菜市场,卖给了一个卖菜女。

老婆回来做饭,左找右找没有发现电饭锅,脸色顿时变得铁青。

"他不疯，我就要疯了！"当即把淘了一半的米摔在水池里，水淋淋的指头指向丈夫鼻尖："姓罗的，你再卖呵！你电风扇卖了，电饭锅卖了，你最好把电视机也拿去卖掉，把你儿子老婆也拿去卖掉。你不卖就是小婆子养的！"

"你讨打吧？"汉军压低声音怕老人听见。

"你打呵，有本事就打死我。你要什么臭威风？你有威风到你老子面前耍耍看！你有威风到罗汉国面前去耍耍看！他罗汉国就不是你们罗家的人？他是来端过一天药还是喂过一天饭？他是来送过一次米还是来送过一次油？你一到他面前怎么就屁都不放一个？你胯里白挂了四两肉，何不早点去死？你死了老娘也好改嫁呵！好去做婊子呵！"

汉军翻出一个白眼，拍桌子大吼，"你滚"！

女人一怔，捂着嘴跑到卧房里去了，在那里放出一线嚎哭。摔东打西的声音也噼里叭啦地传来。

汉军抽了一支烟，给父亲揉了一阵全身的骨节，在地坪里做了一阵煤饼，又回家淘米煮饭，最后走到床边冲着女人起伏的背脊瓮声瓮气地说："哭什么哭？觉得这里的日子不好过，你不过也罢。"

"你怕我不敢离？你以为你这里是金窝银窝？"

"反正你们洪家从来也看不上我，你们洪家都有钱，你们洪家都是人物，你早就应该听他们一言。"

"我就是后悔自己执迷不悟，我鬼迷了心窍才来做牛做马，我当初做婊子也不会这样人不人鬼不鬼！"

"我现在就写协议好吧？"

"你以为这吓得住谁？吓白菜呵？"

"我是说真话。"

"你敢写，我就敢签！"

"一言为定。你今天不签就不是人！"

"老娘不签就雷打火烧千刀万剐！"

妻子一咬牙，果然在离婚协议上飞快地签了字。第二天，汉军从外面回来的时候，见巷子口停着一台眼熟的红色的日本轿车，看来妻弟们的动作很快，要来接走他姐了。他停了一下，不知道自己此时应不应该进门，不知道面对洪家的人该说些什么。他想在墙上找到苍蝇或者蜗牛一类值得关心的东西，想碰到邻居然后有停下来说话的理由。他听见屋里传出妻子的哭声："……我是要恨他，我是要恨他，你们讲的道理我都懂，但我怎么恨得起来呢？你们要我怎么走得出这张门？十八年了，我没法说他是个坏人，我没有办法呵。老天，我没有办法啊。求你们饶了我吧……"

一片静寂，接着有她弟的一句怒吼："你是个猪！你是个疯子——"

两个女声也叽叽喳喳跟上，似乎是在继续规劝什么。

"我是疯了，早就疯了……"这是汉军听到妻子的最后一句。

他走出了小巷，走到了大街上，茫然地往前面走。夜幕开始降临了，路灯一盏盏亮起来，饭店酒楼里人潮涌动。他想买个馒头或者面包，但掏一掏衣袋，发现那里空空如也。他走到方强的家，还走到另一个熟人的家，但都是走到门口怯于敲门，只是在那里磨蹭了片刻，嗅了嗅门窗里飘出的熟人气味。

不知什么时候，他发现自己已经走到墓园，走到曾经地处郊外但眼下已被城区包围的山坡。母亲和弟弟的墓碑就在前面，已经差点被荒草覆盖。他坐下来，在黑暗中埋下头，突然捂住自己的太阳穴嚎啕大哭起来。

没有人听到他的哭声。

十二

我又来到了戥子桥五号。

我远远就嗅到了车前草的清腥苦涩——这些草长在墙根、井边、后院，有时也偷偷长在床下潮湿的角落。我还远远嗅到了麻石、青砖、朽木以及绿苔，嗅到了门前石阶的冰凉。我听到了大门吱呀一声如此耳熟，似乎门是被我在多少年前推开。我看着进门后左边第一间房子，第二间房子，还有右边和前面的房子，记得当年第一间房子的陈设和模样，记得这些房子当年在油灯下轻轻地摇晃。我看见木窗上有几处刀痕，还有更多的钉痕，还有厨房门后油漆涂下的"八十"两个字模糊不清，想不起这些痕迹后面的故事，想不起当年生活在这里的面容和神情。妈妈。

我见到了房子的主人，是一位姓张的老头儿，还有他的老伴儿，不知是这座房子第几任房主。他让家里的每一间房都堆满了玻璃酒瓶，说靠回收和洗刷这些瓶子能够维持生活。他们也在准备过春节，桌上堆着干肉、干鱼、红枣、年糕、烟酒以及瓜子花生，还有将要贴到门口去的红对联。远远的地方已经有爆竹爆炸的声音。

他问我："你是谁？"

我没有回答。

"怎么从来没有看见过你？"

我还是没有回答。

他说这里的房子都快要拆迁了，罗家的人早就不住在这里了，不知道住到什么地方去了。他说也有几个陌生人来看过这房子，打听过罗家的人，但近几年来已经渐少。有几次他开门的时候还发现门前有一束花，但不知是谁留下的。

我知道是谁留下的。

我轻轻地来，又轻轻地去，没有脚步声。我果然又一次听到身后吱呀的关门声于是暗自得意。我总是被误认为是一个敲错门的人，或者是一个无家可归的人，或者是一个上门推销挂历、袜子、打火机一类小商品的人，总是与你们擦肩而过。

2001 年 2 月

---

* 最初发表于2001年《山花》杂志，后收入小说集《报告政府》。